DEVOÇÃO

MAYA BANKS

DEVOÇÃO

LIVRO TRÊS DA TRILOGIA SURRENDER

Tradução
Rosemarie Ziegelmaier

LeYa

Este livro foi revisado segundo o Novo Acordo Ortográfico da Língua Portuguesa.

Produção editorial: agwm produções editoriais
Preparação de texto: Elisa Nogueira
Capa: Gabriel Calou

Dados Internacionais de Catalogação na Publicação (CIP)
Angélica Ilacqua CRB-8/7057

Banks, Maya
Devoção / Maya Banks; tradução de Rosemarie Ziegelmaier. – São Paulo: LeYa, 2015.
272 p. (Surrender ; v. 3)

ISBN 978-85-441-0305-0
Título original: *Taking it all*

1. Literatura norte-americana 2. Romance erótico
I. Título II. Ziegelmaier, Rosemarie

15-0859 CDD 813.6

Índice para catálogo sistemático:
1. Literatura norte-americana

EDITORA LEYA LTDA.
Av. Angélica, 2318 – 13º andar
01228-200 – Consolação – São Paulo – SP – Brasil
www.leya.com.br

Para Carrie,
com todo o meu amor

1

Chessy Morgan manobrou seu automóvel no estacionamento do Lux Café, em Houston, com os olhos arregalados de surpresa. Em duas vagas, a uma curta distância dali, estavam os carros de Kylie e de Joss.

Não havia nada demais no fato de Kylie já estar lá. Ela era sempre pontual. Mas Joss? Joss estava sempre atrasada. Chessy e Kylie quase *sempre* tinham de esperar por ela, que, afobada e sorridente, sempre chegava aos encontros com um desnecessário pedido de desculpas.

Ninguém conseguia ficar bravo com Joss, quanto mais por uma coisa tão boba quanto seu costume de se atrasar. Joss era daquelas pessoas que iluminam o ambiente com seu calor e doçura. Ela havia passado por muita coisa desde o luto pela perda do marido, Carson, até o momento que vivia agora. Estava feliz. Apaixonada. Casada com Dash, o melhor amigo de Carson. Chessy estava genuinamente contente por suas duas amigas. Tanto Joss quanto Kylie tinham encontrado o amor. No caso de Kylie, isso era uma tremenda conquista, já que ela precisara superar desafios monumentais na vida até, enfim, derrotar os demônios do passado que havia anos insistiam em governar seu destino.

Kylie tinha encontrado mais que um companheiro em Jensen. Eles formavam um casal maravilhoso. Chessy nunca duvidou, nem por um único momento, de que Jensen era absolutamente perfeito para Kylie.

Chessy adoraria poder dizer que sua própria vida amorosa – seu casamento – era tão incrível quanto os relacionamentos de suas melhores amigas.

Ela soltou um suspiro e desceu do SUV Mercedes-Benz, olhando com tristeza para os bancos traseiros do veículo em que cabiam sete passageiros. Quando Tate a presenteou com o carro, ela se surpreendeu: por que ele havia escolhido um modelo tão grande? Ele a encarou com aquele brilho encantador e um pouco travesso nos olhos e comentou que era o carro perfeito para transportar crianças. Os filhos que os dois teriam – um tema frequente no início do casamento. Eles costumavam falar sobre seus sonhos de formar uma família grande e ter a casa cheia de crianças, amor e risadas. Porém, mais recentemente, Tate se mostrava pouco disposto a tocar no assunto.

Ele ainda tentava reerguer seus negócios depois de decidir empreender por conta própria e ser abandonado pelo sócio. Preferia esperar que a empresa se tornasse mais sólida, e que as finanças ficassem mais estáveis, antes de ter filhos, mas Chessy questionava em silêncio se esse dia chegaria. Ao longo do ano anterior, ela não tinha conseguido reunir coragem para abordar o tema.

Ela se sentia como se Tate estivesse deslizando cada vez mais para longe dela. O trabalho vinha em primeiro lugar, e ela em segundo, terceiro ou sabe lá Deus qual colocação dentro da lista de prioridades do marido.

Pelo amor de Deus, Chessy, deixe de fazer drama. Não é tão ruim assim. Tate ama você e você o ama. Tenha um pouco de paciência e veja as coisas por outro lado. Tudo vai dar certo, repreendeu a si mesma.

Ela se preparou para cumprimentar as amigas enquanto entrava no restaurante, assegurando-se de expulsar quaisquer pensamentos sombrios. A última coisa que queria era deixá-las mais preocupadas do que já estavam. As duas sabiam que as coisas não iam bem havia meses. Chessy às vezes flagrava as amigas trocando olhares quando achavam que ela estava distraída. Mas ela não estava distraída, não para aqueles olhares de preocupação, não para a dúvida estampada na expressão das amigas. Chessy sabia que ambas se preocupavam profundamente com ela e com seu relacionamento com Tate, mas as duas estavam *felizes*, delirantemente felizes, e Chessy não queria arrastá-las para a lama de sua própria infelicidade.

Ela sempre havia sido a animada do grupo. Todas sempre contavam com sua alegria, seu toque de entusiasmo, mas ela era péssima em esconder emoções. Fossem boas ou ruins, não importava: ali estava uma mulher totalmente transparente. Quando estava feliz, ela era exultante. Exuberante. Iluminada até, conforme as frequentes descrições de suas companheiras mais próximas. O problema era quando ela *não* estava bem. Chessy era um livro aberto para quem a conhecia, e as amigas enxergavam por trás de qualquer fachada que ela tentasse erguer. Por mais que se esforçasse para fingir, não conseguia enganá-las nem por um segundo.

Ainda assim, ela se aprumou e colocou no rosto seu sorriso mais brilhante, sentindo as bochechas doerem com o esforço enquanto se dirigia até onde Kylie e Joss a esperavam.

— Graças a Deus você chegou! — exclamou Kylie, agarrando imediatamente a mão de Chessy e puxando-a para o lugar ao lado dela no sofá curvo. — Joss está radiante. Ela chegou com aquele olhar de "tenho um segredo para contar", mas se *recusou* a abrir jogo antes de você chegar.

Chessy desabou no sofá após o puxão de Kylie, que ficou indignada com o sorriso que a recém-chegada abriu ao saber da decisão de Joss de esperá-la para revelar o segredo. Um pouco de sua dor sumiu, como sempre acontecia quando se via na companhia de suas duas melhores amigas. A simples presença das duas conseguia afastar por alguns momentos a tristeza, que nos últimos tempos parecia ser permanente em sua vida.

— Ah, já estou entendendo o que Kylie quis dizer, Joss — disse Chessy, estudando o rosto da amiga. — Você está com cara de quem viu um passarinho verde. Está radiante, sem exagero. Então, pode começar a contar tudo. A turminha está reunida. Não falta mais ninguém. Não me faça usar a violência, porque desta vez Kylie com certeza ficará do meu lado... Coitadinha, ela teve de esperar por mim até agora. Conte seu segredo já ou faremos você falar na marra!

Kylie assentiu com fervor. Todos os olhos grudaram no sorriso radiante que se espalhou pelo rosto de Joss, iluminando cada um de seus delicados traços. Foi como um soco no estômago de Chessy. Joss estava reluzente, tão feliz que olhar para ela quase machucava Chessy. Mesmo assim, nada neste mundo a faria arruinar aquele momento de sua amiga. Não deixaria escapar nem uma pitada de sua própria infelicidade para não atrapalhar aquele alegre encontro.

— Dash e eu estamos grávidos — disse Joss com alegria. — Estou grávida — continuou ela. Sua expressão se suavizou, com olhos brilhantes de amor e felicidade. — Nós vamos ter um bebê!

Kylie deu um gritinho, jogou os braços em torno de Joss e apertou-a com força, ignorando os olhares assustados dos outros clientes sentados perto da mesa das amigas.

Chessy levantou-se e, apesar de sentir um buraco no estômago, deu a volta na mesa, deslizou para o outro lado de Joss e puxou-a para um abraço, libertando-a do feroz aperto de Kylie.

— Estou tão feliz por você! — sussurrou Chessy, quase sufocando com as palavras que pareciam caroços em sua garganta.

Joss a abraçou e afastou-se, estudando a amiga com um olhar penetrante.

— Obrigada — agradeceu Joss calmamente. — Agora, que tal nos contar o que está acontecendo? Você parece tão infeliz! Tem alguma coisa a ver com Tate? As coisas pioraram?

O coração de Chessy afundou. Ela deveria saber que, dentre todas as pessoas, jamais conseguiria enganar suas duas melhores amigas. E agora que Joss saboreava sua novidade deliciosa e gloriosa e a concretização de um desejo antigo, a última coisa que Chessy desejava era estragar a festa.

Ela estendeu o braço para segurar a mão de Joss.

— Esse momento é seu, amiga. Podemos falar sobre minhas aflições em outra hora. Agora, precisamos brindar à futura mamãe e pensar em todas aquelas coisas divertidas, como roupinhas e sugestões de nome para o bebê. Ai, meu Deus! Kylie, temos de organizar um chá de bebê maravilhoso para Joss. Um como ninguém jamais viu antes. E vamos fazer de um jeito que os homens participem também. Nada daquela conversa de que é coisa de mulher.

Kylie e Joss trocaram um olhar, do mesmo jeito que faziam quando achavam que Chessy não estava olhando. Mais uma vez ela notou. Estremeceu por dentro. Evidentemente, ela era motivo de muita apreensão para as amigas.

— Você realmente achou, mesmo que por um único momento, que eu me envolveria tanto com a maravilhosa notícia da minha gravidez a ponto de esquecer de todo o resto? — perguntou Joss, com clara repreensão no tom de voz, ainda que fosse a mais delicada das broncas.

Joss jamais demonstrava irritação ou mesquinharia. Isso simplesmente não fazia parte dela. Ela era a bondade em pessoa e tinha o maior coração do mundo, o coração mais tolerante que Chessy conhecera em toda a vida.

Chessy ergueu as mãos.

— Eu sei, querida, eu sei. Acredite em mim, eu sei. Só prefiro não discutir tudo isso em um dia que deveríamos comemorar. Mesmo porque nada mudou. É sempre a mesma velha história. Estou parecendo um bebê carente e chorão. As coisas vão melhorar.

Joss baixou a voz e fixou os olhos cheios de amor, de tanto amor, em sua melhor amiga, que quase a fez chorar.

— Eu sei que deve ser difícil para você ouvir que estou grávida — disse Joss gentilmente. — Sei que você queria ter filhos, que é uma coisa que você e Tate já quiseram muito. E que você ainda quer, mas ele prefere esperar mais. Sei que você até anda questionando seus motivos para ter um bebê agora. Discutimos isso recentemente e concordamos que, até você e Tate superarem essa fase difícil, a vinda de um bebê só complicaria as coisas.

Chessy não mentiria para as mulheres que mais amava no mundo. Suas melhores amigas. Suas irmãs. Seu porto seguro.

— Não vou dizer que não estou um pouco mexida... Tudo bem, um pouco não, muito — corrigiu ela ao perceber o olhar de "me engana que eu gosto" lançado por Kylie em sua direção. — Não é segredo para ninguém que quero ter filhos. Uma família grande. Quero o que nunca tive quando criança. Quero uma ninhada de filhotes que se sintam seguros, amados e queridos com todo o meu coração e minha alma.

— Você quer para eles o que seus pais nunca lhe deram — disse Kylie ternamente.

Chessy lançou-lhe um olhar de cumplicidade. Kylie e ela tinham sido crianças indesejadas, mas as semelhanças entre as duas acabavam aí. Kylie sofrera terrivelmente nas mãos abusivas do monstro que era seu pai.

Chessy jamais poderia dizer que fora vítima de abuso físico ou verbal. Ela simplesmente não existiu. Não para seus pais. Era apenas fruto de uma gravidez não planejada por pais que nunca quiseram ter filhos – e, como tal, não mudaram nada em suas vidas para se ajustarem à existência de uma criança na casa. Apenas continuaram como eram, vendo Chessy como um estorvo indesejado. Seus pais foram negligentes em relação a ela, mas não abusivos, embora haja argumentos de que a negligência não deixa de ser uma forma de abuso. Chessy não tinha sequelas físicas. Emocionais? Com certeza.

Tate sabia sobre a infância de Chessy e suas lembranças de solidão e carência de cuidados. Aquilo o transtornava, e ele prometera que ela nunca mais voltaria a experimentar esses sentimentos. Promessa cumprida... até agora. Ela sempre havia sido a prioridade de Tate. Seus anseios, suas necessidades, seus desejos eram prontamente atendidos pelo marido, cuja intuição decodificava até as vontades não explicitadas por Chessy. Ele chegava ao extremo de antecipar-se, adivinhando o que a mulher precisava e que ainda nem tinha percebido. Tate não tinha limites quando se tratava de dar a Chessy tudo o que ela não teve na infância.

Como ela queria isso de volta! Como queria o marido de volta! Queria que as coisas fossem como antes da tentativa de ele ganhar a vida por conta própria, constituindo uma empresa de planejamento financeiro com um sócio que sumiu na primeira oportunidade e deixou-o na mão, atendendo sozinho toda a clientela.

Em seu coração, ela sabia que Tate, no fundo, continuava agindo com o intuito de suprir cada necessidade dela. Ele não admitia que faltasse qualquer coisa a Chessy. Financeiramente. Ela tinha certeza de que a intenção dele continuava sendo a mesma, mas dinheiro não era sua maior necessidade naquele momento. Nada contra a segurança financeira, mas à custa do seu casamento? Ela só queria o marido de volta. Aquele homem que colocava as necessidades *emocionais* dela em primeiro lugar. *Não* as necessidades financeiras. Porque o dinheiro não é um substituto para o amor. Não existia substituto para o homem que ela adorava para além da razão. Como mostrar isso a Tate sem causar uma fissura no relacionamento? E se essa fissura crescesse e não pudesse mais ser reparada? Ela simplesmente não podia tolerar essa ideia. Nada valia o risco de perder Tate. Com certeza ela não correria esse risco por conta de inseguranças ridículas e carências pegajosas que, por uma perspectiva mais ampla, pareciam insignificantes. Em sua maioria, as mulheres agradeceriam de joelhos se tivessem um marido que se sacrifica todos os dias de sua vida para dar à esposa tudo do bom e do melhor. Como explicar que, para ela, coisas materiais não valiam nada se viessem à custa do casamento e da crescente distância que se formava entre os dois?

— Querida, o que está acontecendo entre você e Tate? — perguntou Joss, com um vinco de preocupação na testa. — Nós discutimos isso muitas vezes, mas, ainda assim, continuo sentindo que você não está dizendo toda a verdade. Sinto que você está guardando pelo menos uma parte dos seus sentimentos. Ainda está desconfiada de que ele tem um caso com outra mulher?

Chessy prendeu a respiração. Ainda que rapidamente, a simples sugestão de uma traição a afogava em agonia a ponto de nem sequer conseguir pensar sobre a hipótese sem sentir imensa dor. Ela se arrependia profundamente do momento de fraqueza em que compartilhara com as melhores amigas aquela suspeita, mesmo sabendo, no fundo da alma, que não havia nenhum fundamento nela.

— Eu sei que ele me ama — disse Chessy com firmeza. — Sei que ele não me enganaria. Ele é muito correto. Se estivesse interessado em outra mulher, ele seria franco comigo e pediria o divórcio.

A palavra "divórcio" trouxe ondas de agonia ao seu coração, embora ela acreditasse que as coisas não chegariam a esse ponto. De qualquer forma, Chessy se sentia tomada pelo pânico ao pensar que o casamento poderia chegar ao fim. Era um pensamento que ela não se permitia ter, tamanha a devastação que poderia lhe causar.

— Mas amar não é causar dor em quem se gosta — disse Kylie calmamente.

Deus sabe o quanto Kylie se familiarizara com a dor e o amor recentemente em sua própria tentativa de terminar um relacionamento. Se ela não tivesse tomado a iniciativa e terminado com Jensen "para o próprio bem dela", eles ainda estariam absolutamente infelizes e afastados.

— Tate não sabe que está me causando dor porque eu não disse nada a ele — respondeu Chessy. — Isso tem a ver comigo. Não posso esperar que ele conserte alguma coisa se não sabe qual é o problema *nem* a solução. Admito que estou sendo covarde. Uma parte de mim quer implorar para ele não trabalhar tanto, quer dizer para ele que não me importo com um monte de dinheiro no banco. Enquanto a outra parte acredita que posso resolver as coisas com um pouco mais de empenho na cama e assim ter meu marido de volta e fazer as coisas voltarem a ser como antes.

Joss e Kylie suspiraram com resignação. Já haviam discutido esse assunto várias vezes. Chessy sabia que as duas discordavam do modo como ela pensava e abordava o problema, mas a amavam e apoiavam incondicionalmente. E, por causa disso, Chessy as amava acima de qualquer coisa.

Parte dela reconhecia que as amigas tinham todo o direito de ficar frustradas com ela. Afinal, havia tempos ouviam seus lamentos sobre um problema que ela mesma não estava disposta a encarar e muito menos corrigir. Chessy sabia que havia enterrado a cabeça na areia, que estava em estado de negação diante das dificuldades no casamento. Até porque, para considerar qualquer solução, ela teria de admitir que o casamento estava mesmo em apuros. E ela não estava preparada para isso. Ainda não.

— Nosso aniversário de casamento é na sexta-feira — anunciou ela em um tom propositalmente descontraído, esforçando-se para mudar o caminho da sombria conversa. — Tate me prometeu um jantar no restaurante onde sempre comemoramos essa data. Sem telefone celular. Sem assuntos da empresa. Ele vai sair cedo do trabalho e prometeu que o fim de semana será nosso — disse ela. — E disse também que tem planos bem diferentes para depois do jantar. Eu mal posso esperar. Acho que um fim de semana só nosso vai ser maravilhoso para afastar minhas inseguranças e tolices. Eu nunca deveria ter permitido que as coisas chegassem a esse ponto. Reconheço que sou culpada por não me comunicar melhor com Tate, por não comentar com ele sobre minha insatisfação, mas, nesse fim de semana, quando estivermos a sós, focados exclusivamente em nós mesmos, juro que vou conversar com ele sobre... tudo.

Kylie e Joss pareceram aliviadas.

— Isso é maravilhoso, querida — disse Joss.

— Fico muito feliz que você esteja dando esse passo — complementou Kylie. — E concordo com você. Um fim de semana a sós com ele é exatamente o que você precisa para se sentir melhor em relação às coisas. E conversar com ele de forma aberta, contar o que você está sentindo, é um passo enorme na direção certa. Imagine só... Tate vai mover céus e terra para fazer você feliz de novo, mas, como você mesma disse, ele precisa conhecer o problema para poder corrigi-lo.

Chessy sorriu. Seu coração iluminou-se e um pouco da dor se esvaiu enquanto ela experimentava o bálsamo curativo do amor incondicional e irrestrito de suas amigas. Só Deus sabia quantos conselhos e reprimendas Chessy havia despejado em cima de Joss e Kylie em relação a determinados assuntos envolvendo a felicidade de ambas. Seria hipocrisia recusar uma dose do remédio que tão fartamente distribuíra para as amigas. Também não era legal ser tão despachada ao dizer o que elas tinham de fazer e, na sua vez, simplesmente ignorar os conselhos delas. *Bons* conselhos têm de ser acolhidos.

Então, pronto: Chessy estava decidida a ter a melhor comemoração de aniversário. Tate e ela redescobririam o amor que ainda compartilhavam. Passariam dias maravilhosos juntos, rindo e se amando, e ela conversaria com ele sobre sua crescente infelicidade. Era hora de parar de ser uma tola covarde, era hora de assumir uma posição e defender a própria vida e o relacionamento com um homem que ela amava com todo o coração.

2

Naquela sexta-feira, Chessy sentou-se à mesa reservada por Tate no restaurante em que comemorariam o aniversário de casamento, resistindo à vontade de olhar para o relógio. Havia um milhão de justificativas para aquele atraso. Trânsito. Problemas de última hora no escritório... Ela não se importaria com eles, desde que Tate aparecesse para dar início ao fim de semana especial que ele havia prometido.

No início do casamento, cinco anos antes, Tate tinha sempre se superado nas celebrações dessa data. Numa dessas comemorações, depois do jantar no restaurante, ele a levou para casa e pediu-lhe para arrumar as malas, pois estavam de partida para uma semana inteira de férias em Bora Bora.

As lembranças ainda a faziam sorrir. Sua emoção diante da surpresa maravilhosa que Tate havia preparado. Ele praticamente tinha dado a ela uma nova viagem de lua de mel. O mesmo bangalô erguido sobre as águas. A mesma cama. Eles passaram a maior parte daquela semana ali, aventurando-se a sair apenas para comer ou aproveitar o mar.

Nos últimos dois anos, porém, não havia sobrado tempo para essas frivolidades. Eles ainda celebravam a data no mesmo restaurante, mas, na manhã de segunda-feira, ele partia apressado para o trabalho, como de costume.

Chessy consultou o relógio de pulso e soltou um pequeno suspiro de alívio. Ele não estava atrasado. Na verdade, ela havia chegado mais cedo. Decidiu aproveitar o tempo e levantou-se para uma escapulida rápida até o banheiro para checar a aparência.

Ela havia dedicado atenção especial à maquiagem e aos cabelos. Tinha escolhido um vestido sexy e justo, que certamente provocaria os instintos de Tate. Com sorte, ele não conseguiria tirar os olhos de cima dela durante todo o jantar, emitindo aquele ardor inspirado por todas as coisas que fariam assim que chegassem em casa.

Ela estremeceu de prazer ao retocar o brilho labial e ajeitar os cabelos presos em um coque. Mechinhas encaracoladas deslizavam pela nuca e pelo pescoço, propositalmente descuidadas. Sem falsa modéstia, Chessy sabia que não podia estar mais arrasadora.

Esperando que Tate tivesse chegado, ela correu de volta para o salão. Seu coração murchou quando viu a mesa ainda vazia. Ela retomou lentamente o assento, observando todo o ambiente com atenção em b usca da presença dele.

Depois de um profundo suspiro, sentiu o celular vibrar. Com a esperança de que fosse Tate, abriu a pequena bolsa e pegou o aparelho rapidamente. Na tela que piscava, certificou-se de que era mesmo uma chamada do marido.

— Tate? Onde você está? — perguntou ela, ofegante, tentando manter o tom de voz livre de qualquer acusação.

— Desculpe, minha menina. — A voz grave e profunda do marido deslizou como seda em seus ouvidos. Ela sentia uma deliciosa emoção cada vez que ele a chamava de "minha menina". — Fui pego por um telefonema de última hora, mas já estou saindo do escritório. Dependendo do trânsito, acho que ainda demoro 20 minutos para chegar. Se preferir, pode ir fazendo os pedidos. Você já sabe mesmo o que vou pedir. Eu estarei aí quando o garçom estiver servindo a comida.

Chessy não pôde evitar que as extremidades de seus lábios se curvassem para baixo em uma expressão de desânimo. Não era assim que as coisas funcionavam em seu casamento. De jeito nenhum. Tate era seu dominador. Não apenas isso, mas também seu amante, marido, o homem que adorava e em quem confiava com todo o coração.

Era sempre ele quem tomava as decisões. Quem fazia os pedidos no restaurante. Chessy sentiu uma pontada de culpa no coração. Estava agindo como uma garotinha mimada de dois anos. Tate queria apenas evitar o cancelamento do jantar de aniversário – ainda assim, algo em seu íntimo registrou que, nos últimos tempos, de modo cada vez mais recorrente, o marido vinha se afastando do papel de dominância que sempre exercera em relação a ela. Mais e mais, ela era forçada a agir por conta própria, a tomar decisões no lugar de Tate.

Pela ótica de outra pessoa, aquilo pareceria bobagem. Afinal, Chessy era uma adulta perfeitamente capaz de tomar as próprias decisões, não uma pateta desamparada e perdida na ausência do marido. Mesmo assim, ela *voluntariamente* cedera todo o poder a Tate na dinâmica de seu relacionamento. Ele a fazia se sentir segura. Amada. Profundamente adorada, com cada necessidade atendida pelo marido. Ou, pelo menos, costumava ser assim.

Esse tipo de relacionamento, esse estilo de vida, era uma escolha. Talvez a maior escolha da vida de Chessy. Ela era uma mulher inteligente. Conhecia perfeitamente suas capacidades, mas havia optado por abandonar qualquer aspiração por poder em favor de seu dominador. Submissão não é para gente fraca. De modo algum. Ela tinha consciência de que, sendo submissa, exercia tanto poder em seu casamento quanto Tate. Apenas o fazia de maneira diferente.

— Eu cuido disso — respondeu ela, enfim, em voz baixa. — Dirija com cuidado. Mal posso esperar você chegar. Estou ansiosa para começarmos a comemorar nosso aniversário e termos um fim de semana inteirinho para nós dois. Faz tanto tempo que espero por isso, Tate! Você não tem ideia do quanto preciso disso. Do quanto preciso de *você*.

Houve uma longa pausa em que ela se amaldiçoou por ter colocado tanta expectativa sobre uma noite que ainda nem tinha começado.

Era como se ele não tivesse ideia do que dizer em resposta ao *apelo* que Chessy fizera.

— Eu amo você. Daqui a pouco a gente se vê — disse ela em um tom mais alegre, querendo encobrir o constrangimento causado pela explosão de carência apaixonada. De qualquer forma, era tudo verdade. Ela *realmente* precisava dele. Ela realmente queria ter o marido de volta, ainda que apenas por um fim de semana, antes que as coisas retornassem à rotina.

— Eu também amo a minha menina — disse ele com a voz rouca. — Vou estar aí o mais rápido que puder.

Quando desligou o telefone, Chessy sentiu o estômago pesar como chumbo. Ela não entendia por quê. Seriam só 20 minutos de atraso. Graças a Deus eram só 20 minutos de atraso. Quando o telefone vibrou, ela se afligiu com a possibilidade de que ele dissesse que não poderia ir ao restaurante, que algo havia acontecido e não havia opção a não ser cancelar o jantar. Justo naquela noite.

Será que seu casamento havia chegado a esse ponto? Ao ponto de sempre esperar pelo pior? Em sua defesa, Chessy lembrou que era justamente isso que vinha fazendo ao longo dos últimos dois anos. Desde a desistência do sócio no novo empreendimento, Tate assumira os contatos de todos os clientes e se colocara o objetivo de não perder nenhum. Com uma única exceção, ele vinha conseguindo honrar a meta autoimposta, mas isso implicava estar disponível todas as horas do dia, fosse para reuniões com clientes ou para atender ligações de investidores em pânico ao final de um dia ruim no mercado de ações. O expediente nunca acabava.

No início, Tate quis que Chessy o acompanhasse nos jantares com os clientes ou que desempenhasse o papel de anfitriã impecável, abrindo a casa para receber convidados em jantares organizados com a ajuda da incrível cozinheira que era Joss.

Mas Tate havia parado de fazer tais pedidos a Chessy. Em certa ocasião, apenas comentou que aquilo tudo era cansativo demais para ela e que não queria que o trabalho dele acabasse atrapalhando a *ambos*. Na época, Chessy interpretou isso como uma forma de carinho. Afinal, ele demonstrava preocupação em cuidar dela, em não submetê-la a situações de pressão, mas um casamento tem a ver com parceria, não é?

Ela não se lembrava de ter falhado ou envergonhado Tate em algum momento. Agora, porém, seu lado paranoico levantava dúvidas quanto a isso também. Talvez ele sentisse algum constrangimento por conta do jeito extrovertido *demais* dela, quem sabe animado *demais* para os sóbrios e endinheirados clientes de seu escritório. A recente indisposição de Tate em incluí-la no ambiente de negócios, cortejando e recebendo os clientes para jantar, não deixava de soar como mais uma rejeição. Na época, isso não a incomodara, mas agora, em retrospecto, causava-lhe um aperto no coração. Tate estaria cansado do casamento? Será que ela já não conseguia satisfazer o marido? Teria feito algo errado que o levou a perder a confiança nela? A fé no relacionamento? As dúvidas consumiam Chessy por dentro e cresciam cada vez mais, tornando difícil encobrir sua crescente infelicidade com sorrisos e falsas palavras de aceitação. Ela vivia mentindo para as amigas, mesmo sabendo que elas enxergavam tudo através de sua fachada. O simples fato de *mentir*, mantendo os sentimentos trancados dentro dela, fazia com que se sentisse uma enorme fraude.

Ela rapidamente engoliu o nó que se formava na garganta, determinada a não chorar naquela noite, sob o risco de estragar a maquiagem cuidadosamente aplicada. Joss e Kylie tinham ajudado em sua preparação para a grande noite. Chessy precisava desse apoio, uma vez que estava começando a duvidar de si mesma — e ela odiava essa sensação.

Entregar-se à submissão em seu relacionamento com Tate não a tornava uma idiota incapaz de lidar com as tarefas mais simples se ele não estivesse presente para orientá-la. Mas ele sempre esteve ali, cuidando dela, mimando-a, fazendo-a sentir-se protegida. Ela sabia que, se caísse, ele estaria ali para segurá-la. Era uma certeza confortável. Dava-lhe uma sensação de segurança que fazia dela uma mulher confiante. Ultimamente, porém, Chessy sentia-se na corda bamba sem sua rede de proteção lá embaixo. Era triste que visse mais Kylie e Joss do que o próprio marido e que se sentia mais envolvida pelos relacionamentos *delas* do que pelo seu casamento.

Ela acenou para o garçom depois de consultar o cardápio. Na verdade, não sentia fome alguma e seus nervos estavam à flor da pele por conta do plano inadiável de conversar com Tate naquele fim de semana a respeito de sua crescente infelicidade. Ela *não* tinha a menor ideia do que poderia acontecer.

Em parte, Chessy achava que ele ficaria horrorizado ao saber que não estava suprindo as necessidades dela. Outra parte sua temia que Tate ficasse bravo com a falta de "compreensão" em relação aos sacrifícios que vinha fazendo em nome da estabilidade financeira do casal. Ambas as possibilidades eram viáveis. Ela se entristeceu ao perceber que estava tão distante do que se passava pela cabeça de Tate que nem sequer fazia ideia da maneira como ele reagiria. Torcia para que fosse compreensivo e prometesse se esforçar para passar mais tempo com ela. De qualquer forma, a expectativa estava acabando com ela.

O garçom postou-se ao lado da mesa, e, em voz baixa, pouco acima de um sussurro, Chessy fez os pedidos, que seriam acompanhados por uma garrafa de seu espumante favorito, o mesmo que haviam tomado em todos os aniversários anteriores. Eles haviam descoberto esse vinho na viagem de lua de mel, quando juraram comemorar cada ano de casamento com um brinde e prometer que o ano seguinte seria ainda melhor.

Então, por que o mundo parecia pesar sobre seus ombros? Por que se sentia tão fatalista? Talvez porque, nos dois anos anteriores, os brindes por um "ano melhor" tiveram um sabor de fracasso, uma vez que os votos não foram cumpridos. Ao contrário, tudo foi ficando pior.

Ela jamais seria tão estúpida a ponto de dizer que não podia ficar pior. Porque podia. E se Tate reagisse com uma confissão de sua própria infelicidade, dizendo-se igualmente infeliz e disposto a terminar o casamento? Esse seria o pior desfecho possível. Os dois ainda não estavam no fundo do poço, embora ela se perguntasse se ainda continuavam casados de verdade, de coração.

Gente casada não se comportava como eles dois. Pelo menos, não nos casamentos que ela conhecia. Casamentos, não: relacionamentos. Seriam Joss e Dash e Kylie e Jensen exceções à regra? Ou seriam a norma? O fato era que o casamento de Chessy não se assemelhava com o que as amigas tinham construído com seus parceiros. E ela nunca levava em conta os relacionamentos de outras pessoas além das amigas porque... Bem, porque estava com medo. Tinha medo do que poderia descobrir. Então, adotava uma postura de avestruz, com a cabeça enterrada na areia, sem sair dali por nada deste mundo, e isso só a deixava ainda mais infeliz.

Ela se recusou a olhar para o relógio. Em vez disso, olhou para as pessoas ao redor a fim de praticar seu jogo favorito: observar pessoas e tentar adivinhar o que acontecia nas mesas dos clientes que se deliciavam com suas refeições.

Flagrou uma discussão entre um casal. As vozes se ergueram pouco antes de a mulher, em alto e bom som, dizer para seu acompanhante se calar e depois olhar constrangida a sua volta para se certificar de que não tinham chamado atenção demais. Chessy rapidamente desviou o olhar para não aumentar ainda mais o óbvio desconforto da pobre mulher.

Um sorriso suavizou seu rosto quando viu um casal de idosos de mãos dadas, com os braços estendidos sobre a mesa enquanto erguiam um brinde. Em seguida, o homem inclinou o corpo para beijar a esposa, e Chessy sentiu um aperto no coração.

Chessy só se deu conta de que o tempo havia passado quando os pratos chegaram à mesa. Ela consultou o relógio e percebeu que mais de 30 minutos tinham passado desde sua chegada. Havia demorado para fazer os pedidos propositalmente, para garantir que Tate estivesse lá antes que a comida fosse servida.

O garçom ofereceu um olhar de solidariedade que quase matou Chessy de vergonha. Ela abriu um grande sorriso.

— Meu marido vai chegar em poucos minutos. Antes que a comida esfrie, com certeza.

O garçom encolheu os ombros, dando a entender que não tinha nada a ver com aquele assunto. Colocou um prato diante dela e o de Tate do outro lado da mesa. Assim que ele se virou, Chessy esticou o braço e puxou o prato de Tate para o lugar ao lado dela.

Tate e ela sempre se sentavam lado a lado. Nunca em lados opostos da mesa, de onde não pudessem se tocar ou falar intimamente sem receio de ser ouvidos.

Chessy ajeitou-se, sentindo-se tentada pelo prato fumegante à sua frente e pelo aroma delicioso invadindo-lhe as narinas. Onde ele estava?

Ela pegou o telefone e checou se havia recebido mensagens de texto desde que silenciara o telefone ao entrar no restaurante. Talvez o celular tivesse vibrado, sinalizando uma ligação ou nova mensagem, sem que ela percebesse.

Nada. Respirando fundo, ela ligou para Tate. Franziu a testa quando ele demorou a atender. Em seguida, sentiu o estômago se contrair quando a chamada foi encaminhada para a caixa de mensagem.

Algo terrível havia acontecido? Um acidente? Tate nunca deixava que as ligações dela caíssem na caixa postal. Não que ela ligasse muito para ele durante o dia. Sabia perfeitamente que ele era ocupado e não queria bancar a esposa carente pegajosa. Ainda que ela fosse uma esposa carente e pegajosa. Precisava ter seu marido de volta.

Seu nível de ansiedade atingia proporções épicas conforme ela assistia à comida esfriar no prato enquanto os minutos passavam. Ela deveria começar a comer. Ele que comesse sozinho, se e quando chegasse ao restaurante. Chessy recusava-se a acreditar que ele estava ferido em algum lugar, precisando de ajuda enquanto ela esperava por ele no restaurante.

Depois de uma hora, o garçom começou a rondar a mesa com mais insistência, obviamente esperando que fosse desocupada. O restaurante era muito concorrido, estava sempre lotado e só atendia mediante reservas. Uma hora era tempo mais do que suficiente para saborear uma refeição, com a sobremesa, e no entanto seu marido nem havia chegado. Os dois pratos, frios e intocados, continuavam diante dela. Um nó no estômago a impedira de provar mesmo uma mínima garfada. Ela temia tocar na comida e precisar fugir correndo para vomitar no banheiro.

Lágrimas enchiam os olhos de Chessy, que lutava para contê-las. A única desculpa aceitável para mais de uma hora de atraso – quando ele tinha dito 20 minutos, no máximo – era que Tate tivesse sofrido um acidente ou algo tão terrível quanto isso.

Ela abriu a bolsa e contou o dinheiro na carteira na esperança de que fosse suficiente para pagar a conta. Não queria passar pelos minutos de constrangimento ao pagar com cartão nem precisar esperar pelos procedimentos burocráticos operados pelo garçom.

Aliviada, descobriu que havia dinheiro até para uma boa gorjeta, ainda que o garçom tivesse feito pouco além de servir os pratos. Pratos intocados, desperdiçados. Pôs as notas em cima da mesa e dirigiu-se rapidamente para a saída, com lágrimas transbordando dos olhos por causa de Tate.

Então, sentiu-se imediatamente culpada. Talvez ele tivesse mesmo sofrido um acidente. Talvez estivesse internado em algum hospital. Mas, se isso tinha acontecido, por que ninguém havia telefonado para ela?

Chessy quase tropeçou quando o elegante tapete do restaurante chegou ao fim e deu lugar ao mármore liso que recobria o chão do luxuoso bar. Estava quase alcançando a porta quando, pelo canto dos olhos, viu algo que chamou sua atenção.

Ela parou, em choque absoluto, e abriu a boca ao encarar ninguém menos do que *Tate*. Ali, no bar, bebendo, cheio de sorrisos para uma mulher. Uma mulher impressionante, aliás. Alta, magra, elegante. Obviamente rica. E ela estava com a mão pousada no braço dele de uma forma inegavelmente íntima.

Caramba, Tate estava com uma mulher no mesmo restaurante onde havia combinado de jantar com ela! Como ele *ousava* estar com aquela mulher justamente naquele lugar, o restaurante *deles*.

As lágrimas escorreram por seu rosto. Ela estava prestes a se virar para fugir quando Tate a viu, com uma expressão de choque no rosto. Não era culpa. Era remorso. Chessy pôde vê-lo praguejar, sussurrando um palavrão enquanto conferia o relógio.

Tate caminhou em direção a Chessy, que finalmente conseguiu mover as pernas momentaneamente paralisadas pela dor e pela humilhação. Ela correu para a saída, sem se importar que tinha ido de táxi até o restaurante, uma vez que o plano era voltar para casa com Tate. Ela tinha a chave reserva do carro dele. Ele que voltasse a pé para casa.

A fúria se apossava dela conforme as lágrimas encharcavam o rosto, nublando-lhe visão. Ela percorreu o estacionamento do restaurante correndo às cegas, ignorando os manobristas, até avistar o Cadillac Escalade na área isolada do serviço de manobrista.

— Chessy!

Ela se encolheu ao ouvir Tate gritar seu nome, mas continuou correndo, dando graças a Deus por estar usando sandálias, e não sapatos de salto alto que àquela altura já a teriam feito passar vexame, caindo no chão do estacionamento.

— Chessy! Pare, droga! Você não pode dirigir nessas condições. Por favor, pare e me escute! Por favor!

Chessy alcançou o veículo e apertou um botão no comando da chave para destravar a porta. Chegou a abrir a porta, mas sentiu Tate agarrá-la pelo braço.

Ela virou-se, com lágrimas escorrendo pelo rosto. Tate sempre odiou vê-la chorar. No passado, ele ficaria arrasado ao vê-la chorar daquele jeito, mas naquela noite parecia apenas desesperado, com um arrependimento sincero estampado no rosto. Àquela altura, porém, era tarde demais para se arrepender. Ele havia ultrapassado o limite e não tinha como consertar o que fizera. Ela estava farta.

— Fique longe de mim — disse ela com a voz embargada.

Chessy nunca tinha dado ordens a Tate. Nunca. Esse era o papel *dele*. Ela era a submissa. Ele era o dominador. Porém, ela agora sentia o despertar de uma mudança de poder. Estava assumindo o controle. Ele que fosse para o inferno!

Ela tentou se sentar no banco do motorista, mas Tate a puxou para fora, acolhendo-a em seus braços com cuidado, como se temesse uma agressão física, mas ela tinha orgulho suficiente para não fazer uma cena em público e ficar ainda mais envergonhada. Dura como uma tábua de madeira, recusou-se a olhá-lo nos olhos enquanto ele a levava para o lado do passageiro e sentava-a no banco, puxando e prendendo o cinto de segurança com movimentos bruscos e rápidos. Ele a olhou nos olhos, com uma encarada dura e inflexível. Um olhar pelo qual ela seria capaz de morrer, um olhar pelo qual ela ansiava havia tempos. Por que só agora ele reassumia seu lado dominador? Por que só agora que tudo estava em ruínas e ela não se importava mais com nada?

— Não se atreva a se mexer — rosnou ele.

Normalmente, isso teria feito Chessy tremer de excitação pelo que viria pela frente. Era o tom que ele usava quando lhe dava ordens. Quando a possuía. Quando usava o corpo dela como se fosse seu. Uma propriedade da qual ele usufruía como bem entendia. Mas e agora? Ela estava tão furiosa que só queria mandá-lo para o inferno.

Ela congelou o olhar no para-brisa enquanto Tate desenroscava cuidadosamente as chaves de sua mão e, em seguida, batia a porta do carro. Em segundos, ele já estava sentado no banco do motorista ligando o carro, quase como se temesse que ela, a qualquer momento, saísse do carro. Chessy chegou a considerar essa possibilidade, vendo logo um problema prático: para voltar para casa, teria de pegar um táxi na porta do restaurante ou telefonar para Joss ou Kylie. Qualquer uma viria buscá-la na hora.

Mas isso significava escancarar para as melhores amigas que seu aniversário de casamento havia resultado num completo desastre. Droga! Elas tinham suspeitado que aquela comemoração acabaria mal. Não foi por falta de aviso, pois as duas deixaram muito clara a preocupação com o relacionamento instável de Chessy com o marido.

Tate tirou o carro do estacionamento.

— Por favor, não chore, Chessy — disse ele em voz baixa. — Eu estou tão arrependido... Perdi a noção do tempo.

— Quem era ela? — perguntou Chessy friamente, ignorando as palavras e o pedido de desculpas do marido. Palavras não significavam nada naquele momento. Ações falam muito mais do que palavras, e as ações dele tinham sido no mínimo suspeitas, na opinião dela.

Tate olhou assustado para ela.

— É uma possível cliente. Aliás, uma cliente muito importante, que eu gostaria de conquistar o mais rápido possível. Ela fez questão de uma reunião, e eu combinei de encontrá-la no bar do restaurante. Assim que terminássemos a conversa, eu iria jantar com você.

— Ah, sim, o jantar esfriou enquanto você se atrasava por uma hora! — retrucou Chessy com um tom gélido.

— O que está acontecendo com a minha menina? — perguntou Tate, tentando quebrar o gelo. — Você tem estado diferente ultimamente.

Ela o fuzilou com seu melhor olhar de ironia.

— Uau, como você é observador, Tate! Faz um ano inteiro que ando diferente e só agora você percebeu? Você faltou ao nosso jantar de aniversário porque estava ocupado demais bajulando uma ricaça vagabunda no bar do restaurante em que íamos jantar. Pense por um momento, Tate, e imagine se os papéis fossem invertidos. Imagine-se lá, sentado diante da comida fria, e no minuto seguinte me vendo com outro homem no bar do mesmo restaurante.

Tate arregalou os olhos e praticamente rosnou.

— Eu nunca vou deixar outro homem tocar em você, a menos que eu mande.

Chessy quis chorar diante da constatação de tudo o que vinham perdendo. Fazia dois anos que não experimentavam os jogos de dominação e submissão de que tanto gostavam. Dois anos, e no último ano Tate aparentemente havia desistido até mesmo de mostrar sua dominância. Era como se um estranho tivesse se apossado do corpo dele.

— Eu não estou feliz — disse ela, finalmente atingindo o cerne da questão. — Eu não sou feliz há muito tempo.

Tate pareceu chocado. Genuína e totalmente chocado.

— O que você está dizendo? — perguntou ele com a voz rouca. — Você está dizendo que quer terminar nosso casamento?

Ele parecia tão horrorizado que ela sentiu pena por um breve momento, mas imediatamente se lembrou de todos os programas cancelados na última hora e de todas as festas de amigos das quais ele saía mais cedo, ou nem ia, porque algum cliente havia chamado. E, para completar, ele havia trocado o jantar de aniversário de casamento pela oportunidade de cortejar uma possível cliente.

Possível cliente? Aquela mulher estava flertando com ele, e Chessy sabia muito bem disso. Afinal, ela era mulher e reconhecia claramente os sinais de sedução que a outra estava emitindo. E Tate não tinha feito nada para afastá-la. Não tinha evitado o toque dela. Tate enlouqueceria se algum homem tomasse liberdades com Chessy, a menos que o próprio Tate desse ordens nesse sentido, o que ele fazia para agradá-la enquanto assistia a tudo. Sempre no comando. Mas ela não conseguia nem se lembrar da última vez que tinham se divertido no The House.

The House era um lugar onde as pessoas podiam experimentar suas mais secretas fantasias sexuais. Sem julgamentos. Sem preconceitos. O proprietário do The House, um empresário riquíssimo chamado Damon Roche, era extremamente exigente na admissão dos frequentadores do local. Todo mundo devia achar que Chessy havia sido excluída da lista de convidados, já que não aparecia por lá havia dois anos.

Ela respirou profundamente. Droga! Não era assim que ela havia imaginado iniciar aquela conversa com Tate. O plano era ter um maravilhoso jantar de aniversário seguido de uma noite de amor — e ela nem se importaria se não houvesse nenhuma iniciativa de dominância por parte dele. Bastava-lhe estabelecer uma conexão íntima com o marido outra vez.

E, então, depois de um fim de semana maravilhoso, sem celulares nem conversas sobre negócios ou qualquer outra coisa, ela abordaria com muito cuidado o assunto de sua crescente infelicidade.

Todo o planejamento escorrera pelo ralo agora que ele havia estragado o jantar de comemoração de aniversário de casamento.

— Eu não quero terminar nosso casamento, Tate. Quero que nosso casamento *mude* — disse ela com firmeza, orgulhando-se de ter colocado aquilo para fora sem vacilar nem se debulhar em lágrimas.

Tate apenas a olhou com uma expressão de total confusão e praguejou ao perceber que invadira a pista contrária da rua. Girou o volante numa manobra e por pouco não causou uma grave colisão.

— Preste atenção ao volante — disse ela com uma voz cansada. — Não deveríamos estar discutindo esse assunto dentro de um carro. Vamos falar sobre isso quando chegarmos em casa.

Ela sentiu vontade de chorar outra vez ao se ver no controle da situação. Era ela quem estava dando as ordens. Não era assim que o relacionamento do casal devia funcionar, mas Tate estava forçando Chessy a assumir o controle sobre as coisas. Ela podia sentir no ar a troca de papéis, a transferência de poder entre eles, e não se sentia nem um pouco satisfeita com a mudança.

3

Tate manobrou o carro na garagem de casa, situada num condomínio fechado e caro afastado do centro de Houston. Olhou de lado para Chessy, como fizera ao longo de todo o trajeto, apesar da ordem expressa da esposa para que apenas dirigisse e deixasse a conversa para mais tarde.

O rastro das lágrimas — mais evidente do que no estacionamento do restaurante, o que significava que ela também havia chorado no caminho de volta para casa — devastara as feições delicadas de Chessy. Era como ter levado um soco na cara sem ter a mínima ideia de como reagir ao ataque.

Tate agia como um inútil quando Chessy chorava. Odiava vê-la infeliz e seria capaz de mover céus e terra para consertar a causa dessa infelicidade.

Mas, aparentemente, dessa vez era *ele* mesmo quem a havia feito infeliz. O que havia feito para desencadear *aquilo?* Ele estava totalmente perplexo com a explosão de Chessy. Por um breve, mas horrível momento, pensou que ela estava pedindo o divórcio.

Tate chegou a perder o fôlego, tamanho o terror que o invadira. Uma vida sem Chessy? Ele não suportava sequer pensar nessa ideia.

— Vamos entrar para podermos conversar, amor — disse ele em voz baixa, quase em tom de súplica. Que inferno, era uma súplica mesmo! Ele estava quase implorando.

Ela manteve o olhar fixo no para-brisa. Parecia uma escultura de gelo.

— Chessy, por favor, venha para dentro comigo. Há muita coisa que quero conversar. Preciso que a minha menina fale comigo para eu poder corrigir o que estiver errado.

Lentamente, ela se virou, com os olhos tão inundados de mágoa que Tate sentiu uma mão invisível apertar-lhe a garganta a ponto de quase sufocá-lo. Quando as coisas começaram a dar errado? Como ele não percebeu isso?

Sim, Tate tinha notado uma mudança no comportamento de Chessy no ano anterior, mas nunca houve qualquer indício de que estivesse infeliz ou insatisfeita por culpa dele. Chessy sempre tinha um sorriso brilhante, quente e afetuoso para o marido. Demonstrava compreensão quando ele tinha de deixá-la para atender algum cliente. Sua contrariedade se resumia a uma breve expressão de desconcerto que logo era apagada por um ensolarado sorriso de boa vontade.

Era tudo mentira? Ou ele apenas esteve cego para a insatisfação da esposa?

— Você *quer* corrigir isso? — perguntou ela em tom desafiador. — Sério, Tate... Você nem sequer se importa? Quer consertar o que está errado ou quer que as coisas continuem como estão? Quer ir embora mais cedo dos encontros com nossos amigos? Atender telefonemas a qualquer hora da noite? Nós não podemos desligar esse celular nem para fazer amor. Você está tão ligado a ele que parece que o mundo vai acabar se você passar uma hora longe desse maldito telefone.

Tate prendeu a respiração ao ouvir o tom amargo na voz de Chessy. A mágoa se aglomerava no rosto dela e transbordava na forma daquele desabafo passional, ou melhor, daquelas perguntas. Ele queria mesmo resolver o problema? É claro que sim, mas primeiro tinha de descobrir o que deveria ser reparado.

Ele estendeu a mão sobre o assento para pegar a mão dela, com um pouco de medo — na verdade, com muito medo — de que ela se retraísse, recusando-se a ser tocada. Ela manteve a postura rígida, mas não afastou a mão. Gentilmente, Tate deslizou o polegar sob os dedos de Chessy, entrelaçou-os e inclinou-se para levar a mão dela aos seus lábios.

— Meu amor, quero que me escute. Eu amo você. Você é o mundo para mim. Sempre foi. Quer que eu conserte as coisas? Pode deixar, eu conserto. Mas primeiro eu tenho de saber o que precisa ser consertado. E isso significa que nós temos de entrar em casa e que você precisa falar comigo. Vamos fazer isso, por favor?

Suas palavras soaram estranhas. Aliás, todo o comportamento dele desde que a noite terminara em frangalhos não correspondia ao verdadeiro Tate nem ao tipo de relacionamento que mantinha com Chessy. Ela era sua. De todas as maneiras que importavam, ela era sua. Ela o havia presenteado com submissão absoluta, e, na condição de dominador — e de homem que a amava com todo o coração —, ele tinha a responsabilidade de zelar por essa dádiva, mimando-a e garantindo que ela fosse feliz.

Tate sentia-se um fracassado. Seu lado dominante não havia aparecido nessa noite. Chessy assumira o controle da situação sem dar a mínima para a opinião dele, mas o normal era que ele ditasse as ordens. O relacionamento deles sempre tinha funcionado desse jeito. Sempre.

Por que não naquela noite? Bem, olhando para trás, aquilo na verdade vinha de longe, bem antes daquela noite. Qual fora a última vez que ele realmente exercera seu domínio sobre Chessy? Tate costumava controlar todos os aspectos da vida dela. Um comportamento que, embora parecesse radical para quem conhecia o casal superficialmente, funcionava bem na dinâmica entre os dois. Ele queria a submissão dela e ela queria o domínio dele. Chessy nunca havia fugido do controle de Tate. Nunca se queixara. Nunca manifestara nenhum sinal de que estivesse infeliz com o acordo tácito que regia o casamento.

Mas quando ele tinha dado sua última demonstração de domínio?

Com tristeza, Tate constatou que não conseguia se lembrar. Não via ao longo do último ano nenhum período ou episódio isolado em que ele tivesse se comportado como um autêntico dominador.

As peças do quebra-cabeça se juntaram em sua mente, e ele não gostou nem um pouco da imagem final. Tate odiava a ideia de ter falhado com Chessy, mas havia falhado muito. Sua menina estava triste, justamente ela que sempre havia sido tão feliz! Chessy tinha o dom de iluminar qualquer ambiente como um milhão de raios de sol. Era dona de tamanha ternura, de um coração tão afetuoso, que, sem se dar conta, espalhava amor entre todos os que cruzassem seu caminho.

As pessoas sempre ficavam à vontade com Chessy. Por isso, ele não pensou duas vezes antes de trazer clientes para jantar em casa, pois ela fazia com que relaxassem e se tornassem mais receptivos. Ela era como um ímã, atraindo pessoas com sua personalidade efervescente. Em pouco tempo, porém, ele notou que aqueles compromissos talvez estivessem sobrecarregando a rotina da esposa, e a última coisa que queria era transferir para ela as pressões de seu trabalho. Era dever dele suportar esse fardo, e não dela. Ele disse a Chessy, então, que queria afastá-la desses compromissos de negócios e que preferia que ela passasse o tempo com as amigas em vez de estar sempre planejando eventos sociais.

E agora a luz daqueles belos olhos havia sumido. Tudo por causa dele e de sua incapacidade de atender às necessidades da mulher.

Ele apertou a mão de Chessy à espera de uma resposta. Ela demorava para falar e rugas vincavam sua testa, como se estivesse travando uma espécie de guerra interna para articular as ideias. Por Deus, qualquer que fosse o motivo, tudo o que Tate queria era que ela aceitasse seu pedido e entrasse em casa para conversar.

— Eu vou falar... — disse Chessy finalmente.

Seu tom era fatalista. Como se ela já tivesse tomado uma decisão mesmo antes de discutirem a relação e falarem sobre a causa de sua infelicidade. Será que ela havia perdido a fé que depositava nele? Esse pensamento devastou Tate.

— Mas quero falar em território neutro — acrescentou ela. — Não vai adiantar nada fazer sexo com esse muro entre nós. Não quero que nossa atração física tire o foco da discussão. — Ela concentrou o olhar no chão, e a tristeza enrugou seu rosto e arqueou-lhe os lábios numa careta triste. — Se é que você ainda me quer mesmo — continuou ela em um tom de profunda melancolia. — Faz tanto tempo que você não me procura que acho que não quer mais fazer sexo comigo, que já não tem desejo por mim.

Tate quase engoliu a própria língua quando os protestos imediatamente se formaram em seus lábios. Havia tantos equívocos naquela declaração que ele mal sabia como começar a rebatê-los.

Eles *nunca* usavam a palavra "sexo" quando se referiam à própria vida amorosa. *Nunca*. Sexo era para os outros, que desconheciam a profundidade do envolvimento emocional que Chessy e Tate conseguiram atingir. Pelo menos, era assim que ele pensava.

Não querer Chessy? Ele estava boquiaberto. O que ele havia feito para plantar uma ideia tão ridícula na cabeça da esposa? Para Tate, ela era a mulher mais bonita do mundo. Outras mulheres simplesmente não existiam. Como ele poderia almejar mais quando tinha uma esposa linda, amorosa, generosa, meiga e submissa em casa esperando por ele todos os dias?

Tudo bem, era verdade que eles não faziam amor havia algum tempo. Talvez um longo tempo. Ele estremeceu por dentro enquanto remexia na memória e não conseguia resgatar a lembrança da última vez que tinham se amado para valer.

Houve, sim, sessões rapidinhas. Sem gradações de prazer. Sem muitas preliminares. Totalmente egoístas da parte de Tate, que depois do sexo se arrumava apressadamente e seguia para o trabalho ou para uma reunião com clientes.

Sim, enfim ele admitia o uso da palavra "sexo" nas descrições de sua vida amorosa. A bem da verdade, era o máximo que ele fizera recentemente. Sexo egoísta. Sem suprir apropriadamente as necessidades de Chessy. Sem exercitar seu domínio – algo que ela não apenas desejava, mas *necessitava*. Mais um exemplo sombrio a ser acrescentado em sua crescente lista de erros.

— Vamos conversar onde quiser — disse ele, com um nó na garganta. Tate estava cedendo o poder a ela. Uma completa inversão de papéis. Ele não gostava nem um pouco do que estava acontecendo. E, pelo olhar de Chessy, nem ela.

Mas o que deveria fazer nessa situação? Tate seria um perfeito babaca se recorresse à sua dominância, se forçasse a submissão da esposa e, a partir daí, tirasse proveito para manipular os sentimentos dela.

Para o inferno com sua dominação! Ele preferia que ela assumisse o controle total e absoluto dessa situação. Não queria que ela se sentisse ameaçada. Ele deliberadamente se desarmava e se prostrava aos pés dela para que Chessy pudesse desabafar e colocar para fora tudo o que precisava dizer. Era evidente que sua relação estava em apuros e que Chessy se sentia mal há muito tempo.

Tate estava arrasado.

— Vamos entrar logo — disse ele em tom neutro, embora seu coração estivesse esfolado e o medo, uma sensação até então estranha para ele, estivesse agarrado a seu corpo inteiro. Tate entrara em pânico no momento em que viu o rosto de Chessy no bar do restaurante e ele vira a devastação total nos olhos dela. Soube, então, que a empurrara para além dos limites suportáveis. Que mulher não concordaria com ela? Na noite em que sua atenção deveria estar totalmente concentrada em Chessy e na celebração de mais um ano de união, ele cometera o pecado de se distrair com uma possível cliente.

E agora ele percebia o quanto aquela cena foi dura para Chessy: o marido sorrindo e conversando com uma bela mulher a poucos metros de distância do lugar onde a esposa o havia esperado em vão para comemorarem o aniversário de casamento. A comida fria, a desistência da espera, todo aquele acúmulo de frustrações só porque ele não viu o tempo passar diante da prioridade de fechar um negócio com a maior urgência possível. Sim, ele havia arruinado tudo, e agora precisava trabalhar rápido para juntar os cacos. Não apenas daquela noite, embora ela tenha sido indubitavelmente a gota d'água para Chessy. A insatisfação dela se estendia por um longo tempo, mas ele se mantivera cego para o problema. Ou, talvez, uma pequena parte dele desconfiasse daquilo que não queria admitir de modo algum, uma vez que isso significaria admitir ter falhado com Chessy.

Ela não esperou que ele desse a volta no carro e abrisse a porta. Simplesmente abriu a porta sozinha, desceu e dirigiu-se para a casa. Em seguida, às pressas, destrancou a porta de entrada sem olhar para trás, mas não foi rápida o suficiente para ocultar do marido as lágrimas que escorriam pelo rosto.

Droga!

Ele correu atrás dela, temendo que desistisse da conversa e o expulsasse de casa de uma vez. Parte de Tate apavorou-se ao imaginar que Chessy poderia ir ao quarto e arrumar a mala dela. Ou a mala dele. Ela tinha de saber que ele jamais a deixaria sair de lá. Era a casa dela, o refúgio dela. Se alguém tinha de sair, que fosse ele, mas, por Deus, Tate não queria nem pensar nessa hipótese.

O que quer que estivesse errado no relacionamento, ele estava disposto a corrigir ou morrer tentando. Ela era seu mundo. Por que Chessy não conseguia enxergar isso?

Porque ultimamente você não tem mostrado isso a ela, seu idiota.

Ele tentou afastar o sentimento de culpa e entrou na ampla sala de estar de pé-direito duplo, com seis metros de altura. Para seu alívio, viu Chessy ao lado do armário de bebidas. Sua postura continuava rígida enquanto ela enchia um copo de... Ela estava mesmo preparando um drinque? Chessy não gostava muito de beber. No máximo, tomava um vinho com as amigas ou em festas. Era algo que ela e Kylie tinham em comum. Nenhuma delas gostava de beber. Kylie não gostava de bebida por conta do passado turbulento, quando sofrera abuso por parte do pai alcoólatra. Chessy tinha sido atormentada por outro motivo. Negligência. Embora isenta de abuso físico, a infância carente de atenção paterna havia moldado sua maneira de ser, enchendo-a de insegurança quanto ao lugar que ocupava no mundo. Tate havia jurado que jamais reproduziria o erro dos pais dela. E agora encarava a perspectiva muito concreta de que talvez tivesse quebrado esse juramento.

Chessy virou o copo de uma vez, o que a fez tossir. Em um instante, Tate já estava atrás da mulher para ajudá-la, sentindo o perfume tentador dela deslizar em suas narinas.

O vestido que ela escolhera para a ocasião tinha sido feito sob medida para seduzir. Chessy sabia que Tate não seria capaz de tirar os olhos de cima dela. Ele comeria apressadamente, tentando encerrar o jantar o mais rápido possível para poder levá-la para casa, tirar o vestido daquele corpo delicioso e, finalmente, assumir o papel de dominador diante de sua submissa.

Pelo visto, ela havia feito vários planos para celebrar o aniversário. Em seu caminho para a sala de estar, Tate observou, pela porta aberta da suíte, que todos os apetrechos e brinquedinhos que ele tinha escolhido a dedo e costumava usar para dominar Chessy estavam cuidadosamente arrumados sobre a cama. Estavam organizados de forma que ele pudesse escolher os instrumentos de prazer a serem usados naquela noite. No entanto, Tate tinha frustrado todas as expectativas, e aquilo que deveria ser uma noite muito especial ao lado de sua menina acabou escorrendo pelo ralo. Como ele pôde fazer isso com ela?

Engasgada, Chessy tossia bastante. Os olhos, previamente marejados, pareciam transbordar uma nova onda de lágrimas por conta da bebida que parecia ter descido por um canal errado de seu corpo.

Tate fez carinho nas suas costas e, em seguida, fez uma massagem com suaves movimentos circulares.

— Tudo bem, Chessy? O que você estava bebendo?

Ela deu de ombros.

— Peguei a primeira garrafa que vi e despejei no copo.

Tate estendeu o braço para alcançar a garrafa que Chessy tinha largado descuidadamente.

— Pelo amor de Deus, Chessy, você não precisa se embebedar para falar comigo. Sou eu, lembra? Seu marido. Mais do que seu marido, seu melhor amigo. Quando é que você teve de buscar ajuda no álcool para falar comigo? Será que a situação está tão ruim assim?

Ela arrotou e cobriu a boca com as mãos. Tate não conseguiu deixar de rir. Chessy era o símbolo da polidez e da discrição e ficaria mortificada para sempre se tivesse feito isso em público. Na opinião dele, os arrotos dela eram até bonitinhos, quase como os de um bebê.

— O que eu tenho para falar não é bom — disse ela num tom que já confirmava a eficiência do álcool na tarefa de destravar línguas e inibições. Ou, pelo menos, era isso que ele esperava. Ao mesmo tempo, o que ela disse despertou preocupação, fazendo com que Tate sentisse o estômago revirar. Ele ficou completamente paralisado; sua língua parecia seca e inchada, afetando-lhe a capacidade de falar.

O que eu tenho para falar não é bom.

As palavras soavam em seus ouvidos sem parar, num fluxo contínuo de repetições que só pôde ser interrompido quando ele sacudiu a cabeça.

— Venha sentar no sofá comigo, Chessy. Você não precisa ficar andando de um lado para o outro depois de ter bebido. Podemos resolver isso, querida. Você sabe que eu amo minha menina mais do que qualquer coisa no mundo. Seja o que for, juro que podemos resolver.

Aquelas palavras apaixonadas pareceram tocá-la, fazendo-a se levantar. Ele podia sentir as engrenagens girando na mente dela e via a incerteza nos olhos da esposa e, pior ainda, a dúvida. A dúvida nublava os belos olhos de Chessy, e aquilo magoou Tate, pois ele costumava inspirar na esposa fé absoluta. Fé nele, no casamento e no relacionamento.

Era um novo território para Tate, e ele não gostava nem um pouco disso. Em todos os aspectos da vida, ele era decidido, assumia o comando e ganhava batalhas sem fazer prisioneiros. Até aquela noite, ele acreditava piamente ser o dominador de Chessy, o homem que atendia a todas as suas necessidades.

— Chessy? — chamou ele em voz baixa, tocando no braço dela.

Ela se encolheu e recuou, fazendo com que ele perdesse o fôlego. Quando tinham chegado ao ponto de ela nem mesmo tolerar ser tocada por ele? Será que ela estava magoada num nível que não conseguia mais ficar no mesmo cômodo que o marido?

Ela se virou e cambaleou em direção ao sofá. Tate não se permitiu sentir alívio por essa pequena vitória, pois sabia que ainda haveria uma verdadeira montanha a ser escalada a partir do momento em que se sentassem no sofá e Chessy abrisse o coração.

Se é que ela o faria.

Ela afundou no sofá, com um olhar que denunciava um grande cansaço. Parecia derrotada.

Tate aproximou-se, sentando-se ao lado dela. Manter distância era um sacrifício para ele, mas, temendo uma nova rejeição, ele evitou tentar tocá-la.

— Fale comigo, amor — incentivou ele gentilmente. — Por favor. Preciso de uma chance de consertar tudo.

Os olhos de Chessy voltaram a derramar lágrimas quando ela finalmente decidiu encarar o marido.

— Eu não tenho certeza de que seja possível consertar — disse ela, com a voz embargada pela emoção. — Eu costumava achar que sim. Tinha certeza de que tudo ficaria bem. Eu só dizia a mim mesma para ser paciente. Para deixar as coisas acontecerem porque tudo voltaria ao normal quando seus negócios estivessem estabilizados. Mas estou cansada de esperar, Tate. Estou cansada de sorrisos fingidos e de dizer "tudo bem", mesmo sangrando por dentro cada vez que você me abandona para ir atrás de um cliente. Estou fingindo por tanto tempo que isso já se tornou normal para mim. Não posso mais fazer isso. Eu não posso mais.

O desespero na voz dela arranhou o coração de Tate. Ele prendeu a respiração, sem saber o que dizer. Não se tratava de uma simples reparação. Não era algo que ele pudesse fazer da noite para o dia. O relacionamento estava em perigo, e só agora ele conseguia reconhecer a magnitude de tudo o que impusera a Chessy ao longo dos últimos anos.

— Minhas amigas me olham com pena — continuou ela, desviando o olhar para longe do rosto dele.

Ela olhou para a frente, expressando tanto sofrimento que, para ele, testemunhar aquela cena chegava a causar dor física.

— Elas sabem que sou péssima em fingir felicidade. Elas percebem a verdade e sabem que estou infeliz. Sabem que minha situação com você é ruim. Até Dash e Jensen tentam me animar! É humilhante. E eu não sei como consertar isso. E nem sei se eu posso.

— Chessy, meu amor, não diga isso. Nada é irreparável. Podemos superar isso juntos, eu juro.

Ela virou a cabeça para não fitar os olhos dele.

— Você me abandonou por uma possível cliente no dia do nosso aniversário. Fiquei sentada naquela mesa por uma hora diante de um prato de comida fria porque você me prometeu que estaria lá, que só se atrasaria por 20 minutos, e você mentiu — disse Chessy.

Tate recuou com uma careta.

— Eu menti sobre o quê?

O olhar dela estava cheio de desprezo e de uma fúria crescente.

— Você simplesmente não entende, não é? — Ela se indignou. — Você liga e diz que vai ficar preso no trabalho por 20 minutos. Não disse uma única palavra sobre o maldito encontro com a cliente, uma mulher linda, que, aliás, estava dando em cima de você, no mesmo restaurante onde eu estava sozinha à sua espera. Você mentiu para mim. Omissão também é uma forma de mentira. Você tentou esconder de mim que estava puxando o saco de uma possível cliente no nosso maldito aniversário e ficou no bar com ela, sorrindo e gargalhando, enquanto eu estava a poucos metros de distância, entendendo que tinha levado um bolo do meu marido no dia do nosso aniversário de casamento. Um dia que costumava significar algo para você. Mas agora? Não tenho nenhuma ideia do que eu represento para você, Tate.

— Há quanto tempo você se sente assim? — perguntou ele em voz baixa, chegando ao cerne da questão.

Ele tinha de voltar no tempo, antes do desastre daquela noite, para descobrir a partir de quando tinha errado.

Ela suspirou, com um ar pesado de cansaço e derrota.

— Desde sempre? Ou pelo menos tenho essa sensação. Lembro-me do jeito que costumava ser e acho que isso é o que mais me incomoda. Sei o que somos capazes de ter, mas, nos últimos dois anos, você se afastou mais e mais de mim. Se antes eu costumava ser sua prioridade, agora duvido que eu esteja até mesmo entre as cinco coisas mais importante da sua vida. Você certamente não se comporta como se eu fosse uma prioridade.

Ela se virou para encará-lo, com medo nos olhos. Medo, como se estivesse se preparando para o que diria em seguida. Chessy respirou fundo e relaxou os ombros antes de erguer o olhar na direção dele.

— Você está me traindo, Tate? É disso que se tratam todos esses "telefonemas de negócios"? Está gastando seu tempo com outra mulher?

Tate ficou tão espantado com a pergunta que, por um momento, tudo o que conseguiu fazer foi olhar para ela com a boca aberta. Aquilo era demais para ele. Não poderia aguentar mais. Ficar sentado ali enquanto ela se torturava estava acabando com ele centímetro por centímetro. Tate estava morrendo de dor e agonia por dentro. Ele *nunca* mais a deixaria sofrer por conta de mal-entendidos.

E então as palavras seguintes de Chessy o deixaram congelado e em pânico, como se estivesse a ponto de ser atropelado por um trem de carga. Ela ergueu a cabeça e a vida tinha desaparecido de seus olhos, que pareciam embaçados, derrotados, como se Chessy tivesse ido além de suas forças numa luta que ele nem sequer sabia que vinha sendo travada. Lágrimas quentes e grossas brotavam dos cantos dos olhos dela. Sua mandíbula travada como ferro permitiu a saída de apenas algumas palavrinhas lançadas como dardos no coração de Tate.

— Eu não quero mais, Tate. Eu não aguento mais *isso*.

4

Chessy cobriu a boca com as mãos, horrorizada, ao deixar escapar aquelas palavras pesadas e percebeu o choque e a devastação nos olhos de Tate, que parecia desnorteado como se tivesse levado um soco no queixo.

Droga! Não foi o que ela quis dizer. Daquele jeito, tinha parecido um pedido de divórcio. Em um minuto, estavam concentrados em como consertar as coisas —, ou melhor, *Tate* estava — e, no minuto seguinte, ela passou de um simples relato de sua frustração para o anúncio de que quer terminar.

— Você quer o divórcio? — balbuciou Tate com a voz rouca e os olhos úmidos. — Por Deus, Chessy, sua infelicidade é tão grande que você não pode nem mesmo me dar uma chance de corrigir o que está errado entre a gente? Eu pisei na bola, admito, mas você não pode simplesmente desistir de nós assim. A menos que...

Ele se afastou, com uma dor crescente estampada no semblante, como se não suportasse mais traduzir em palavras os pensamentos terríveis que o consumiam.

Ele colocou as mãos na cabeça e, em seguida, deslizou-as pelo rosto, enxugando os olhos.

— A menos que você não me ame mais, não me queira mais — concluiu num sussurro.

— Não foi isso que eu quis dizer — retrucou Chessy, desesperada.

Deus, aquilo estava se transformando em um desastre completo! Nada estava correndo conforme ela tinha planejado. Porém, a bem da verdade, nada nos últimos dois anos correra de acordo com seus planos.

— Então o que você quis dizer? — perguntou Tate com cautela, olhando para ela.

Chessy ergueu os braços e tentou gesticular com as mãos, mas logo elas caíram, inúteis, sobre o colo. Ela mordeu o lábio inferior e fechou os olhos, tentando pensar em meio ao desgaste provocado por aquelas emoções intensas. Seus nervos estavam esfarrapados e o álcool só contribuíra para turvar-lhe o raciocínio. Tudo o que ela queria era ir para a cama e enterrar a cabeça debaixo do travesseiro.

Se pudesse, ela só queria apagar e refazer aquele dia. Ou, melhor ainda, os últimos dois anos inteiros.

— Chessy?

Ela abriu os olhos, tentando conter as lágrimas. Não admitiria ser acusada de manipular Tate com a coisa que ele mais detestava, que era vê-la chorar.

— Eu só quis dizer que não quero mais essa nossa situação atual. Eu odeio o que está acontecendo!

Com as mãos trêmulas sobre as coxas, ela apertou os dedos contra a carne coberta pelo vestido sexy que escolhera para provocar o marido. Um vestido caro e lindo que passara completamente despercebido naquela noite. Um enorme desperdício de dinheiro.

Tate tomou-lhe as duas mãos delicadamente e puxou-a para que ela ficasse mais próxima dele no sofá. Com um ar sério e grave, olhou para ela.

— Eu te amo, Chessy. Não sei o quanto você acredita em mim agora, mas eu te amo. Sempre amei. Isso não mudou. Nem vai mudar. Preciso saber se você ainda me ama ou se, por causa da minha negligência, eu matei o amor que você sentia por mim.

Ela fechou os olhos novamente. Não deveria sentir alívio com aquela declaração apaixonada? Não era isso que ela queria? A confirmação do amor de Tate? A confirmação de que ele ainda a queria?

No entanto, ela reparou que Tate se esquivara da questão da fidelidade dele, talvez porque o assunto tivesse se perdido em meio a tantas outras questões. Chessy tinha visto o choque nos olhos dele quando ela deixara escapar que queria acabar com aquilo, que já não aguentava mais.

Talvez o tema da fidelidade tivesse sido sufocado por todas as outras coisas que haviam sido ditas, e ela temia pressionar Tate por uma resposta.

— Eu sempre amei você — disse ela, cansada. — Mas amar alguém não é suficiente quando você passa um longo tempo sem receber cem por cento do que essa pessoa pode oferecer. Eu sinto como se tivesse dado tudo de mim, feito todas as concessões. Pode até soar egoísta e pode não ser justo, mas é como me sinto e não há nada a ser feito sobre isso.

— Amor — disse ele gentilmente —, eu posso dar um jeito em tudo isso. Você só precisa me dar uma chance. Não quero ficar sem você. Desculpe-me se fiz você se sentir assim ultimamente.

— Estou muito cansada e confusa para discutir essa noite — disse ela, com os ombros caídos. — Só quero ir para a cama. Nós não podemos ter essa conversa enquanto eu não estiver com a cabeça em ordem. Qualquer coisa que eu disser agora vai sair distorcida porque estou muito chateada. Não vai fazer bem a nenhum de nós.

Ela notou a frustração do marido, o início de uma irritação nascendo dentro dele, mas Tate soube se conter e não reagiu à firme resolução de Chessy. Talvez tenha percebido que ela estava mesmo no limite e não quis pressioná-la mais.

Ele soltou as mãos da esposa e virou-se para a frente, com os olhos perdidos em algum ponto.

— Se é isso que você quer — disse ele em voz baixa. — Mas vamos conversar amanhã, Chessy. Não vamos adiar mais. Essa discussão foi evitada por muito tempo, e vejo que a culpa é minha.

Chessy levantou-se do sofá antes que ele fizesse ou dissesse qualquer coisa para convencê-la a mudar de ideia e foi para o quarto para recolher suas coisas.

Ao ver a esposa sair da sala na direção do quarto, Tate soltou um suspiro de alívio. Pelo menos, ele poderia passar a noite ao lado dela, quem sabe algo mais. Mas não havia o menor clima para isso. Havia muita coisa não dita, não resolvida. Ele não gostava de pendências. Passar uma noite inteira sentindo o futuro pendurado por um fio à beira do abismo? Não era uma boa ideia.

De qualquer forma, ele não podia se dar ao luxo de acuar Chessy. Ela estava no limite. Ele tinha ido longe demais ao arruinar o aniversário de casamento. Finalmente, havia conseguido estragar tudo. Era uma sorte ela não ter dado o fora de uma vez.

Ele se arrastou para fora do sofá, preparando-se mentalmente para a noite que teria pela frente. Ele torcia para que Chessy não trancasse a porta, deixando-o para fora do quarto, não ficasse deitada na cama dura como um cadáver, nem, pior ainda, chorasse até dormir. Seu coração ficaria esfacelado.

Quando chegou à porta do quarto, quase deu de cara com a esposa, que saía da suíte levando nas mãos um pijama e um nécessaire. Tate franziu a testa, sentindo um frio subir pela espinha.

— Aonde você vai? — perguntou ele.

Ela ergueu o queixo, forçando-se a encará-lo com um olhar desafiador. Pelo menos não estava chorando. Uma pequena vitória, na melhor das hipóteses.

— Vou dormir no quarto de hóspedes — respondeu ela em voz baixa. — Preciso de algum tempo sozinha. Quero organizar meus pensamentos antes da nossa conversa amanhã.

Foi como um soco no estômago. Enquanto Chessy passava por ele e se encaminhava para o quarto de hóspedes no final do corredor, Tate lutava para recuperar o fôlego, puxando ar para dentro dos pulmões como se estivesse tentando salvar a própria vida.

Ele ficou lá, olhando desesperançado para Chessy, com vontade de ir atrás dela, mas, ao mesmo tempo, reconhecendo que ela lhe dera uma espécie de ultimato. Não a toque. Dê-lhe espaço para respirar.

Entorpecido, ele entrou na suíte, ciente de que passaria a noite em claro. Como poderia dormir se Chessy estava em outro quarto e seu casamento mergulhava numa crise?

Eles nunca tinham dormido separados. Não naquela casa. Houvera algumas viagens de negócios nos últimos dois anos, mas essas foram as únicas ocasiões em que não puderam dividir a cama. Mesmo assim, ele telefonava para conversarem até adormecerem. Sentindo falta dela na cama imensa, ele perdeu horas de sono preciosas, uma vez que era preciso estar desperto e consciente na manhã seguinte, quando teria reuniões importantes. Não devia levar isso em consideração?

Uma pequena parte de Tate queria sentir raiva. Afinal, ele fazia inúmeros sacrifícios para garantir que a mulher que ele amava mais do que a vida tivesse o mundo a seus pés. No entanto, ele não conseguia sentir nada além de remorso diante da extensão da infelicidade de Chessy.

Chessy, a mulher que iluminava qualquer ambiente com sua presença. A mulher cujo sorriso podia nocautear qualquer homem a um quilômetro de distância. Um ser humano que era feito de pureza, compreensão, sorrisos, olhares doces e apoio ao próximo. Tate tinha retribuído todo o apoio que já recebera dela? Tivera a mesma compreensão?

Um grande "não" certamente era a resposta para essas perguntas. Tate sabia que tinha errado, e não havia como deixar isso pra lá porque ele só havia recebido amor e apoio da parte de Chessy, até mesmo durante o longo período em que a esposa teve os próprios desejos e necessidades negligenciados pelo marido.

Ele levou uma das mãos à nuca e esfregou-a distraidamente enquanto andava a esmo pelo quarto. Não conseguia decidir se tomava banho antes de deitar ou não. Tudo o que ele via era uma cama vazia, a cama onde Chessy deveria estar, envolvendo e embalando o sono dele com seu perfume.

Chessy era seu porto seguro. A única coisa sólida em um mundo onde tudo era incerto. Sentia tanta segurança em relação à esposa que falhara repetidas vezes nos cuidados com ela ao longo dos últimos dois anos, sem nunca perceber o tamanho de sua negligência. Até agora.

Tate havia descumprido sua promessa de jamais fazer com que Chessy se sentisse indesejada, invisível, como os pais dela tinham feito. Ele chegou a sentir asco de si mesmo, uma repugnância profunda que cavava um abismo em seu coração e em sua alma.

Como imaginar um futuro sem ela? Ele estava assustado. Um medo como jamais tinha experimentado agarrava-lhe pelos testículos e subia até a garganta, sufocando-o.

Nunca, *nunca*, esqueceria a expressão dela ao flagrá-lo junto com a possível cliente... Que inferno, como é o nome dela mesmo? Tate nem conseguia se lembrar. Tudo o que lhe vinha à mente, repetidas vezes, era o olhar ferido de Chessy, arrasada por vê-lo no bar do restaurante com *outra* mulher. Justamente na noite de aniversário de casamento. Justamente após ficar esperando diante de um prato de comida fria. Justamente quando ela se sentia humilhada pela espera em vão. *Tudo isso no aniversário deles.*

Chessy perguntou se estava sendo traída, e ele não lhe dera resposta alguma. Tate tinha de admitir que toda a situação conspirava contra ele. Afinal, ele estava com outra mulher no bar do mesmo restaurante onde a esposa o aguardava. Que tipo de imbecil poderia ter uma ideia tão absurda? Para ele, no entanto, pareceu apenas uma oportunidade de matar dois coelhos de uma só vez. Primeiro, prospectar a cliente tomando um drinque por cerca de 15 minutos, e, em seguida, caminhar alguns metros restaurante adentro, encontrar sua bela esposa e, enfim, iniciar o fim de semana de aniversário: dois dias inteiros para o amor e a comemoração de mais um ano.

Será que Chessy estaria deitada na cama do quarto de hóspedes remoendo a tese de que ele tinha outra mulher? Tate não suportava a ideia de vê-la sofrer sem motivo. Queria correr para o quarto no fim do corredor, confrontá-la e esclarecer tudo para que *ambos* pudessem dormir melhor naquela noite.

Porém, esse era seu egoísmo falando mais alto e revelando sua face bruta — e parecia mesmo claro que ele havia sido egoísta por tempo demais naquele relacionamento. Chessy havia pedido um tempo, droga! Ainda que se sentisse devorado por dentro, ainda que fosse impossível dormir, ele daria a ela o tempo que tinha pedido. Mas as coisas iriam se resolver pela manhã.

Mais uma vez, porém, ele pensou que não era algo a ser resolvido com uma simples conversa, ainda que sincera e verdadeira. Seriam necessários tempo e esforço da parte dele para reconquistar a confiança e o amor de Chessy. Os dois andavam de mãos dadas em seu modo de ver. Todos os casamentos sólidos baseiam-se nessa dupla. Amor *e* confiança. Um não pode existir sem o outro. Chessy não respondeu quando ele perguntou se ela ainda o amava. Tudo o que disse foi que sempre o amou. O verbo no pretérito perfeito.

Aquilo aterrorizou Tate.

Ele não podia imaginar a vida sem Chessy. Amava-a com a alma e o coração. No entanto, havia tempos não demonstrava esse amor, e os atos falaram mais alto do que as palavras, do que um "eu te amo" dito de vez em quando. Ele havia se aproveitado do amor dela, colocando-a em segundo lugar — talvez até em terceiro ou quarto — em sua lista de prioridades. Isso o envergonhava profundamente. Era um erro que possivelmente o assombraria pelo resto da vida.

5

A aurora se anunciou através das frestas da janela do quarto do casal enquanto Tate permanecia sentado no cômodo decorado pela mão amorosa e pelo olhar atento de Chessy. Ela havia feito da casa mais do que um lugar para morar, um lugar para existir. Era um ambiente confortável, onde ele se sentia à vontade a partir do exato instante em que cruzava a soleira da porta após um longo dia de trabalho. Porque tudo ali tinha o dedo dela. Cada móvel. Cada peça. Cada quadro. Tudo era uma forma de representação dela. Bastava estar em um dos cômodos decorados por Chessy para sentir sua presença ainda que ela não estivesse lá. Isso sempre consolava Tate.

Mais do que isso, voltar para casa e encontrar Chessy era a melhor parte do seu dia. No entanto, tudo o levava a crer que não vinha demonstrando isso de forma clara. Tate achava que ela sabia como ele se sentia, mas agora via que essa suposição o colocara em maus lençóis.

Ele saiu do quarto, resoluto, depois de passar a noite em claro pensando em sua estratégia de ataque. Tudo bem, ataque não era a palavra mais adequada, mas ele sentia que certamente enfrentaria uma batalha. Seria um tolo se não considerasse que aquela seria a maior batalha de sua vida, e por isso se preparara da melhor maneira possível.

Cruzando o corredor na ponta dos pés, abriu silenciosamente a porta do quarto de hóspedes para espiar Chessy. Viu-a na cama, com os cobertores amarrotados em torno de seus pés como se tivesse passado por uma noite de sono agitado. Tate deixou seus olhos passearem pelo corpo da mulher até chegarem ao rosto e estremeceu ao ver ali uma expressão devastada pelas lágrimas. Deus, ela tinha chorado até adormecer e parecia não ter dormido quase nada!

Havia sombras escuras sob os olhos dela, como lesões destacando-se na pele pálida.

Em silêncio, ele se retirou e foi à cozinha preparar o café da manhã, o primeiro passo de seu plano de "ataque", por assim dizer. Ainda estava buscando uma palavra melhor. Sedução, talvez? Era preciso conquistá-la novamente? Fazê-la se sentir amada e especial? Sim, era isso.

Numa situação normal, ele serviria o café na cama, mas dessa vez ela não estava na cama do casal. E Tate não queria que ela ficasse escondida no quarto de hóspedes o dia todo, recusando-se a encará-lo, negando-se a salvar o casamento. Nem pensar. Ele jamais desistiria de tudo sem lutar.

O jogo havia começado, e ele tivera boa parte da noite para refletir sobre todos os seus erros. Tate planejava começar a repará-los um por um.

Rapidamente, preparou o café da manhã favorito dela: *bagel* com *cream cheese* e ovos mexidos cobertos com presunto e queijo derretido. Preparou também um prato para si, embora não tivesse nenhuma fome, mas queria manter uma aparência de normalidade quando fosse tirá-la da cama. Ela provavelmente resistiria, mas era hora de reassumir as rédeas do relacionamento e agir da única maneira que conhecia: reafirmando sua posição de dominador, algo em que havia falhado miseravelmente por um longo tempo. Ele só torcia para que não tivesse passado tempo demais.

Sem esperar a comida esfriar, arrumou os pratos na mesa e caminhou rapidamente pelo corredor até o quarto de hóspedes. Quando abriu a porta, viu que Chessy estava acordada, contemplando a janela com um ar perdido. Havia bolsas sob seus olhos, que pareciam desfocados e cansados.

— Chessy — sussurrou ele.

Ela piscou e voltou o olhar para ele, obviamente surpresa ao vê-lo ali.

Tate entrou no quarto e se sentou na beirada da cama. Passou a mão pelos cabelos soltos da esposa, espalhados sobre o travesseiro.

— Fiz um café da manhã para nós. Temos de conversar. Levante-se. Não precisa se vestir. Vamos para a cozinha para que possamos comer.

Ele colocou firmeza no tom de voz, notando que o olhar da mulher se arregalara diante daquele óbvio comando.

Ela começou a se levantar automaticamente, acostumada a obedecer a ordens, mas em seguida hesitou e baixou o olhar. A tristeza inundou suas feições.

— Chessy, levanta — insistiu ele em tom mais forte. — O café da manhã vai esfriar.

Quando ela reergueu a cabeça, havia tanta esperança em seus olhos que ele sentiu seu coração partir. Era isso que não vinha dando a Chessy. Seu domínio, seu amor, sua adoração absoluta. Ele preferiria morrer a causar qualquer tipo de dor à mulher, mas tudo o que podia fazer agora era juntar os cacos e se esforçar como nunca para que o casamento entrasse nos trilhos novamente.

Ele ofereceu a mão para ajudá-la a deixar a cama. Ela rapidamente olhou para ele, desconfiada e hesitante, mas estendeu a mão macia para o marido.

Um calor avançou imediatamente pelo braço de Tate, que sentiu o desejo percorrer sua coluna de alto a baixo, espalhando-se com rapidez pelos testículos. Seu pau endureceu a ponto de doer. Caramba, eles ainda tinham uma química impressionante! Por que não se entregara a ela ultimamente? As poucas noites recentes de sexo egoísta podiam ter-lhe saciado, mas não chegavam nem perto de proporcionar o amor que ela merecia.

Ele reparou na sua linguagem corporal enquanto ela se levantava da cama. Manteve a mão segurando firmemente a dela, como se tivesse medo de perdê-la, como se precisasse de algo tangível para não deixá-la escapar.

Uma forte onda de vitória correu pelo peito de Tate quando viu os mamilos de Chessy se enrijecerem sob o pijama fino enquanto as faces dela coravam, manifestando a correspondência do desejo.

Havia esperança. Ela não tinha perdido o desejo por ele. Era um começo.

Sem dizer nada, ele a levou até a cozinha. As palavras que tanto queria dizer teriam de esperar. Ele tinha um plano claro: tomar café da manhã juntos, restaurar uma sensação de normalidade e, em seguida, abrir o coração. Ele iria se jogar aos pés dela e desnudar a própria alma.

Um pequeno sorriso escapou dos lábios de Chessy ao perceber os pratos sobre a mesa com suas delícias favoritas, mas ela não emitiu nenhum som ao se sentar, mantendo os ombros caídos e o olhar voltado para baixo. Ela o evitava como se ainda não suportasse encará-lo.

— Coma, amor — disse ele calmamente enquanto se sentava.

Embora proferisse as palavras em voz baixa, havia uma inequívoca autoridade por trás delas. Um comando. Uma atitude de dominador diante da submissa.

Ela lançou um olhar tímido para Tate, com incerteza e esperança em suas feições. Estaria lutando consigo mesma, sem saber se acreditava ou não nessa retomada de dominância? Ele nem sequer tinha *começado* o plano de ataque. Se Chessy tinha pensado que ele resolveria tudo com um mero café da manhã — mesmo que fosse o preferido dela — e algumas demonstrações de comando, estava completamente enganada. Tate entendia a gravidade e a urgência da situação e havia preparado muito bem o que dizer.

Finalmente, ela cortou o *bagel* e levou uma boa garfada à boca. Com tantas coberturas sobre o pão, era preciso usar talheres para comer.

Ele também atacou o café da manhã, mas teve dificuldade para engolir. Estava sem fome e a comida entalava na garganta. Sentiu vontade de parar por ali mesmo, mas não podia ficar sentado sem fazer nada enquanto ela mastigava. Queria aproveitar os momentos de silêncio propiciados pela refeição para deixá-la mais à vontade e prepará-la para a conversa que teriam.

Ela seguia manuseando o garfo e usando a faca para cortar o *bagel* em pedacinhos, mas Tate podia garantir que o foco de Chessy, assim como o seu, definitivamente não estava na comida.

— Não consegue comer, querida? — perguntou ele amavelmente.

Ela ergueu o olhar pela primeira vez desde que começara a comer. Havia um ar de súplica em seus olhos quando ela balançou a cabeça.

— Não consigo — admitiu ela em voz baixa. — Pesa em meu estômago como chumbo.

— Eu também não consigo, minha menina. Que tal esquecer o café da manhã? Vamos conversar na sala. Tenho um monte de coisas para dizer e essa espera está sendo uma agonia.

Ela o olhou com uma expressão assustada e lábios entreabertos de surpresa. Mas que droga! Será que ela realmente achava que aquilo não era uma tortura para ele? Que era a única a sofrer com a situação?

Ele empurrou os pratos para o lado, com a intenção de lavá-los mais tarde, e se levantou. Estendeu a mão como tinha feito no quarto, oferecendo-se para levá-la até a sala de estar, onde poderiam conversar. Finalmente chegava a hora de falar. Ele tinha muito a declarar, e as palavras praticamente queimavam em seus lábios, loucas para explodir para fora da boca.

Quando chegaram à sala, ela fez menção de largar a mão do marido e se dirigir à maciez de sua poltrona favorita, mas Tate, retendo com firmeza a mão dela, conduziu Chessy para um lugar no sofá. Com autoridade, fez com que ela se sentasse numa das extremidades, de modo que pudesse se apoiar no braço do sofá de maneira mais confortável. Depois, sentou-se ao lado dela e suas coxas se tocaram. Tate então virou-se para a mulher, ajeitando uma das pernas sobre o sofá, mas Chessy permaneceu olhando para a frente.

— Olhe para mim, Chessy.

Ela virou lentamente o rosto pálido, com medo estampado nos belos olhos. Ciente de que não era o momento de hesitar ou de baixar a guarda, ele engoliu em seco. Havia chegado a hora de apostar todas as fichas.

— A primeira coisa que quero dizer a você ficou pendente na conversa ontem à noite.

Ela o olhou levemente confusa, mas pelo menos agora ele tinha certeza de que ela estava completamente atenta.

— Nunca fui infiel a você, Chessy — declarou ele com a voz clara, distinta e grave. — Nunca pensei nisso, nem por *brincadeira*. Eu amo *você*. Você é a única mulher com quem quero estar.

A respiração de Chessy ficou entrecortada. Ela examinou o rosto do marido demoradamente, avaliando quanta verdade havia naquelas palavras.

— Então, quem era aquela mulher ontem à noite? — Ela engasgou. — Quem era a mulher que estava *dando em cima de você* no bar do restaurante onde comemoraríamos nosso aniversário?

A amargura na voz de Chessy o fez estremecer. Ele nunca achara que seu casamento chegaria a esse ponto. Ela não estava questionando apenas sua fidelidade, mas todos os aspectos do relacionamento. Todos os defeitos e fracassos dele nos últimos dois anos.

— Ela era uma possível cliente — respondeu ele, olhando-a nos olhos. — Não sei o que você pensou que viu, mas *eu* não estava dando em cima daquela mulher. Eu só estava tomando um drinque e discutindo a possibilidade de cuidar do portfólio de investimentos dela. Seria um grande negócio para mim. Ela ficou viúva e herdou uma montanha de dinheiro, a maior parte em ações e títulos, mas está descontente com o consultor financeiro do falecido marido. Então, sim, eu estava bebendo com ela, mas havia deixado claro que dispunha de pouco tempo para a reunião porque tinha outro compromisso. Eu demorei demais e não percebi o tempo passar. Não tive a *menor* noção do quanto estava atrasado, amor. Eu nunca faria nada para magoar você. Você *precisa* acreditar nisso.

— Mas você me *magoou*, Tate — sussurrou ela. — Está sempre me magoando. Não dá nem para contar nos dedos quantas vezes você me abandonou por um cliente. Quando estamos na casa de amigos, com Dash e Joss ou Kylie e Jensen... Quando fico sozinha em casa no fim de semana enquanto você vai jogar golfe ou jantar com seus clientes. Tudo sem mim. Você costumava me incluir em seus jantares e encontros sociais, mas me dispensou. Você tem vergonha de mim? Onde foi que eu *errei* com você?

Ele ficou chocado com o desabafo, com a magnitude da dor que ela sentia. Tudo se acumulara até finalmente explodir na noite anterior. O coração de Tate estava esfolado e sangrando diante de todas as coisas que ele impingira àquela mulher tão preciosa.

— Meu Deus, *não*, Chessy! Errar comigo? Ter *vergonha* de você? Você é a mulher mais bonita do mundo! Você ilumina todo lugar a que chega. Vergonha? Jesus Cristo! Eu só não queria sobrecarregar você. Eu vi como sua rotina estava sendo prejudicada com todos aqueles compromissos, sendo obrigada a organizar jantares e cuidar de tantos detalhes. Eu vi que aquilo tinha um custo alto para você, e não era o que eu queria. Eu só queria lhe dar segurança financeira para que você pudesse fazer o que bem entendesse em seu tempo livre, sem precisar correr pra lá e pra cá por conta dos meus compromissos de trabalho. Não era justo que você se sacrificasse.

— Eu nunca me importei com essas coisas — disse ela quase num sussurro. — Eu me sentia importante para você. Como se fôssemos um time. Eu queria apoiar você, estar ao seu lado. E também era a única maneira de ficarmos juntos, porque você sempre precisa ir a algum lugar, sempre precisa fazer um telefonema, nunca tem tempo para mim. Mas até isso eu perdi. Eu perdi *você*.

— Você não me perdeu! Chessy, eu te amo. Não dá nem para dizer o quanto eu te amo. Nem o quanto estou arrependido por tudo isso. Eu daria tudo para poder dizer que percebi quando as coisas começaram a sair do eixo, mas a verdade é que aconteceu aos poucos, e eu achava que você sempre estaria aqui para mim. Como minha esposa. Como a mulher que eu amava.

— Não vire a mesa contra mim — disse ela, com fogo nos olhos que até minutos atrás estavam embaçados e tristes. — Não se *atreva* a insinuar que você não pôde contar com a minha presença. Eu estive aqui em todos os malditos dias. Esperei meu marido voltar para casa. Para ficar comigo. Para satisfazer minhas necessidades. Você deveria ser meu dominador, Tate! E até minhas amigas e seus parceiros estão percebendo que você não está cumprindo a promessa que me fez quando eu lhe dei minha submissão.

Os lábios de Tate se contraíram, formando uma linha dura.

— O que você quer dizer com essa história de Dash e Jensen perceberem coisas *a nosso respeito*?

O cansaço voltou ao olhar de Chessy.

— Os dois também são dominadores, mas tratam Joss e Kylie como rainhas. De vez em quando, elas me falam que, tendo recebido minha submissão como um presente, você deveria colocar minhas necessidades acima de qualquer coisa. Você deveria saber valorizar a mim e ao que eu lhe dei. Respeitar o nosso acordo. Reconhecer como esse presente é precioso. E elas disseram que você está falhando feio. Agora, como você acha que me sinto ao ter meu casamento dissecado e julgado pelas minhas melhores amigas e seus maridos, ou melhor, no caso de Kylie, pelo marido e amante?

Tate resmungou baixinho.

— Eles não têm o direito de julgar nada. O que fazemos é da nossa conta. Só nossa. Nosso casamento não está aberto para avaliação pública. Nunca esteve.

Eles se encararam. A acusação enrugou o olhar de Chessy.

— Se você vivesse de acordo com sua promessa e agisse como um verdadeiro dominador, para não mencionar os papéis de marido e amante, ninguém *precisaria* se meter em nosso casamento e apontar seus defeitos.

O disparo verbal o atingiu em cheio. Tate ficou sem fala por alguns segundos. Ela estava certa e saber que não podia voltar atrás doía-lhe na alma. Não tinha desculpas.

— Não há ninguém mais nessa relação exceto você e eu — disse ele em tom sereno. — Admito que fiz uma merda enorme, mas tenho a intenção de corrigir tudo a partir de agora. Esta é nossa semana de aniversário e quero salvá-la.

Ela olhou para ele por algum tempo com a esperança reluzindo nos olhos.

— Como? — perguntou ela em um sussurro.

— Isso vai além de um simples fim de semana — explicou Tate, ignorando a pergunta. — Preciso compensar um monte de erros e não dá para fazer isso num fim de semana. Tenho de recomeçar tudo, desde o início, para garantir que nunca mais deixarei você para trás. Daqui para a frente, você vai ser colocada em primeiro lugar, Chessy. Não espero que você acredite em mim imediatamente. Preciso recuperar sua confiança e, por Deus, seu amor também. Não vou perder você sem lutar.

A expressão de Chessy se suavizou, e ela abriu um sorriso, o que não fazia havia muito tempo. Tate não conseguia se lembrar da última vez que a vira sorrir assim, e isso o feriu. Sua memória era simplesmente incapaz de resgatar essa informação. Ele percebeu, então, que ela vinha se sentindo absolutamente infeliz fazia muito tempo. Tate tinha ignorado todos os sinais, tão envolvido estava no trabalho e no sucesso de sua empresa após a saída do sócio. Tudo isso em detrimento da pessoa que ele mais amava no mundo.

— Eu amo você, Tate. Demais. Nunca deixei de amar.

— Graças a Deus! — sussurrou ele com fervor, sentindo o alívio percorrer todo o corpo.

— Eu não quero deixar você — continuou Chessy, igualmente fervorosa em suas palavras. — Isso *nunca* foi uma opção. Espero não ter passado essa ideia. É a última coisa que eu poderia querer! Não consigo imaginar minha vida sem você e seu amor. Eu só quero... nós... outra vez. É *tudo* o que quero. Seu domínio, seu amor, sua *prioridade*. Não é pedir demais, é? Estou sendo egoísta? Tenho lutado comigo mesma por *dois anos*, sentindo-me culpada e egoísta por querer sua atenção e seu amor, mesmo sabendo que você precisa dar duro para manter sua empresa. Mas não aguento mais. Não ligo se isso parece egoísmo. Eu quero nós dois juntos outra vez!

Ele a puxou para si, rezando para não ser repelido, e envolveu com força todo o corpo macio da mulher até moldá-lo completamente contra o seu. Por fim, Chessy relaxou, aninhada no abraço. Ela soltou um suave suspiro e descansou o rosto contra o peito de Tate.

— Você não está sendo egoísta — sentenciou ele. — Tudo o que você pediu é justo, são coisas que eu deveria dar a você. *Eu* errei, não *você*. Chessy, eu juro que tudo vai ser diferente a partir de agora. Sei que estraguei nossa noite de aniversário, mas quero compensar. Tudo recomeça agora. Nós temos o fim de semana para nós dois. Vou desligar o maldito celular e esquecer o trabalho. Não quero nem saber dos negócios, se o custo é perder você.

Gentilmente, ele a afastou um pouco para olhá-la nos olhos. Viu uma expressão cheia de esperança e alívio.

— Amor, eu sei que um fim de semana não basta para consertar tudo. Sei que preciso recuperar sua confiança e sua fé em mim e que isso vai demorar mais do que alguns dias. Juro que, se você me der uma chance, consigo fazer com que nós voltemos a ser... “nós”. É isso que você quer, não é?

Lentamente, ela assentiu com a cabeça.

— Então, é nisso que vou me concentrar — prometeu ele. — Isso será minha prioridade. Sei que você ainda precisa ver para crer, mas garanto que *não* darei nenhum motivo que a faça duvidar de que, de agora em diante, você está no topo das minhas prioridades.

Chessy, então, sorriu, e ele perdeu o fôlego. A sala pareceu se iluminar imediatamente. Chessy, aquela que irradiava brilho para tudo e todos ao seu redor, *estava* de volta, ainda que por apenas um momento. Estava ali o brilho que ele tanto havia negligenciado, repetidas vezes, nos últimos tempos. Tudo o que ele queria era levar aquela mulher para a cama e fazer amor com ela.

— Isso é tudo o que eu quero, Tate — sussurrou ela. — Só você. Nada mais. Não ligo para dinheiro e estabilidade, se não posso desfrutar do homem que é dono do meu coração.

O homem que é dono do meu coração.

A magnitude daquela declaração era arrebatadora. Ele quase se ajoelhou diante dela para pedir perdão mais uma vez.

— Beije-me — balbuciou ele, tão emocionado, que mal conseguia pronunciar as palavras.

Ele gentilmente enquadrou o rosto de Chessy entre as mãos e colou os lábios nos lábios dela, aspirando o leve e doce suspiro que ela deixou escapar dentro de sua boca.

Ele acariciou o rosto da esposa, sentindo-se invadido pelo desejo de ir além do toque. Enredou as mãos nos cachos rebeldes dos cabelos dela.

— Você quer fazer amor comigo, Chessy? Aqui e agora? Para selar minha promessa?

Com a respiração acelerada, ela ergueu o olhar para ele. Suas pupilas estavam dilatadas, anuviadas de desejo, de um jeito que Tate conhecia bem. Graças a Deus, ela ainda o desejava! Graças a Deus, o coração dela era grande o suficiente para o perdão! Ele tinha certeza de que qualquer outra mulher o teria abandonado muito tempo antes, mas sua menina tinha um coração do tamanho do mundo.

— É o que eu mais quero — murmurou ela, inclinando o rosto na palma da mão dele como se buscasse seu toque. — Quero muito, Tate.

Ele deslizou um braço até a parte de trás dos joelhos de Chessy e, envolvendo a cintura dela, pegou-a no colo sem esforço.

Por um longo momento, tudo o que ele fez foi olhá-la nos olhos, absorvendo sua aceitação como a areia seca do deserto recebe a água da primeira chuva.

E, então, ele caminhou lentamente em direção ao quarto *deles*.

6

Chessy relaxou o corpo, impregnando-se da força e da sólida e musculosa constituição de Tate conforme atravessavam a porta do quarto. Ela descansou a cabeça em seu ombro e abriu os dedos pela extensão do peito do marido.

Há quantas semanas – quantos meses – ela ansiava por isso? Por fazer amor com Tate, não importava se com ou sem os acessórios de dominação. Seu corpo, sua alma e todo o seu coração doíam por ele, pela necessidade da mais íntima das reconexões, pelo desejo de dizer com seus corpos tudo aquilo que não podia ser traduzido em simples palavras.

Ela quase temeu ouvir o telefone dele tocar. Com a mais feroz das determinações, resistiu ao ímpeto de procurar pelo celular habitualmente preso ao cinto. Chessy obrigou-se a não pensar nisso e preferiu saborear a promessa de que, enfim, ele se dedicaria apenas a ela. Nada de assuntos de negócios, nada de possíveis clientes. Só ela e ele tentando retomar o que haviam perdido.

Tate colocou-a gentilmente na cama, permanecendo sobre ela com uma expressão selvagem no rosto. Seus olhos a observavam como um predador, percorrendo e despindo seu corpo antes mesmo que ele tocasse no pijama amarrotado.

Um delicado tremor percorreu Chessy por inteiro. Uma deliciosa antecipação do que estava por vir. Havia tanto querer, tantos desejos represados dentro de seu ser, que ela se sentia prestes a explodir.

Tate enganchou os polegares no cós da calça do pijama de Chessy e, lenta e reverentemente, deslizou a peça pelas pernas da mulher. Jogou a calça para o lado e, em seguida, com cuidado, abriu os botões da blusa dela, um por um, de baixo para cima, até que os seios estivessem à mostra.

Ele a ergueu o suficiente para que se livrasse da blusa, voltou a deitá-la e desapareceu de vista, concentrando-se na região da pelve. Tudo o que a cobria agora era a calcinha de renda que ela escolhera na véspera, pensando na comemoração do aniversário.

Tate examinava Chessy com olhos que brilhavam de admiração pelo corpo seminu estendido naquela cama e ao alcance dele.

— Você é tão linda! — sussurrou ele. — A garota mais linda do mundo!

Ela tinha certeza de que seu rosto brilhava ao sorrir para ele após o impacto daquelas palavras em seu coração. Chessy ergueu os braços para o marido, como que o convidando a se deitar sobre o corpo dela. Ele se livrou das próprias roupas, impaciente, antes de atender ao pedido silencioso.

O pênis dele pressionou o vão entre as pernas de Chessy quando seus corpos se encontraram. Ele passou os lábios pelo pescoço da mulher e fez uma trilha de beijos até alcançar os seios, ajeitando o corpo para se deleitar com aquelas delícias.

Ele circulou um mamilo com a ponta da língua, estimulando-o a enrijecer antes de sugá-lo entre os dentes. Lambeu o bico e abocanhou a carne tenra do seio. Chessy contorceu-se sob o marido, ofegante de prazer.

Acariciando os ombros de Tate, ela desfrutava dos músculos que se contraíam à medida que eram tocados pelas pontas daqueles dedos delicados.

Tate desceu um pouco mais em sua jornada exploratória. Após dar tratamento igual a ambos os seios de Chessy, ele deslocou a boca para a barriga, deixando um rastro úmido. Então, embrenhou-se no macio tufo de pelos entre as pernas da mulher e deslizou o polegar para brincar com a vagina. Separou as dobras delicadas e começou a lamber toda a extensão desde a abertura até o clitóris.

Os quadris da mulher se arquearam enquanto ela soltava um gemido baixinho. Tate conhecia bem os truques para agradá-la. Cada toque. Cada beijo. Cada carícia. Ele conhecia aquele corpo mais que ela mesma. Pressentia o que ela desejava antes mesmo que ela tivesse consciência de suas vontades. Chessy nunca tinha de pedir.

A língua de Tate deslizou para dentro dela, roçando suavemente as paredes da vagina. Sem parar de chupá-la, ele recolheu a língua e a fez contorcer em protesto, pois Chessy queria que aquela deliciosa sensação não terminasse nunca.

Tate encaixou as mãos nas nádegas da mulher e ergueu sua pelve para chupar a vagina com mais facilidade. Ela já podia sentir as vibrações no ventre anunciando a escalada para o orgasmo.

— Minha menina está quase lá — disse Tate, com a boca pressionada contra o clitóris da esposa, soltando sua respiração no ponto trêmulo. — Quer gozar agora ou me quer dentro de você?

Como se ele precisasse perguntar! Ela sempre queria gozar com Tate dentro dela. Gostava quando os dois saltavam juntos da beira do abismo.

— Dentro — disse ela, sem fôlego. — Eu preciso de você, Tate.

No entanto, ele continuou a chupá-la, quase como se quisesse torturá-la. Levava a mulher ao limiar do clímax e, então, parava, deixando-a louca. No instante em que ela estava a ponto de gritar de frustração, ele se ergueu, abriu as pernas dela e posicionou-se entre elas. Acariciando os seios de Chessy, que voltaram a ficar duros, ele finalmente deslizou para dentro dela.

O peito de Chessy reteve o ar, incapaz de soltá-lo enquanto Tate a penetrava. Ele foi acolhido aos poucos, sentindo que uma suave resistência era vencida conforme ela se esticava para recebê-lo.

— Tudo — grunhiu ele.

Era um comando que frequentemente dava a Chessy, espalhando deliciosos calafrios por seu corpo. Era um jogo entre os dois. Como se ela relutasse em aceitá-lo por inteiro e ele estivesse determinado a chegar lá.

Ele retirou o pênis e empurrou-o de novo, numa única estocada que o fez entrar por inteiro na mulher, cujo suspiro ecoou pelo quarto.

— Tudo de mim — asseverou ele. — Você vai ter tudo de mim.

— Isso — sussurrou ela. — Tudo, Tate. Eu sou sua.

Mais uma vez ele saiu e entrou com tudo, pressionando seus quadris contra a mulher enquanto se esforçava para chegar às máximas profundezas.

— Quanto mais você aguenta, Chessy? — As palavras sedosas acariciaram-lhe as orelhas, enviando um arrepio incontrolável por seu corpo. — Sem dó. Eu quero tudo. Quero que você goze para mim. Vai.

Então, Tate começou a meter com força e rapidez. As batidas entre os corpos alucinavam os sentidos de Chessy. Seu corpo inteiro se contraía à medida que o orgasmo se anunciava dentro dela, prenunciando uma violenta erupção a qualquer momento.

Ela sussurrou o nome dele quando sentiu a visão ficar borrada, sem poder distinguir o ambiente do quarto. Mesmo assim, ela ainda conseguia ver o rosto de Tate, com seu olhar intenso e penetrante exigindo dela a submissão absoluta. Submissão que ela lhe entregava. Para aquele homem, ela daria qualquer coisa.

O corpo dele desceu sobre ela, e Tate apoiou os antebraços na cama. Seus quadris ondulavam, subindo e descendo. As respirações se misturavam. A boca dele encontrou a dela de repente, deixando-a sem fôlego. A língua de Tate reproduzia os movimentos do pênis, penetrando a boca de Chessy no ritmo das arremetidas penianas.

Ela ergueu as pernas abertas, inclinando a pelve para que ele pudesse meter ainda mais fundo. Trançou as coxas em volta da cintura dele, aprisionando-o, e, em seguida, entrou no ritmo daquele frenético vaivém, mexendo os quadris em sintonia perfeita com cada movimento de Tate.

— Eu te amo — disse Tate, beijando-a na boca. — Sempre vou te amar, Chessy. Preciso que você acredite em mim.

— Eu também te amo — suspirou ela.

Então, Chessy fechou os olhos. Seu corpo estava tão tenso que parecia prestes a ruir. As palavras dele, misturadas com as profundas estocadas, a desnorteavam.

Ela estendeu as mãos sobre os ombros dele, cravando as unhas na carne sólida.

— Isso, amor. Dá tudo para mim — ordenou Tate em tom reconfortante.

Ela simplesmente explodiu. O prazer transbordou e vazou de dentro dela. Seu corpo pareceu voar em cem direções diferentes ao mesmo tempo.

Ela estava ofegante, tentando desesperadamente sugar o ar para dentro dos pulmões. Tate ficou tenso em cima dela, com a testa franzida em uma expressão que sugeria dor. Ele meteu forte mais duas vezes e, então, ela sentiu os espasmos dos quadris de Tate contra seu corpo.

O sêmen jorrou abundantemente, quente e sedoso. Ele gemia a cada onda de gozo que provocava um novo espasmo nos quadris.

Então, Tate finalmente baixou a cabeça. Seus rostos se tocaram.

— Meu Deus, como senti falta de você, amor! — disse Tate com a voz pesarosa. — Desculpe-me. Desculpe-me mesmo.

— Psiu — sussurrou ela. — Agora não. Tudo está perfeito neste momento. Vamos deixar o passado em seu lugar. Nós temos muita coisa pela frente.

Ele a beijou demoradamente. As línguas dançaram e se provocaram.

— Você vai sempre estar em primeiro lugar — prometeu ele. — Você nunca mais vai duvidar do seu lugar no meu coração e na minha alma.

7

Kylie Breckenridge olhou para o celular. Sua testa tinha ficado franzida pela indecisão enquanto ela observava o número de Chessy. Ela não sabia se ligava diretamente para a amiga ou se telefonava para Joss para checar se ela tinha alguma novidade sobre Chessy. Sabia, porém, que Joss já teria entrado em contato com ela se soubesse de alguma coisa. Ao mesmo tempo, Kylie não queria correr o risco de interromper se as coisas tivessem corrido muito bem e Chessy e Tate estivessem curtindo o aniversário. O instinto de Kylie dizia que tantos meses de infelicidade acumulada não se desmanchariam em uma única noite.

Ela suspirou e resistiu ao impulso de ligar para Chessy.

Mãos quentes deslizaram por seus ombros e um arrepio instantâneo, que nunca deixava de satisfazê-la, correu pela sua pele. Lábios doces seguiram a trilha das mãos, avançado deliciosamente pelo pescoço, até que ela gemeu baixinho, arqueando o corpo na direção da boca de Jensen.

— Preocupada com alguma coisa, amor?

Ela virou o rosto para encarar Jensen enquanto ele se sentava ao lado dela na cama. Kylie se reclinou contra a cabeceira onde o telefone tinha descansado até poucos momentos antes, com uma das pernas dobrada na beira da cama enquanto a outra pendia para o chão.

Mordendo o lábio e consternada, ela olhou para o celular mais uma vez antes de permitir que ele escorregasse de suas mãos até a superfície do colchão.

— Estou preocupada com Chessy — admitiu. — Ela estava muito animada com a comemoração do aniversário de casamento ontem à noite, e não vejo a hora de saber o que rolou, mas até agora nada. Nem uma palavra. Pensei em ligar para Joss, mas ela com certeza já teria me ligado se soubesse de alguma coisa. Nós duas andamos muito apreensivas com Chessy, e esse silêncio... Bem, é preocupante.

O sorriso de Jensen era doce e cheio de compreensão. Ele se inclinou até apoiar a testa na dela. Os cantos de sua boca se inclinaram para cima num quase sorriso.

— Se fosse meu aniversário de casamento, eu ainda estaria na cama com minha mulher fazendo amor com ela. Você se preocupa demais, meu amor. Se tivesse de adivinhar, diria que eles estão recuperando o tempo perdido. Se Chessy pôs as mágoas para fora, como você disse que ela faria, não consigo imaginar que Tate não tenha remoído a própria culpa, prometendo priorizar Chessy daqui para a frente. O silêncio dela é um bom sinal. Se as coisas tivessem corrido mal, isso já teria chegado aos seus ouvidos. Essa falta de notícia provavelmente significa que eles estão focados um no outro, como sempre foram. Ou como *Tate* deveria voltar a ser.

Kylie suspirou novamente, sentindo-se mais relaxada. Parte de sua inquietação havia ido embora diante da racionalidade com que Jensen abordava a questão.

— Você está certo. Eu sei que está. É que simplesmente não consigo deixar de ficar preocupada. Chessy anda tão triste ultimamente! — disse ela. — E eu odeio isso. Chessy é uma pessoa... luminosa. A menos que esteja infeliz. Joss e eu não sabemos mais o que fazer, porque temos consciência do quanto ela anda deprimida. Deve estar sendo duro para ela. Quero dizer... Olha só para Joss. Ela está gloriosa de tão feliz. Grávida pela primeira vez, o amor por Dash... Além disso... nós.

Os olhos de Jensen piscaram e ele adotou uma expressão fingidamente séria.

— Nós? O que nós temos a ver com isso?

Kylie corou, mas sorriu ao constatar a suave provocação no tom do marido.

— Nada, só estamos muito... *felizes*. Deve ser muito difícil para Chessy ver Joss e eu tão bem enquanto ela mesma está tão *in*feliz.

O olhar de Jensen se suavizou ainda mais. Ele ergueu o queixo da mulher e beijou-a na boca, passando a língua suavemente sobre os lábios dela. Quando se afastou, ele tinha um olhar inquieto e uma expressão cheia de desejo que fez a pele de Kylie se arrepiar.

— E você? Está feliz? — perguntou ele, sério.

Kylie notou a ligeira insegurança que Jensen tentara disfarçar ao fazer a pergunta, mas ela sabia tudo a respeito daquele homem. O relacionamento ainda estava se formando, era relativamente recente, mas prometia coisas novas e excitantes.

— Estou muito feliz — sussurrou ela. — Eu nunca me achei infeliz. Resignada, sim, mas infeliz, não. Eu acreditava que tinha aceitado o que a vida me dera. Apenas alguns bons amigos. Minha cabeça enterrada na areia, sempre presa ao passado, mas você me ensinou a olhar para a frente. A enxergar o futuro com otimismo. Eu sempre vou te amar por isso.

Uma satisfação feroz iluminou o rosto de Jensen, que pôs a mão na nuca de Kylie, puxando-a para si. Seus lábios se encontraram, impacientes. Ela rolou para cima dele, com as mãos abertas sobre o peito musculoso e as pontas dos dedos enterradas na carne.

Jensen a beijou com avidez, alimentando-se vorazmente da boca dela. Sua mão livre passeou pelos seios dela até encontrar os bicos duros e empinados, intumescidos, sedentos do toque dele, da boca dele.

— Você não tem ideia do que sua felicidade significa para mim — disse Jensen ao fim do beijo. — Saber que eu faço você feliz...

Kylie, você não imagina o quanto isso me orgulha. Você confiar em mim. Depois do que eu fiz...

A dor e o arrependimento inundaram imediatamente as feições dele, e Kylie tapou-lhe a boca com os dedos.

— Jensen, não. Isso ficou para trás. Você *jamais* me magoaria. Eu sei disso. Você precisa saber disso também. Precisa acreditar, como eu acredito. Confie em si mesmo tanto quanto eu confio em você. Eu te amo — acrescentou ela suavemente. — Ninguém acredita em você mais do que eu. Só queria que você tivesse a mesma fé em si mesmo. Não quero amarrar você na cama à noite por causa do seu medo de ter um pesadelo e me machucar. Ter de fazer isso me dói. Ver seu olhar quando o amarro na minha cabeceira. Isso me aflige porque *sei* que é desnecessário. Mas até que *você* acredite, até que você consiga compartilhar da minha fé, vou fazer o que for preciso para mantê-lo comigo. Na minha cama, na minha vida, no meu coração.

As palavras apaixonadas de Kylie o deixaram mudo, com a boca semiaberta e uma esperança verdadeira desabrochando nos olhos. Será que finalmente ela conseguia compreendê-lo a ponto de romper com o medo cego que ele tinha de agredi-la em um momento de descuido?

— Eu vou tentar — disse ele com a voz rouca. — Temos sessão marcada na terapia. Eu sei como foi difícil para você. Foi um passo monumental abrir sua alma para alguém que não fosse eu ou suas melhores amigas. Estou disposto a fazer o mesmo, Kylie. Se você foi capaz de reunir coragem para buscar ajuda, então é minha obrigação estar ao seu lado a cada passo do caminho. Eu juro que vou fazer isso.

Ela rolou sobre Jensen e abraçou-o para puxá-lo para mais perto. Virou o rosto para o peito dele e deu-lhe um beijo logo acima do coração.

— Ainda estou preocupada com Chessy, mas vou esperar mais um dia antes de ligar para ela. Se conheço Joss, ela está tão cismada quanto eu, mas talvez você tenha razão. Quem sabe Chessy e Tate estão se acertando e tendo um maravilhoso fim de semana? Vou saber de todos os detalhes picantes mais tarde — acrescentou ela com um sorriso.

Jensen gemeu.

— Só não se entusiasme demais com a bisbilhotice. Não sei se quero saber dos detalhes da vida de outra mulher com o marido. Prefiro me concentrar no que tenho aqui em meus braços.

— É bom mesmo — disse Kylie, em um tom presunçoso, com uma confiança que ela só havia descoberto recentemente, graças ao homem a seu lado. — Porque, se você começar a imaginar coisas com outra mulher, eu vou acabar com você.

O riso retumbou em seu peito.

— Você é mais do que suficiente para mim, amor. Já me dá bastante trabalho. Juro por Deus, você foi feita pra mim. Nunca existiu um par mais perfeito.

Sentindo um calor bom no coração, Kylie aconchegou-se ainda mais em Jensen. Sim, o futuro prometia ser mesmo brilhante, apesar de sua atual apreensão com a melhor amiga e seu casamento.

Jensen provavelmente estava certo. Chessy e Tate deviam estar aproveitando o fim de semana para acertar os ponteiros como a amiga havia planejado.

Joss Corbin enterrou os dedos dos pés sob o lençol e continuou deitada, completamente imóvel, com a esperança de atenuar a sensação de estômago revirado.

Olhou para o telefone, que repousava ao lado dela, debaixo do travesseiro, e franziu a testa. Era fim de tarde, e ela esperava ouvir de Chessy um relato completo sobre a tão esperada noite de aniversário com Tate.

Kylie e ela haviam trocado uma enxurrada de mensagens na noite anterior, temerosas de que algo prejudicasse os planos de

Chessy. O silêncio prolongado da amiga estava matando Joss. A falta de notícias podia ser positiva. Ou péssima. Joss odiava pensar no pior cenário: Chessy em casa, deprimida e sem ânimo para buscar o apoio das melhores amigas por se sentir constrangida ou envergonhada.

Só Deus sabia o quanto Chessy tinha sofrido recentemente por conta de constrangimento e vergonha.

Dash entrou no quarto com uma bandeja com torradas e um copo de suco de maçã. Joss ficou ainda mais enjoada ao pensar na doçura do suco. Enquanto o marido vencia a distância da porta à cama, ela sentia o estômago torcendo-se em nós e respirava fundo pelo nariz para abafar o desejo de correr até o banheiro para vomitar.

Sentando-se à beira da cama, Dash colocou a bandeja no colo de Joss, que acomodou as costas contra os travesseiros macios dispostos na cabeceira. Com um olhar que denotava preocupação e ansiedade, ele pegou e beijou a palma de uma das mãos da esposa.

— Está se sentindo melhor, querida? Como está o estômago?

Enquanto falava, colocou a mão sobre a barriga ainda plana da esposa. O calor do toque infiltrou-se através da pele dela como um maravilhoso remédio contra o mal-estar do enjoo, um desconforto que ela não havia sentido até a recente confirmação de sua gravidez.

Aflita, Joss chegou a telefonar para o consultório da obstetra, mas ouviu uma das atendentes, rindo, garantir que era muito comum que mulheres só começassem a sofrer os sintomas da gestação a partir do momento em que a gravidez é confirmada. Aparentemente, no caso de Joss, o sintoma tinha 95 por cento de chance de ter fundo psicológico. Por outro lado, talvez o enjoo tivesse resolvido atormentar a nova gestante muito antes do que seria esperado.

Outros sintomas haviam surgido desde o início, como o cansaço e a sensibilidade nos seios, que doíam ao menor toque. Dash tinha de ser extremamente cuidadoso quando faziam amor.

Joss ofereceu ao marido o sorriso mais caloroso que o mal-estar permitia. Ela segurou o queixo dele depois de ter a palma da mão beijada.

— Estou me sentindo melhor — disse ela com sinceridade. — Normalmente, só me sinto nauseada na primeira hora do dia. Você cuida tão bem de mim trazendo comidinhas desse jeito!

— Não precisa se preocupar com nada porque vou sempre estar aqui para o que você precisar — murmurou ele.

O sorriso de Joss se abriu de vez.

— Eu amo você. Estou tão animada, Dash! Você não imagina como estou feliz com nosso bebê! É um sonho que virou realidade. Você. Nós. Nosso filho ou filha. Nunca imaginei ser tão feliz de novo, e tudo isso graças a você.

Os olhos de Dash brilhavam com calor e amor enquanto repousavam sobre ela.

— Estou tão feliz que às vezes tenho de parar para pensar e me lembrar de como sou grato pelo presente de ter você e, agora, nosso filho — disse ele com a voz rouca. — Eu também amo você, Joss. Sempre amei, sempre vou amar. Ainda que eu queira que o bebê nasça logo, ainda que tenha vontade de aumentar nossa família e ver nossos filhos crescerem, meu plano é saborear cada minuto dessa gravidez. Ver sua barriga crescer. Nunca vou esquecer esses momentos. Junto com o dia em que você disse que me amava, o dia do nascimento do nosso filho vai ser a data mais importante da minha vida. Nunca se esqueça disso.

— Nunca — disse ela com fervor. — Nunca vou esquecer, Dash. Assim como espero que você nunca esqueça o quanto eu te amo.

Ele acariciou o rosto dela e, depois, apontou para o telefone.

— Nenhuma novidade da comemoração de Chessy? Você e Kylie devem estar aflitas. Bem, na verdade, admito que até eu ando preocupado com ela. Não tenho a mínima ideia do que está acontecendo com Tate, mas torço para que ele caia na real o quanto antes.

Joss olhou para o telefone, fazendo uma careta.

— Nem uma palavra. O que pode ser bom. Ou pode ser ruim. Estou tentando ser otimista. Tomara que eles consigam resolver tudo e que Chessy tenha finalmente aberto o coração para Tate. Quero o melhor para ela, Dash. Sei como deve ter sido difícil para ela receber a notícia da minha gravidez. Quase *não* contei a ela, mas, se Chessy descobrisse por outros meios, isso a magoaria ainda mais e só evidenciaria os problemas do relacionamento dela com Tate.

Dash deslizou a mão do ventre para a coxa de Joss antes de apertar-lhe o joelho.

— Você fez a coisa certa, Joss. Chessy jamais admitiria que você guardasse uma notícia tão maravilhosa em segredo. Você tem o direito de ser feliz. Não acredito que ela teria inveja de você.

— Eu sei — disse Joss calmamente. — Eu amo Chessy e só quero que resolva seus problemas de relacionamento com Tate para que seja feliz novamente. Assim como Kylie e eu somos.

Dash sorriu.

— Ela vai ser. Tão feliz quanto você e Kylie. Agora, tente comer uma torrada. Você precisa comer alguma coisa antes de se levantar e começar a se mexer. Pensei em curtirmos o dia. Aproveitar o fim de semana juntos. Talvez ficar esparramado no sofá com você, assistindo a alguns filmes. Posso preparar um belo jantar essa noite, se você estiver a fim de comer.

Ela suspirou alegremente.

— Você cuida tão bem de mim, querido! Eu te amo por isso.

Ele se inclinou, beijou-a no nariz e, em seguida, deu-lhe um tapinha na coxa.

— Coma. Não vou sair daqui até ter certeza de que você vai dar conta de segurar essa torrada no estômago.

8

Chessy despertou com o sol da tarde filtrado pela janela do quarto. Ela estava cercada de calor e força. O corpo de Tate a envolvia. Os braços do marido a aninhavam, e uma perna dele se enganchava possessivamente sobre ela. A cabeça de Chessy descansava sobre o ombro largo do parceiro.

Ela soltou um suspiro imperceptível, sem querer acordá-lo. Não queria que nada estragasse seu primeiro momento de verdadeira satisfação desde muito tempo. Tudo parecia certo no mundo. Não que Chessy fosse ingênua a ponto de acreditar que tudo havia sido milagrosamente consertado pelo pênis mágico de Tate, mas era um começo.

Aquela noite de amor tinha sido um encontro de duas almas perdidas. Pelo menos para ela, cuja alma andava perdida até então. Ela tinha sido privada da presença de Tate por tanto tempo que não conseguia se lembrar da última vez que despertara em seus braços ou que ambos tivessem passado o dia na cama.

Ele estava sempre correndo para o trabalho logo cedo, despedindo-se dela com um beijo na testa e um brusco "espero que minha menina tenha um bom dia", sem hora certa para voltar.

Era difícil deixar de lado esse tipo de lembrança, mesmo quando o mundo parecia perfeito no aqui e agora. Ele certamente havia deixado claro que o relacionamento não seria salvo em apenas um fim de semana, mas o lado otimista dela sentia que alguma coisa já mudara. Tate estava dando a Chessy algo que ela não recebia havia mais de um ano: ele mesmo, com sua atenção absoluta. O amor que, nos momentos mais sombrios, ela dera como perdido. No entanto, Tate parecia ter sido muito sincero na noite anterior e, em especial, naquela manhã, quando as emoções já estavam mais controladas. Ela sabia que o marido não tinha gostado nem um pouco de ir dormir na véspera sem resolver as coisas, mas também sabia que o certo era ficar longe dele por algum tempo para que ambos pudessem refletir e encontrar a melhor maneira de pôr para fora o que precisava ser dito.

— Minha menina já acordou?

Com os lábios pousados no peito de Tate, Chessy sorriu ao sentir a vibração causada pela voz retumbante do marido.

— Você está sorrindo — notou ele.

Chessy abriu um largo sorriso. Era o Tate que ela conhecia. O homem em permanente sintonia com cada movimento, com cada pensamento de sua parceira. Ela fechou os olhos para saborear o momento. Isso quase fez seus olhos se encherem de lágrimas, mas ela resistiu ao impulso, temendo que ele interpretasse o choro de modo equivocado e houvesse um novo e contraproducente mal-entendido.

Em vez disso, ela simplesmente assentiu com a cabeça, confirmando o que ele já sabia. Tate a abraçou com força e deu um beijo carinhoso em seus cabelos.

— Não que eu não esteja adorando ficar aqui com você nua em meus braços, mas prometi que teríamos um belo jantar de aniversário. A menos que você tenha mudado de ideia, precisamos nos mexer. Que tal a gente ir junto para o chuveiro? Então saímos para jantar e, na volta, podemos recomeçar a fazer o que fizemos o dia todo.

— Hum... — murmurou ela contra o peito dele. — Isso parece maravilhoso, Tate.

— Estou tão contente! — disse ele com a voz rouca. — Sei que estou em dívida com você, mas prometo que você vai ser compensada 24 horas por dia, sete dias por semana.

Ela se apoiou no cotovelo para poder encarar os olhos sonolentos e felizes dele, que brilharam para ela.

— Eu acredito em você — disse ela calmamente.

O alívio perpassou os olhos de Tate. Um fervor emocionado rapidamente substituiu os sinais de sonolência.

— Obrigado, Chess. Você não tem ideia do que significa seu perdão. E sua boa vontade em me dar outra chance.

Ela estendeu a mão e tocou o rosto do marido, acariciando com o polegar a linha perfeita de sua face. Então, inclinou-se e o beijou. Pela primeira vez ela assumia uma posição de controle em relação a ele ao tomar a iniciativa.

A mão de Tate procurou imediatamente a parte de trás da cabeça de Chessy, enredando os cabelos, mas ele teve o cuidado de permitir que ela conduzisse o beijo. Era como se estivesse navegando em águas perigosas, pois sabia que não era isso que ela esperava dele. Chessy *queria* que ele reafirmasse seu controle e sua dominação diante dela. Ansiava por isso do fundo da alma.

Ela tinha nascido para esse homem. Para ser submissa a ele. E ele tinha nascido para ser seu dominador. Era uma necessidade que desafiava a razão. Algumas coisas eram como eram, e para ela o relacionamento com Tate era assim. Ela odiava usar a palavra "casamento", que era muito... tradicional, fora de moda e desatualizada em todos os sentidos. O que eles tinham ia muito além dos limites que a maioria dos casais conhece em relação a confiança e fé mútuas. As coisas que ela ofertava a Tate, e as coisas que ele exigia, podiam muito bem ser grosseiramente interpretadas por pessoas não familiarizadas com o estilo de vida de dominação e submissão, gente que desconhece o profundo grau de conexão emocional que existe nesse tipo de relação. Sim, é verdade, ela tinha uma incrível aliança de diamante no dedo, mas não era isso que a definia como a garota de Tate.

Ela literalmente entregava sua segurança e seu bem-estar aos cuidados de Tate. E, em contrapartida, não havia sobre a face da Terra mulher mais bem cuidada do que ela — pelo menos quando as coisas estavam bem. Era um relacionamento que desafiava as convenções, mas eles não ligavam para isso. Eles faziam as regras. Ninguém mais. E a maioria das regras havia sido ditada por Tate.

Não existia nas livrarias um guia sobre como ser um dominador. Tate teria gargalhado diante de um manual que pretendesse ensiná-lo a viver e a satisfazer sua amada submissa. Talvez esse tipo de literatura funcionasse para outros casais. Se sim, sorte deles. Mas nunca funcionaria para Chessy e Tate. Nunca.

Tate tomava as próprias decisões e se lixava para regras de comportamento ou para comparações com outras pessoas que tinham o mesmo estilo de vida.

No início do relacionamento com Chessy, Tate deixou claro o que queria e a avisou de que aquele talvez não fosse o jeito como ela imaginava que um relacionamento deveria funcionar, mas ele se negava veementemente a reproduzir os estereótipos de um manual de instruções para dominadores. Nem sobre seu cadáver ele admitiria que alguém comandasse seu relacionamento com a esposa. Sua amada submissa.

— O que minha menina está pensando? — perguntou ele em voz baixa ao ver a expressão pensativa de Chessy.

— Que você não é o único culpado pelo estado atual do nosso relacionamento.

Imediatamente, ele tentou protestar, mas ela pousou os dedos sobre os lábios do marido a fim de silenciá-lo.

— Alguns minutos atrás, você disse que estava grato por eu ainda te amar, por ter perdoado você, por lhe dar outra chance, mas isso vale para mim também, Tate. Eu deveria ter conversado com você muito tempo antes. Eu deveria ter sido honesta. Acho que também devo pedir seu perdão e implorar por outra chance de consertar as coisas entre nós. Eu cortei os canais de comunicação entre nós. Nós cortamos, quero dizer, pois comunicação é uma via de mão dupla. Mas eu deveria ter tido a coragem de pedir o que queria, de exigir isso de você, assim como você sempre exigiu coisas de mim em nosso relacionamento. Eu só... tinha medo — disse ela, baixando gradativamente a voz até acabar em um sussurro rouco.

— Medo de quê, amor? — perguntou ele suavemente.

Ela o olhou nos olhos outra vez, tomando coragem.

— Eu tinha medo de pressioná-lo e fazer com que você descobrisse que não me queria mais. Que não precisava mais de mim. Que eu era apenas um peso morto, um fardo indesejável. Eu tinha medo de você ir embora; então, tentei ser a mais compreensiva possível, a menos demandante possível, ainda que isso me fizesse morrer por dentro. Mas logo tudo ficou pesado demais para mim, e eu não podia mais fingir. Tive de correr o risco. Evitar o risco não me trouxe nenhuma recompensa. Foi um *inferno*.

A dureza do desabafo fez Tate perder o fôlego, como se tivesse levado um murro no estômago.

— Você tem ideia do quanto me faz mal ouvir você dizer isso? Sobre mim? Seu marido, seu dominador, seu amante? Quando olho para trás, tudo o que vejo é que nunca *deixei* que você viesse a mim e me contasse sobre seus sentimentos. Como você poderia contar se eu nunca estava disponível para ouvir?

Ele se apoiou no cotovelo, fincando-o no travesseiro para que pudessem ficar cara a cara.

— Eu nunca vou deixar você, Chess. Isso não vai acontecer. Não sei por que você não me deixou. Nenhuma outra mulher me amaria se fosse negligenciada desse jeito. Enquanto você dormia ao meu lado esta tarde, dei graças a Deus por você ainda me amar e realmente me perdoar por quase ter destruído a coisa mais preciosa da minha vida. Você, meu amor. Você. E eu quase *destruí* você... e a mim mesmo. Não consigo imaginar a vida sem você. Não quero imaginar a vida sem você. Se resta algo a dizer a respeito disso é que você e eu vamos envelhecer juntos, vamos ter cabelos brancos juntos e vamos amar cada minuto da vida. Não existe Tate sem Chessy. E espero que nunca exista Chessy sem Tate.

Ela sorriu para a poética declaração de amor a seu relacionamento. Tão simples e tão bonita. Sem Chessy não há Tate; sem Tate não há Chessy. Tinha tudo a ver com o que ela pensava quando encontrou aquele homem com quem viria a se casar e a quem amaria de todo o coração.

— Eu te amo — disse ela, pensando e *sabendo* que ele precisava ouvir aquilo outra vez. A mesma fragilidade emocional que ela vinha experimentando ao longo dos últimos tempos estava agora refletida nele. Tate havia entendido o que tinha a perder.

Ele encostou sua testa na dela e se manteve assim. As respirações se misturavam, ambos de olhos fechados, desfrutando da intimidade de um gesto tão simples.

— Eu amo a minha menina também. — Ele suspirou. — E agora vou pôr minha menina no chuveiro. Vou dar um banho que ela não vai esquecer tão cedo. Da cabeça aos pés, dando um trato especial nas partes que estiverem pelo meio do caminho.

9

Depois de uma divertida chuveirada, com direito a orgasmo induzido pela atenção e dedicação de Tate às suas partes baixas, Chessy sentou-se à penteadeira enquanto o marido ajeitava com um pente os cabelos recém-enxugados.

Chessy sentia o corpo inteiro ainda trêmulo no rescaldo do gozo intenso. Fora obrigada a se sentar assim que saiu do chuveiro, pois não tinha certeza se suas pernas teriam forças para sustentá-la. Como resultado, uma pequena poça se formara no chão com a água que pingava do corpo e dos cabelos, mas Chessy não dava a mínima para isso.

Ela sorriu para a imagem de Tate refletida no espelho e, em seguida, fechou os olhos, saboreando uma das coisas favoritas entre tudo o que Tate lhe proporcionara ao longo dos anos: o cuidado com seus cabelos. Chessy era um ser completamente tátil, que amava ser tocada e adorava ter os cabelos escovados ou simplesmente afagados por alguém.

Foram incontáveis as vezes que ela, deitada no sofá, com a cabeça no colo de Tate, deliciou-se com o passeio distraído dos dedos dele pelos fios de sua cabeleira enquanto assistiam a um filme. Isso ficaria para sempre guardado entre suas melhores lembranças.

Ela abriu os olhos e, por um breve momento, o sorriso sumiu de seu rosto. Antes que Chessy pudesse se recompor, Tate já franzia a testa e olhava para ela pelo espelho com um ar interrogativo.

— Algum problema, amor? Machuquei você? Estou sendo muito brusco com seus cabelos?

Ela riu.

— Até parece! Você é um mestre na arte de pentear uma mulher. Quando se cansar do ramo de consultoria financeira, pode abrir um salão de beleza. A mulherada vai disputar horários para ser cuidada por suas mãos. Aliás, suas mãos, não. Minhas. Suas mãos são totalmente minhas. Sou capaz de cortá-las antes de permitir que elas toquem outra mulher!

Tate pareceu confuso por um breve segundo. Ele riu, jogando a cabeça para trás, mas logo ficou sério e a encarou outra vez.

— Então, por que estava franzindo a testa?

Desconfortável, Chessy remexeu-se no banco da penteadeira, sem querer abordar o assunto, mas Tate não permitiria que ela fugisse da pergunta. Calmamente, pegando-a pelas pernas, girou-a no banco até que ficassem cara a cara. Em seguida, abaixou-se e, apoiando um dos joelhos no chão, envolveu o rosto dela com uma das mãos.

— Diga.

Ela suspirou.

— Sei que eu não deveria pedir. Quero dizer, não é desse jeito que nossa relação funciona, e eu não quero passar a ideia de que estou pedindo uma mudança em nosso relacionamento, que não gosto mais do seu domínio ou que você assuma todas as decisões, mas...

— Peça, meu amor — disse Tate, encorajando-a com gentileza. — Acho que nós dois sabemos que nosso relacionamento passa por um momento de fragilidade, em que as regras estão mudando. Elas têm de mudar. Preciso saber quais são suas necessidades e seus desejos. Preciso saber, independentemente de eles serem atuais ou terem surgido dois anos atrás. Sempre quis que você contasse suas vontades para mim. Como posso satisfazê-las?

Depois de uma pausa, ele continuou:

— Minha obrigação como dominador é, muitas vezes, descobrir seus desejos e necessidades antes mesmo de você, e meu trabalho é satisfazer cada um deles. Mas tenho sido um completo idiota e, como resultado, me desconectei das suas vontades. Para mim é doloroso admitir isso, mas sou homem o bastante para reconhecer meus erros. Odeio saber que fiz isso. Você precisará me ajudar a voltar ao bom caminho. Sabe o canal aberto de comunicação sobre o qual a gente falou na cama? Ele vai ter de funcionar o tempo todo daqui para a frente.

Chessy assentiu, compreensiva, e respirou aliviada. Eles ficariam bem. Ela podia sentir isso. Tate estava se submetendo completamente para um homem tão acostumado a estar no controle de todos os aspectos de sua vida. Mas ele tinha razão. Ambos estavam no comando agora, e isso seria o bastante para que acertassem o rumo e voltassem a navegar em águas tranquilas.

— Eu só queria saber aonde você planeja me levar para jantar hoje — disse ela em voz baixa. — Eu não... Eu não quero voltar ao restaurante da noite passada. Acho que não conseguiria lidar com isso. Passei por muita humilhação naquele lugar. Não quero nem lembrar. Prefiro ir a outro restaurante e recomeçar tudo do zero.

O amor, a compreensão e o remorso congestionaram os olhos de Tate, comovendo Chessy, que teve de engolir em seco para desfazer o nó crescente em sua garganta.

Inclinando-se para a frente, ele pressionou os lábios contra a testa da mulher, mantendo-os ali por um longo momento. Quando se afastou, emoldurou o rosto dela com as mãos e fitou-a nos olhos.

— Eu nunca faria isso com você, minha menina. Pensei em ir a um lugar onde nunca estivemos antes. Já ouvi coisas muito boas a respeito desse lugar. Fiz uma reserva de manhã, pela internet, antes de você acordar. Eu também quero um novo começo. Vai ser um novo começo em todos os sentidos.

Alívio e afeto correram pelas veias de Chessy. Para seu espanto, deixou escapar uma lágrima, que rolou por seu rosto até uma das mãos de Tate. Droga, ela estava determinada a não chorar! Tinha chorado demais na véspera. Por causa disso, teria de fazer a melhor maquiagem de sua vida para disfarçar o inchaço sob os olhos antes de saírem para jantar. E ela queria ficar bonita como nunca para Tate. Assim como se recusava a voltar ao maldito restaurante, ela obviamente não usaria o vestido que escolhera no dia anterior.

Tate parecia entender que ela não estava aborrecida. Com uma expressão ainda mais suave, ele se inclinou e beijou a trilha que aquela lágrima solitária havia desenhado até chegar à sua mão.

— Eu te amo, Chess. Por favor, nunca se esqueça.

— Eu também te amo — sussurrou ela. — Agora, suma daqui para que eu possa terminar de me arrumar. Quanto tempo ainda tenho?

Tate consultou o relógio e, em seguida, ajudou-a a se levantar, dando-lhe um leve tapinha no traseiro.

— Temos 45 minutos para sair. Você precisa se mexer, amor. Eu vou me vestir. Espero por você na sala.

Ela deu um largo sorriso para ele e foi recompensada com outro tão terno que seu coração perdeu o ritmo. Havia tanta promessa naquele jeito de sorrir que ela foi varrida por uma onda de tontura. Ela escapou para o closet a fim de escolher o que vestir. Ainda precisava secar os cabelos, mas antes faria uma boa seleção entre as opções em seu armário. Depois, pensaria no penteado e na maquiagem, que deveriam combinar com o visual escolhido.

10

Tate notou o brilho no sorriso de Chessy quando se sentaram a uma mesa de canto no restaurante recém-aberto no subúrbio onde moravam. De carro, o trajeto de casa até ali durou cinco minutos. Ambos conheciam bem a maioria dos restaurantes de Woodlands, região que se encontrava em rápido desenvolvimento, mas aquele lugar havia sido inaugurado poucos meses antes. Já parecia fazer sucesso, a julgar pela quantidade de pessoas que dividiam o espaçoso ambiente.

Parte do terrível peso que oprimia o coração de Tate havia desaparecido, e ele se sentia otimista quanto ao futuro com Chessy. Como não se dedicar ao máximo àquela linda mulher? Como não colocá-la no topo das prioridades de sua vida? Ela merecia tudo. Afinal, ele tinha prometido, cinco anos atrás, quando Chessy lhe dera seu coração — e sua submissão —, fazer tudo o que pudesse para merecer aqueles maravilhosos presentes.

Tate carregaria até a morte a culpa por ter falhado com ela, mas não era tarde demais para o casal. Nenhum sacrifício seria grande demais para garantir que tivesse novamente o amor e a fé de sua amada.

Enquanto observava os olhos cintilantes de Chessy, sua mente divagou para outra imagem dela, em posição de total submissão, sendo acariciada pelas mãos de outro homem, mas sempre sob seu olhar vigilante. O outro homem, sob o comando de Tate, dava ordens a ela, preparando-a para que o marido a possuísse.

Ambos gostaram da nova experiência, o que os estimulou a participar regularmente dos eventos promovidos pelo The House. Desde que Tate se deixara envolver pelos negócios, o The House e suas atividades eróticas haviam caído no esquecimento, erro que ele planejava corrigir em breve.

No entanto, primeiro era preciso cimentar seu novo compromisso com Chessy e certificar-se de que ela soubesse, de coração, que ocupava o primeiro lugar no coração dele. Só então ele se dedicaria a planejar uma noite de completa devassidão focada em Chessy e em seu prazer. Seria um presente para ela. Seu presente.

— Ah, não — sussurrou Chessy, com um olhar subitamente tenso.

As palavras e a expressão nervosa da esposa arrancaram Tate de seu devaneio erótico. Ele franziu a testa ao constatar a óbvia aflição da companheira.

— O que houve? — perguntou ele, olhando em volta para conferir se algo havia desencadeado aquela mudança de humor.

— Kylie e Joss devem estar preocupadas — disse Chessy, ansiosa. — Elas sabiam dos nossos planos de comemoração e não telefonei nessa manhã para contar o que aconteceu. Esqueci completamente.

Tate sorriu, embora pudesse sentir a tensão no próprio rosto. Sim, Joss e Kylie eram as melhores amigas de Chessy. Como tais, supunha ele, compartilhavam tudo. Na verdade, compartilhavam até demais para o gosto dele. Obviamente, não apenas as amigas mais íntimas de sua esposa estavam avaliando seu casamento, mas também Dash e Jensen. Isso não caía bem para Tate. Ele era um homem reservado, e a ideia de sua vida pessoal ser tema de conversa ou de julgamentos alheios definitivamente não lhe agradava.

Porém, a verdade dói e, se ele não fosse tão culpado por negligenciar a esposa, com certeza o escrutínio das outras pessoas não teria se voltado para sua casa e sua vida. Era uma cruz que teria de carregar. Mas jamais abaixaria a cabeça diante da presença dos amigos de Chessy. Ou melhor, amigos *dele* também, não só da esposa.

Na verdade, ele mesmo já havia se intrometido no relacionamento de Joss quando Dash quase mandou tudo para o inferno. Tate ficara furioso com Dash, com razão, mas a hipocrisia se tornara tão evidente que era constrangedora.

Dash e ele eram amigos havia muito tempo. Assim como ele era amigo de Carson, o primeiro marido de Joss. Jensen era um elemento novo no grupo, mas tudo indicava que seria um sólido complemento para aquela coesa ciranda de amizades: ele fazia Kylie feliz e, entre todas as pessoas, Kylie era quem mais merecia a felicidade.

— Tenho certeza de que elas não estão preocupadas — disse Tate em um tom tranquilizador. — Não terem recebido um telefonema seu é algo bom, não acha? Se as coisas tivessem corrido mal, você teria ligado. Tenho certeza de que elas interpretaram o silêncio como uma coisa positiva. Provavelmente acham que ainda estamos na cama, que é exatamente onde estaríamos agora se não fosse pela minha promessa de um novo jantar.

As faces de Chessy adquiriram um delicioso tom rosado e seus olhos se acenderam cheios de desejo. Isso fez Tate querer tirá-la do restaurante naquele minuto, enfiá-la no carro e dirigir à toda velocidade para casa a fim de tê-la nua na cama e embaixo dele.

— Você está certo — admitiu ela. — É que elas estavam muito preocupadas comigo. — As feições de Chessy se contorceram em uma careta de resignação. — Deus sabe que dei motivo para preocupações. Pensei seriamente que nosso casamento estava acabado.

Tate sentiu um aperto no estômago ao perceber a naturalidade com que ela abordava o tema do fim do casamento. Incapaz de evitar tocá-la, pegou-lhe a mão e levou-a à boca, dando um beijo carinhoso na pele macia da palma.

— Nunca, amor. Eu só posso dizer outra vez como estou triste por não ter priorizado você. Não vou cometer esse erro novamente.

— Não vamos retomar esse assunto — disse ela, tensionando os lábios. — Vamos deixar isso no passado, onde deve permanecer, e recomeçar tudo a partir do aqui e agora.

— Parece um excelente plano — disse ele, satisfeito. — Você quer pedir sobremesa? Já sei o que eu quero, mas isso não está no cardápio.

Ela corou novamente. Em seguida, balançou a cabeça.

— Eu prefiro ir para casa — sussurrou ela.

Tate ergueu a mão para pedir a conta antes mesmo que ela completasse a frase. Ele entregou o cartão de crédito ao garçom, demonstrando ansiedade enquanto esperava o recibo. Tamborilando os dedos na mesa com impaciência, esperou a volta do garçom, assinou o comprovante de crédito, acrescentou uma boa gorjeta em dinheiro e levantou-se.

Ele ofereceu a mão a Chessy, ajudando-a a se levantar enquanto ela pegava a bolsa. Em seguida, conduziu-a na direção da saída para o estacionamento, sem abandoná-la até que se acomodasse no carro.

Assim que assumiu o lugar ao volante, buscou a mão dela outra vez, repousando-a entre os dois bancos dianteiros. Um detalhe tão pequeno e aparentemente sem significado como o toque de sua esposa era algo que ele havia deixado de valorizar nos últimos tempos. Só agora percebia o quanto tinha perdido no período em que pouco se falaram, pouco se viram, pouco se tocaram. Nenhum dinheiro do mundo compensava a perda do amor de sua mulher.

— Eu amo você — disse ele, olhando-a rapidamente.

Ela abriu um sorriso de completa felicidade, tirando-lhe o fôlego.

Tate tinha tudo planejado para aquela noite. Reafirmar sua posição dominante era algo que sabia que ela queria, mas sentia dificuldades sobre como fazê-lo. Para todos os efeitos, ele deveria se ajoelhar diante dela e suplicar por perdão. Naquela situação, não parecia certo que ela ficasse de joelhos, submissa a ele.

Porém, o domínio de Tate não era apenas algo desejado. Era uma necessidade. Para ambos. Dizia respeito às raízes do relacionamento e era essencial para a paz de espírito do casal. Para Chessy, era importante sentir-se segura e protegida em seu casamento. Tate faria o que fosse necessário para assegurar a felicidade dela.

Ao chegarem em casa, Tate manobrou o carro na garagem, estacionando-o ao lado do de Chessy e desligou o motor.

Quando ela fez menção de abrir a porta para sair, ele a reteve apertando-lhe a mão.

— Vá direto para o quarto. Tire a roupa e fique de joelhos sobre o tapete em frente à lareira, esperando por mim — ordenou ele, injetando uma nota de autoridade no tom de voz.

Os olhos dela se arregalaram por um instante, espalhando esperança como um incêndio por seu semblante. Ela semicerrou os olhos conforme a surpresa momentânea dava lugar ao desejo latente. Chessy soltou um suave suspiro de alívio como se estivesse esperando por essa ocasião havia muito tempo: a hora em que ele retomaria as rédeas do relacionamento. A vergonha rastejou do pescoço e espalhou-se pelo peito de Tate, exercendo uma pressão que o impediu de respirar. Nenhuma mulher, independentemente de ser submissa ou não, deveria ser confrontada com o fracasso do marido.

Quando ele afrouxou o aperto na mão dela, dando-lhe permissão tácita para descer do carro, ela se atrapalhou com o cinto de segurança e saiu às pressas de seu assento. Ele a seguiu pelo curto trajeto até a porta da frente, abrindo-a para que Chessy entrasse.

Tate demorou-se na sala propositalmente, dando todo o tempo do mundo para que Chessy se preparasse dentro do quarto. Na verdade, ele também precisava de uma preparação mental para o que estava por vir. Era difícil assumir o comando e bancar o autoritário quando tudo o que ele mais queria era mimar a esposa com ternura, compensando-a por toda a dor que havia causado.

Enquanto estivesse praticando o jogo da dominação com Chessy, deleitando-a em sua posição de submissa, não poderia tocar a preciosa pele dela com o cabo do chicote ou com as mãos. A beleza da dor prazerosa tinha perdido o brilho naquele momento, e para ele era difícil abrir mão de algo que, desde sempre, trouxera imensurável satisfação. Naquela noite, não haveria limites borrados entre prazer e dor. Ele só queria dar prazer a ela e restabelecer a conexão emocional por meio do fortalecimento dos vínculos físicos do casal.

Quando achou que já havia passado tempo suficiente para Chessy estar preparada, Tate caminhou lentamente até o quarto, retendo a respiração em antecipação ao primeiro vislumbre de sua mulher. Linda. Nua. Ajoelhada. Magnificamente submissa, aguardando por ele e por suas ordens.

Tate sentiu a pulsação se acelerar quando empurrou a porta entreaberta para vê-la.

O ar saiu de seus pulmões em uma longa expiração e, subitamente, ele sentiu as pernas perderem a força. Ele se agarrou ao batente da porta com força, com os nós dos dedos quase brancos, conforme seu olhar percorria devagar o belo corpo de Chessy.

Ela era a imagem perfeita da total submissão. Ajoelhada no tapete macio em frente à lareira, com a silhueta desenhada na penumbra pela luz vinda do banheiro, a esposa descansava, esperando por ele. Pelas ordens dele. Mas ele estava sem fala. Mal conseguia formar um pensamento coerente, menos ainda traduzir em palavras uma descrição que fizesse jus àquela cena.

Os cabelos longos escorriam pelas costas de Chessy, com exceção de uma única mecha, que, lançada para a frente sobre um dos ombros, propunha um erótico jogo de esconde-esconde com um dos mamilos rosado escuro. A boca de Tate encheu-se de água na expectativa de degustar aqueles relevos gêmeos, de lamber os bicos enrugados e chupá-los até deixá-los duros e doloridos.

Ele quase conseguia ouvi-la gemendo baixinho de prazer, o que o fez lembrar que havia muito tempo não ouvia aqueles doces sons de satisfação da esposa. Sua negligência em proporcionar o prazer que ela tanto merecia era imperdoável.

— Perdão, Chessy — pediu ele num sussurro baixo o bastante para ela não ouvir. Não que ele não quisesse realmente pedir perdão mais uma vez, mas estava determinado a seguir adiante em seu plano de dominação. Não havia espaço para relembrar seus erros para com Chessy. Não quando tudo prometia dar certo. Finalmente, tudo daria certo outra vez.

Como se lesse os pensamentos do marido, ela ergueu o queixo e o olhar para ele. Os olhos de Chessy e Tate se encontraram; os olhos dela ferviam de urgência e desejo. Ele tinha certeza de que seu próprio olhar transmitia os mesmos sentimentos.

— Você é linda — disse ele.

Os olhos dela responderam às palavras com um brilho de prazer.

— Fico feliz que você me ache bonita — respondeu ela em voz baixa, que vibrou deliciosamente nos ouvidos de Tate, reverberando em todo o seu corpo.

— Você duvida que acho você linda? — perguntou ele, dando-se conta de que a pergunta era inapropriada. Como Chessy podia acreditar que ele ainda a considerava bela depois de cinco anos de casamento se seu comportamento recente demonstrava justamente o contrário?

Um homem que ama a esposa e a considera a mulher mais linda do mundo seria capaz de tratá-la com indiferença e negligência?

Sim.

Tate estremeceu com sua franca admissão. Mas, sim, ele ainda amava a esposa. E, sim, ele a considerava a mulher mais bela do planeta. E, sim, ele a tratava como se nenhum desses dois fatos fosse verdadeiro.

— Não — disse Chessy sem hesitar. — Você acabou com toda a minha insegurança de já não ser desejada ou bonita. Quando me olha como está fazendo agora, eu me *sinto* bonita.

Ele cruzou a distância entre eles e, delicadamente, mergulhou os dedos entre as mechas de cabelo da esposa, acariciando e permitindo que os fios se espalhassem por suas mãos como a mais fina seda.

— Fico muito feliz que você se sinta bonita, Chessy. Porque você é. E meu olhar não pode, de jeito nenhum, ser a medida pela qual você avalia sua beleza. Você é maravilhosa por dentro e por fora. A mulher mais amorosa e mais generosa que já conheci. E você é *minha* — sentenciou ele, com satisfação. — Eu nunca vou deixar você ir embora. Nunca duvide do quanto você é linda para mim. Para todos. Você brilha, meu amor. Quando chega a um lugar, todo mundo olha e admira sua presença. Você é uma alegria para os olhos. Sua bondade e sua compaixão transbordam do fundo de sua alma. Eu não mereço você. Nunca vou merecer, mas, graças a Deus, você é minha mesmo assim.

Ela inclinou a cabeça, esfregando a face na palma da mão de Tate, que, com a ponta dos dedos, acariciou delicadamente a pele acetinada, apreciando a forma como ela reagia ao seu toque. Tão receptiva! Tão verdadeira! Não havia reservas por parte dela. Esse era um dos muitos motivos pelos quais a amava tanto.

Chessy não tinha inibições. Ela não se contentava em apenas viver a vida. Ela a devorava. Quando gostava de algo, era com todo o coração, com um entusiasmo e um fervor que atraíam as pessoas ao redor. Os outros se agregavam em torno dela como se sua personalidade fosse um ímã para seres humanos. Esse foi um dos principais motivos para Tate fazer questão de tê-la por perto em seus encontros de negócios, mas se sentiu culpado por usá-la para alavancar sua carreira profissional. Na verdade, não foi bem assim. O verbo "usar" talvez fosse forte demais. De fato, ele se beneficiou do talento da esposa de fazer os outros — em especial, os homens — comerem na palma de sua mão. Não que as mulheres fossem imunes ao poder de atração e à genuína doçura de Chessy, mas Tate não era bobo. Ele entendia o efeito que sua esposa exercia sobre o sexo oposto, assim como sabia que ela nunca, jamais, fazia isso de maneira provocativa ou intencional. Não a sua menina.

Ela apenas deixava as pessoas à vontade, como se fosse uma antiga conhecida. Exalava uma cordialidade que não poderia ser fingida. Nada nela era dissimulado.

E ela era *dele*.

Tate se inclinou para encostar os lábios no topo da cabeça de Chessy, inalando profundamente o perfume daqueles cabelos. Um desejo ardente circulou por suas veias, dando-lhe uma sensação inebriante. Sentia-se bêbado, embriagado pela essência dela. Ele era o mais afortunado dos homens. Tinha de admitir isso, pois sabia que era a mais pura verdade. Em sua situação, a maioria dos homens não teria uma segunda chance tão perfeita, uma nova oportunidade de reparar os muitos erros cometidos. E ele aproveitaria cada momento. Agarraria a chance com as duas mãos e cairia de joelhos, humilde e agradecido pela personalidade indulgente da esposa.

— O que você quer fazer agora? — murmurou ele ao ouvido de Chessy.

Tate pressionou e esfregou os lábios contra a orelha dela, passando os dentes suavemente sobre a pele delicada e sugando o pequenino lóbulo.

Ela estremeceu, e Tate foi se avolumando; sua ereção era indisfarçável sob o tecido da calça. Tudo corria conforme as regras combinadas tempos antes pelo casal. Ele, o dominador, perguntava à sua submissa como agradá-la. Sim, Tate estava no controle absoluto, mas, na essência, ele era dela, seu prazer era o prazer dela, seus desejos eram os desejos dela.

— Minhas mãos... amarradas nas minhas costas — sussurrou ela, fechando os olhos enquanto ele lambia a ponta de sua orelha. A respiração de Chessy se acelerou, e Tate sorriu ao se afastar apenas o suficiente para observar a expressão sedenta da mulher.

— De quatro... você por trás — continuou ela, com uma voz tímida e vacilante.

Ele adorava que, mesmo desinibida na cama, ela ainda conservasse aquele ar adoravelmente tímido ao expressar suas fantasias. Era a perfeita combinação de santinha e menina má e um vislumbre da fêmea interior que iria emergir nos momentos de intimidade.

— Com força — disse ela sem fôlego. — Sem parar, nem que eu peça misericórdia. Ignorando quando eu disser que não, torcendo e puxando meus cabelos conforme você empurra tudo para dentro de mim, exigindo que eu não goze antes de tudo o que você tem para me dar.

Tate fechou os olhos e tentou respirar lenta e profundamente para controlar o pulso acelerado. Todo o sangue de seu corpo se concentrara dolorosamente na virilha, e seu pau chegava a doer de tão duro. Quando se movimentava, a cabeça sensível de seu pênis se atritava de maneira incômoda contra o tecido da cueca. Já dava para sentir a umidade na glande. Ele se imaginava penetrando fundo em Chessy, tirando e colocando tudo sem parar, até as bolas. Antecipava a cena em que a manteria firme em uma mesma posição para receber suas estocadas enquanto sua mão, atendendo ao que havia sido pedido, puxaria os cabelos dela como se fossem uma rédea, intensificando a sensação de penetração vigorosa para ambos.

Era uma das muitas posições que adotavam durante o sexo. A vida amorosa do casal era aberta e maravilhosamente diversificada. Eles topavam tudo o que a imaginação sugerisse. Tate se sentia muito sortudo por ter uma amante tão maravilhosamente receptiva. Sua esposa. Sua melhor amiga. Não deixava de ser um clichê, mas, no caso dele, era verdade.

— Eu gosto do jeito como minha menina pensa — disse ele com a voz rouca e apaixonada.

— Será que meu homem vai dar à menina dele tudo o que ela quer? — perguntou Chessy com um brilho provocante nos olhos.

Tate ergueu o queixo da esposa com um dedo e colou sua boca nos lábios dela.

— Acho que dou conta do recado. É um desafio, mas estou disposto ao sacrifício.

— Que bom! — sussurrou ela contra os lábios dele. Então, deslizou sua mão pela coxa do marido até a protuberante ereção. — Eu odiaria desperdiçar tudo o que você tem aqui.

11

Chessy correu os dedos levemente pela ereção de Tate antes de intensificar a audácia de suas carícias. Seu marido era muito bem-dotado. Não tanto a ponto de ser impossível acolhê-lo por inteiro, mas certamente o bastante para nunca ter suscitado reclamações. O tamanho exagerado pode ser problemático para uma garota, mas a escassez de volume é motivo de inevitável decepção.

Ela gostava de seu homem como ele era e não tinha reclamações sobre suas proezas na cama ou na arte da dominação. Chessy já sentia vertigens antecipadas ao ver Tate reassumir o controle das coisas, reafirmando o domínio dele sobre ela e seu corpo. Ninguém a conhecia melhor que Tate. Embora tivessem sido poucos os amantes que tivera antes da união com o marido, Chessy tinha experiência o suficiente para identificar a perfeição quando a encontrou. Na época, jovem e ingênua, chegou a lamentar que Tate não tivesse sido seu primeiro homem, alimentando a ridícula ideia romântica de poder presenteá-lo não só com sua submissão, mas também com sua virgindade. Agora, ao contrário, sentia-se feliz por Tate *não* ter sido o primeiro, pois, sem dúvida alguma, seu marido estava muitos quilômetros acima de qualquer homem com quem ela já havia transado.

Chessy também se sentia secretamente, ou nem tão secretamente assim, orgulhosa e encantada por Tate admitir que jamais tivera uma mulher — uma submissa — tão perfeita. Eles haviam sido feitos um para o outro, por mais cafona que isso soasse quando dito em voz alta. Chessy orgulhava-se de quem ela era ao lado dele. Tate nunca lhe dera motivo para sentir vergonha dos próprios desejos, e ela o amava demais por isso. Por sempre incentivá-la a ser ousada no que diz respeito a abraçar suas próprias necessidades e fantasias.

— Amor, você está me matando — gemeu ele. — Vou dar à minha menina tudo o que você me pediu essa noite. Vai ser uma honra, e um privilégio, dar tudo o que você precisa de mim. Meu amor. Meu controle. Tudo o que faça você se sentir segura e valorizada.

As palavras dele falaram ao coração de Chessy, a uma parte de sua alma que ficara esquecida por muito tempo. A emoção criou um nó em sua garganta, dificultando a respiração. Lágrimas começaram a queimar suas pálpebras, mas ela piscou furiosamente, determinada a não causar mal-entendidos sobre o desejo que sentia naquele momento de atravessar a noite em absoluta devassidão e esplendor.

— Eu *me* sinto segura e valorizada com você, Tate. Por favor, não se controle. Eu não sou frágil. Não vou quebrar. Preciso de você. Preciso de *nós*, do jeito que éramos antes. Preciso que as coisas voltem ao normal. Eu quero seu controle outra vez, a sensação de segurança absoluta que tenho quando estou com você.

Tate segurou o rosto dela com as duas mãos e beijou-a de novo, um beijo longo e persistente dado por uma boca totalmente possessiva. Era como se eles nunca tivessem passado por problemas, como se tivessem voltado no tempo até o período anterior ao gradual distanciamento dele.

Ele pegou as mãos de Chessy, puxando-a gentilmente para levantá-la.

— Então, vá para a cama. Deite-se de barriga para baixo, deixe os braços esticados na direção da cabeceira e mantenha os pés no chão. Fique na posição mais confortável possível enquanto vou pegar a corda para amarrar você.

Outro arrepio, súbito e intenso, varreu o corpo dela como uma onda de desejo desesperado. Ela cambaleou, como se estivesse alcoolizada, no caminho até a cama.

Tate a acompanhou pelo mesmo trajeto, ajudando-a a se posicionar na cama. Ela repousou o corpo sobre o leito, descansando a face na maciez do colchão. Ela manteve ambos os pés firmemente no chão, enrolando os dedos dos pés no tapete de pele de carneiro ao pé da cama. Tate desapareceu, e Chessy sentiu o vazio da ausência dele enquanto esperava que voltasse com a corda que a tornaria impotente diante do comando absoluto do marido.

Não foi preciso esperar muito. Ele parecia tão impaciente quanto ela no que dizia respeito a restaurar esse setor do relacionamento do casal. Chessy cerrou os olhos, relaxando sob o paciente serviço que ele começou a executar.

Para começar, Tate estendeu um dos braços dela, conferindo se ela se sentia confortável. Depois, ele passou a corda pelo pulso esquerdo da mulher, testando a resistência do nó antes de fixá-lo na cabeceira da cama. Em seguida, repetiu o ritual com o braço direito até deixar Chessy esparramada no leito, com ambos os braços esticados pelas cordas atadas à cabeceira.

Ela estava completamente entregue, incapaz de qualquer movimento exceto erguer-se na ponta dos pés. Ela também testou a força dos nós, sentindo um tremor de deleite na barriga ao constatar que os laços estavam firmes e a mantinham praticamente imobilizada.

— Você é absolutamente linda — disse ele, reverente e fascinado. — Mais linda do que há cinco anos. Sei que falhei em fazer você se sentir segura sobre o quanto é bonita e importante para mim, mas, a cada dia que passa, sua beleza aumenta. Nunca haverá outra mulher para mim, Chess. Ninguém jamais vai conseguir conquistar meu coração e minha alma como você fez.

Se ele não parasse, ela sucumbiria à batalha que travava internamente para não chorar. Desde a crise da noite de aniversário, as palavras que ele dizia a ela obviamente vinham do coração e eram completamente sinceras. Uma janela pela qual ele revelava a própria alma.

Chessy mordeu o lábio e fechou os olhos, recusando-se a assistir ao que ele faria em seguida. Em vez disso, aguçou os outros sentidos para antecipar o próximo movimento de seu homem. Será que ele a atormentaria sem parar, elevando sua excitação ao máximo? Ou será que partiria para a ação, rude e dominante, apossando-se do corpo dela para reconstituir instantaneamente a vacilante conexão do casal?

Muita coisa estava em jogo naquela noite. Não era apenas sexo picante para satisfazer seus gostos sexuais mais agudos. Na verdade, tratava-se de estabelecer um ponto de virada no casamento, a partir do qual Tate retomaria seu controle ou ambos mudariam completamente as bases do relacionamento.

Ela se retraiu ao receber um beijo nas costas, sentiu o marido mordiscar seu caminho pela superfície roliça das nádegas e tremeu, aflita de tesão, quando sentiu o calor da língua penetrando na fenda entre as nádegas.

Será que Tate comeria seu cu? Ou preferiria deslizar para dentro de sua boceta firme e pulsante? Talvez ele optasse pelas duas coisas, começando pela frente e terminando por trás. Ela não se limitara a apenas tolerar o sexo anal. Na verdade, considerava-o extremamente erótico e o incorporara como um prazer proibido. Ela não tinha a menor vergonha de seus desejos e jamais demonstrara qualquer inibição em dizer a Tate o que mais a excitava. A cada fantasia que experimentavam, ela se mostrava uma participante ativa e entusiasmada. Ter o papel de submissa não queria dizer que ela estava condenada à passividade. Longe disso.

A boca do marido afastou-se do corpo de Chessy, que sentiu pontas de dedos substituírem a textura de lábios, traçando delicadas linhas pelas nádegas e, logo depois, em torno do círculo anal, provocando-a sem piedade até ela praticamente suplicar. Não para que ele interrompesse a manipulação, mas sim para que intensificasse a brincadeira, para que fosse adiante naquela louca jornada rumo à satisfação total.

— Eu adoraria te dar prazer a noite toda — disse Tate, com uma tensão evidente na voz. — Com certeza, você merece. Mas acho que vou gozar rápido. Depois de entrar em você, não vou aguentar mais do que alguns minutos.

— Por favor, não me faça esperar — implorou ela. — Não faça *a gente* esperar. Eu te quero tanto, Tate! Não sei quanto tempo *eu* aguento sem gozar com você dentro de mim!

Ele riu baixinho, divertido, explorando de forma cada vez mais audaciosa as partes mais íntimas de Chessy.

— Minha menina está gulosa hoje. Gosto disso.

Ela quase grunhiu, frustrada, porque, apesar de ter dito que não aguentaria muito tempo, Tate demorava-se em sua doce tarefa de prepará-la para o êxtase inevitável.

Não passou despercebido que, em vez de usar o chicote para fustigar-lhe as costas e as nádegas, Tate havia coberto cada centímetro da área com beijos. Ela deixou escapar um longo suspiro. Tate estava diferente naquela noite, mas, na prática, ela não se importava. Sabia em seu coração que ele não conseguiria usar o chicote daquela vez porque queria demonstrar seu amor e ternura de uma maneira completamente diferente. Uma maneira muito satisfatória.

Os dentes dele roçaram as costas de Chessy de cima a baixo, deixando um rastro de arrepios sobre a pele. Em seguida, ele começou a trabalhar com a língua até vê-la se contorcer, forçando os nós da corda que a prendia.

Então, finalmente, no instante em que ela estava pronta para implorar que Tate acabasse com aquilo, ele usou as mãos para abrir bastante as nádegas e erguê-las, liberando o acesso à vagina e posicionando-se para penetrá-la.

Chessy sentiu a glande de Tate, larga e deliciosa, rasgando seu caminho centímetro por centímetro. De repente, o marido parou, fazendo-a soltar um som estrangulado de desejo.

— É isso que minha menina quer? — perguntou ele, provocante.

Tate retrocedeu um pouco, e ela gemeu em protesto.

— Diga o que você quer — exigiu ele com a voz rouca.

— Você. — Ela quase engasgou. — Você. Por favor, Tate. Preciso de você.

Como recompensa, Tate deu uma poderosa estocada, entrando por inteiro em Chessy. Com os quadris, pressionou com força as partes internas das coxas dela por um longo tempo enquanto seus gemidos de prazer se mesclavam com os suspiros da mulher.

— Meu Deus, Chessy! — disse ele com voz estrangulada. — Você é muito gostosa.

Ela emitiu um som vindo do fundo da garganta. Era tudo o que ela conseguiria. As palavras faltavam à medida que o prazer sacudia seu corpo. Seus dedos se cerraram em punhos que testavam a firmeza da corda que a prendia à cama.

Lentamente, Tate saiu de dentro dela, sob protesto das paredes da vagina, que tentavam sugá-lo de volta. De repente, ele arremeteu para a frente com violência, impulsionado pelos pés que pareciam plantados no chão. Chessy engasgou com a plenitude de ser invadida. Bem fundo. Tate estava duro como rocha, esticando ao máximo a extensão de sua boceta.

Os dedos dele seguraram os quadris da esposa, erguendo-a para satisfazer seus impulsos. Ela fechou os olhos, entregando-se completamente ao prazer que fazia seu corpo inteiro estremecer. Tate sabia exatamente como agradá-la, como torturá-la com as delícias das preliminares e com a intensidade da finalização. Sabia como levá-la ao limite do tesão para depois puxá-la de volta, arquitetando um orgasmo cada vez maior, cataclísmico.

Como ele conseguia se controlar por tanto tempo era um mistério. Ela podia sentir quando ele chegava à beira do abismo. Os dedos dele apertavam seu corpo e as estocadas ficavam mais frenéticas, mas, ainda assim, ele conseguia parar um pouco e recomeçar tudo de modo mais lento.

Ela se desesperava e quase soluçava diante da pressão esmagadora, da promessa de algo absolutamente lindo.

— Diga o meu nome — ordenou ele.

— Tate! — gritou ela.

— Quem é seu dono, Chessy? A quem você pertence?

— Você — gemeu ela. — Só você, Tate.

— Então, goze para mim.

Ele entrou com tudo, com muito mais força, deixando-a propositalmente à beira da insanidade. Indefesa, ela se contorcia contra os nós da corda. Virando o rosto de um lado para outro no colchão, berrou quando o orgasmo explodiu como uma cascata de fogos de artifício.

Tate também começou a gozar, inundando-a com sua ejaculação. Os jatos de sêmen tornaram suas estocadas mais suaves e lentas. Incrivelmente, ele ainda teve forças para penetrar mais fundo enquanto o corpo dela se abria para o amante que parecia perdido havia tempos. E, em essência, Tate fora mesmo perdido. Aquela noite era uma retomada. Um reencontro de almas.

Ele se espremeu contra Chessy, usando os quadris com força e rapidez enquanto o resto do corpo permanecia colado a ela. Ele soltou os quadris dela e acariciou-lhe as costas, acalmando-a após a explosão de prazer. Então, com o pênis ainda latejando nas profundezas da esposa, deitou-se sobre ela.

Tate a cobriu com seu calor. Chessy conseguia sentir as batidas do coração dele, furiosas, martelando em suas costas. Logo, o rosto do marido tocou-lhe a pele. Prensada entre Tate e o colchão, seu próprio coração também disparava.

Varrendo com o rosto a pele hipersensível de Chessy, ele apertou os lábios sobre o dorso dela.

— Você é a minha menina, Chessy. Nunca duvide disso — sussurrou ele. As palavras envolveram o coração dela, enchendo-o de amor e esperança renovada.

Eles estavam de volta!

— Diga para mim, amor.

— Eu sou a sua menina — obedeceu ela, respeitosa.

— E quem come minha menina?

— Você — disse ela. — Só você.

— Quem é seu dono? — grunhiu ele.

O pênis de Tate, ainda rígido com a abundante ejaculação, foi enterrado por inteiro dentro dela. Chessy estremeceu mais uma vez, com arrepios formigando em toda a pele.

— Você — sussurrou ela.

— Quem ama você? — prosseguiu Tate em um tom mais suave.

O coração de Chessy estava prestes a transbordar. Lágrimas salpicavam suas pálpebras, e ela fechou os olhos brevemente para retê-las.

— Você.

— Você é o mundo de quem? Para quem você deu o presente da sua submissão?

— Você, Tate. Só você.

Ele beijou-lhe a pele novamente, numa suave bênção conforme sussurrava sobre seu corpo.

— Eu te amo, Chessy. Só você. Lembre-se de que você é a minha menina.

— Eu também te amo, Tate.

Ela parou de falar, pois as lágrimas que escorriam livremente por seu rosto já molhavam o colchão onde sua face repousava.

— Chess?

A nota de preocupação na voz de Tate a fez esfregar o rosto manchado de lágrimas no lençol. Ela não queria estragar tudo.

Cuidadosamente, ele saiu de dentro dela, atento para não machucá-la. Depois, desfez os nós que a prendiam e jogou a corda para o lado.

— Chessy? — disse ele novamente, subindo na cama ao lado dela. — Fale comigo, meu amor. Você está bem? Machuquei você?

Ele a puxou em seus braços, colocando-a de lado, e usou um dos braços para apoiar a cabeça de Chessy. Então, passou a mão pela face úmida da mulher, enxugando suas lágrimas. Inclinou-se, beijou os rastros de umidade remanescentes no rosto dela e, com uma das mãos apoiada no queixo, olhou-a nos olhos.

— Alguma coisa errada, amor?

A preocupação nos olhos dele era comovente, e ela se amaldiçoou ao sentir que as lágrimas voltavam a brotar. Ela soltou um silencioso soluço quando a tensão de tentar manter o controle emocional causou dor em seu peito.

Quando ela olhou para o marido, foi como se uma represa houvesse estourado, liberando um rio de lágrimas. Eles estavam de volta. Era como se os dois últimos anos tivessem sido apagados, e tudo o que importasse fosse o aqui e agora. Estar nos braços dele. Vê-lo no controle outra vez.

— Chessy, você está começando a me assustar. O que está acontecendo? Fale comigo.

— Não tem nada errado — disse ela finalmente. — Tudo está *certo*.

Ele deu um suspiro aliviado e tocou a testa dela.

— Você quase me causa um ataque cardíaco. Pensei que tinha feito algo errado ou machucado você.

Chessy balançou a cabeça, limpando a trilha de lágrimas no rosto.

— Eu te amo tanto, Tate! Esperei tanto tempo por isso. Pareceu uma eternidade. E agora estamos de volta. Senti muita saudade de você. E disso...

Ele apertou Chessy nos braços e a beijou com ternura.

— Você sempre me teve, Chess. Sei que pode ter parecido que não e que eu não agi para desfazer esse equívoco. Não dei o que você precisava, o que você merecia. Mas juro que tudo isso vai mudar. Não quero perder você. Não imagino o futuro sem você.

Ela se aconchegou nos braços dele, aninhando a cabeça sob o queixo do marido.

— Você nunca vai me perder, Tate. Eu não quero ficar sem você. Para falar a verdade, acho que você está preso a mim.

O estrondo da risada de Tate fez seu peito vibrar.

— Eu topo o sacrifício de estar preso a você.

12

Com um sorriso largo e passos saltitantes, Chessy entrou no Lux Café. Kylie estava lá, e como de costume, exceto pela última vez que almoçaram juntas, Joss se atrasara. Kylie ergueu uma sobrancelha quando viu Chessy praticamente flutuar em sua direção, mas havia alívio em seus olhos quando se levantou para abraçar a amiga.

— Graças a Deus — disse Kylie com fervor. — Joss e eu estávamos aflitas, Chessy. Não tivemos notícias suas por todo o fim de semana! Jensen apostou que era bom sinal, mas eu não tinha tanta certeza até agora. Você está brilhando!

As duas foram interrompidas por Joss, que chegava ao restaurante esbaforida. Como ocorrera com Kylie, a preocupação no semblante de Joss deu lugar a um grande sorriso assim que ela viu o rosto radiante de Chessy.

— Você parece tão feliz, Chessy! — sussurrou Joss ao abraçar a amiga.

— Vamos sentar — disse Chessy. — Não quero que todo o restaurante ouça os detalhes sórdidos do meu fim de semana!

— Uhul... Sórdidos! — exclamou Kylie comemorando, enquanto se acomodava no sofá, sinalizando para Chessy ficar no meio do trio de mulheres.

Chessy obedeceu e Joss sentou ao seu lado.

— Nós estamos morrendo para ouvir as baixarias — disse Joss. — Quando não recebemos telefonemas seus, desconfiei que fosse um bom sinal. Se as coisas tivessem dado errado, você teria ligado.

Chessy sorriu e assentiu com a cabeça. Então, soltou um suspiro romântico.

— Ah, meninas, foi maravilhoso! Como nos velhos tempos. Ganhei meu Tate de volta.

— Então você abriu seu coração? — perguntou Kylie. — Não vá me dizer que você voltou atrás e não falou sobre suas queixas.

Chessy balançou a cabeça, negando.

— Não, eu não voltei atrás — disse ela baixinho. — Na verdade, tudo começou com um desastre.

Joss ficou de queixo caído enquanto Kylie estreitava os olhos, intrigada.

— Como assim um desastre? — perguntou Joss.

Chessy estremeceu.

— Ele não apareceu para o jantar. E, quando estava a caminho da saída, eu o vi no bar do restaurante. Com outra mulher.

— Ai, meu Deus! — soltou Kylie, com fúria evidente na voz. — Que negócio é esse? No aniversário de casamento de vocês?

— Não foi nada bom ver aquilo — admitiu Chessy. — Tirei minhas conclusões imediatamente e dei o fora, mas ele veio atrás de mim e se justificou.

— Claro — murmurou Joss.

— Mas está tudo bem agora — explicou Chessy. — Sei que essa versão é muito resumida, mas prefiro nem relembrar o que aconteceu. A mulher era uma possível cliente para Tate. Ele combinou de encontrá-la no bar justamente para poder jantar comigo na sequência, mas acabou perdendo a hora. Quando desabafei minha infelicidade, ele ficou horrorizado. Pediu desculpas um milhão de vezes e prometeu me dar total prioridadede.

— Você acredita nele? — perguntou Kylie gentilmente.

Chessy assentiu.

— Ele foi muito sincero. Ficou arrasado e morreu de *medo* do que poderia acontecer. Medo de ser abandonado. Honestamente, meninas, isso o deixou apavorado. Mais do que qualquer coisa, ele me disse que me ama e me quer. E... Bem, passou o resto do fim de semana dando provas do que disse.

Suas faces ficaram rosadas e a pele, quente.

Joss e Kylie trocaram sorrisos maliciosos.

— Ele chegou a quebrar o chicote? — perguntou Joss, brincando.

Kylie pareceu chocada, o que fez Chessy rir. Ela não conseguia compreender o estilo de vida adotado por Chessy e Joss, mas o aceitava com resignação, embora não se imaginasse nesse tipo de relacionamento sexual. Ela balançou a cabeça e disparou um olhar acusador contra Joss.

— Você só falou isso para ver minha reação — sentenciou Kylie em tom azedo.

Chessy gargalhou, encantando Joss.

— Você está iluminada — comentou Joss. — É como olhar para a antiga Chessy que conhecemos. Estou tão feliz por tê-la de volta, querida! Eu odiava vê-la daquele jeito. Fico muito contente por você e Tate terem feito as pazes, ou melhor, por ele ter feito as pazes com você. Que bom que conseguiu confrontá-lo e dizer tudo o que queria. Não tenho certeza de que eu teria a mesma coragem.

Kylie bufou.

— Olha quem está falando! Você arrasou com Dash quando ele bancou o idiota.

Chessy riu de novo, e as três mulheres caíram na gargalhada. Deus, como era bom se sentir tão leve novamente! O peso acumulado nos últimos dois anos tinha se tornado opressivo, mas, enfim, fora libertador reunir coragem para falar com Tate sobre o rumo do relacionamento.

— Ok, então ele não quebrou o chicote — retomou Joss com um brilho nos olhos. — Então o que ele fez? Quero saber todos os detalhes.

Kylie revirou os olhos e, em seguida, tapou os ouvidos com as mãos.

— Sou inocente demais para ouvir certas coisas.

Chessy bufou.

— Ah, por favor! Vai dizer que você e Jensen não têm suas sessões "proibidas para menores"? Já ouviu o ditado que diz "quem desdenha quer comprar"? Bem, ele se aplica a você. Os quietinhos são os mais dispostos a aprontar.

Kylie corou e Joss riu mais alto.

— Você acertou em cheio, Chessy. Olha só a cara dela! Ela está morrendo de vontade de saber.

Chessy engasgou com a bebida e quase soltou água pelo nariz.

— Ela está morrendo de vontade, sim! Assim eu morro de rir.

Kylie gemeu.

— Droga! Querem parar? Tudo é sacanagem para vocês?

— Sim! — disseram Chessy e Joss em uníssono.

O silêncio se instaurou quando o garçom se aproximou para anotar os pedidos. Assim que ele saiu, elas caíram na gargalhada novamente. Lágrimas escorriam pelo rosto de Joss, que rapidamente enxugou os olhos com o guardanapo.

— Vocês são incorrigíveis — resmungou Kylie. — Vamos deixar minha vida sexual fora da conversa.

— Está aí uma novidade — brincou Chessy. — Você ter uma vida sexual. Há alguns meses, você teria ficado horrorizada com a ideia. Afinal, fazia um tempão...

Kylie baixou a cabeça e bateu a testa contra a mesa.

— O que eu fiz para merecer isso?

— Hummm, eu diria que Jensen está dando conta do recado muito bem — disse Joss com um olhar malicioso.

O sorriso de Kylie suplicava por trégua.

— Eu não consigo falar sobre isso com vocês. Será que podemos mudar de assunto? Chessy ainda não nos contou todos os detalhes picantes do fim de semana.

Chessy sorriu.

— Digamos apenas que Tate e eu estamos bem encaminhados no sentido de ajeitar as coisas da forma como elas costumavam ser. No começo, ele hesitou em ser muito dominador. Acho que estava focado em se assegurar de que eu não o deixaria. Depois do horror que foi nossa noite de comemoração, ele teve de se redimir. Transou comigo com capricho. Sem dominância. E com tanta ternura que fez meu coração doer. Mas, ao mesmo tempo, eu queria que ele me dominasse. Não quero que nosso relacionamento mude. Só quero que volte a ser como era, entende?

— Sim, eu sei — disse Joss suavemente.

— Eu entendo — admitiu Kylie. — Jensen é dominador em todos os aspectos da nossa vida, menos no sexo. Nesse ponto... ele entrega todo o controle para mim. Mas um dia... eu gostaria de inverter as coisas e deixar que ele tome conta de tudo. Nós estamos fazendo terapia. Espero que ele me ajude a confiar mais nele. Isso soa horrível, eu sei. Eu confio nele, sim. Sei que ele nunca me machucaria, mas é difícil. Mais do que eu saber que ele nunca vai me machucar, ele também precisa acreditar nisso.

Chessy apertou a mão de Kylie.

— Eu entendo completamente, querida. E você vai chegar lá. Não é do dia para a noite, não é mesmo? Jensen é perfeito para você. Ele é paciente e compreensivo. É incrível essa disposição que ele tem de abrir mão do controle quando vocês estão na cama. Essa renúncia a algo tão importante prova o quanto ele ama você.

Os olhos de Kylie ficaram úmidos.

— Mas eu não quero que ele abra mão disso. E é isso que me incomoda. Quero deixá-lo à vontade para ser um dominador, mas ainda não consegui chegar lá.

— Você vai chegar — repetiu Joss. — Relaxe. Faz pouco tempo que vocês estão juntos.

— Então, Tate não... dominou você? — perguntou Kylie. As palavras saíram com dificuldade, como se ela não soubesse como se referir ao relacionamento de Chessy e Tate.

O sorriso de Chessy era afável. Ela soltou a mão de Kylie quando o garçom chegou com as entradas e esperou que ele se retirasse.

— No começo, não. Ele parecia achar que não era apropriado, dadas as circunstâncias. Na verdade, ele se humilhou muito. Por um momento, foi como se ele fosse o submisso e eu, a dominadora, o que é ridículo, pois nada é mais distante de mim do que esse tipo de comportamento. Acho que ele estava com receio de simplesmente fazermos o que sempre fazíamos. Era quase como um pedido de desculpas. Ele foi gentil e cuidadoso. Foi maravilhoso, mas, não me entenda mal, o que eu queria mesmo, o que eu precisava mesmo, era de seu domínio. E à noite, depois do nosso jantar de aniversário, ele retomou o controle com tudo.

— Fico feliz por você — disse Joss sinceramente. — Eu odiava vê-la tão infeliz, Chessy. Tenho certeza de que agora, sabendo como você se sente, Tate vai tratá-la de outra forma.

Chessy estremeceu.

— Nossa! Isso soa péssimo, como se ele me tratasse mal ou abusasse de mim.

— Negligência é algo parecido com abuso — disse Kylie suavemente. — Como você deve saber melhor do que ninguém.

O coração de Chessy se apequenou com a lembrança de seu tempo de criança, quando não sofrera abuso, mas fora simplesmente indesejada. Ela não tinha certeza do que era pior. Nenhuma criança merece ser submetida pelos pais a tais situações. Chessy passara toda a infância ignorada e esquecida, sentindo-se um incômodo para os pais, que nunca quiseram ter filhos.

Tate conhecia as circunstâncias da infância dela. Foi a primeira pessoa a quem ela confidenciou esse trauma. Ao completar 18 anos, Chessy saiu de casa para cursar a faculdade. Assim como não haviam comparecido à formatura no ensino médio, seus pais não deram a menor importância quando ela conquistou o diploma do ensino superior.

O telefone de Chessy tocou, avisando a chegada de uma mensagem de texto. Grata pela interrupção de suas dolorosas reminiscências, ela procurou o aparelho na bolsa. Era uma mensagem de Tate.

Reunião com cliente, 16h30. Chego em casa às 18h. Prometo. Levo o jantar. Amo minha menina.

Chessy sentiu o coração apertar. Ao erguer os olhos, notou a preocupação no rosto das amigas. Forçou um sorriso luminoso. Afinal de contas, havia tempos que ele não enviava uma mensagem só para falar de seus planos, dizer que a amava e que levaria o jantar. Ela devia olhar as coisas por esse prisma e esquecer a paranoia. A última coisa que queria era estragar aquele dia perfeito em que tudo corria tão bem depois de um ótimo fim de semana.

— Ah, era Tate dizendo que vai levar o jantar.

Ela omitiu o resto do recado porque não queria que seu olhar mostrasse a insegurança que sentia diante de amigas que a conheciam tão bem.

13

Cinco minutos depois das seis horas da tarde, Chessy caminhava pela sala conferindo o relógio. Sua expressão preocupada traduzia-se nos lábios repuxados. Certamente ele não se atrasaria no primeiro dia de trabalho depois daquele maravilhoso fim de semana de aniversário.

Ela respirou fundo e tentou conversar baixinho consigo mesma. Tate tinha uma reunião com um cliente às quatro e meia. Em seguida, pegara o tráfego da hora do rush. Além disso, naturalmente demoraria um pouco mais porque traria o jantar para casa. Havia milhares de razões para alguns minutos de atraso.

Chessy olhou para o relógio novamente. Marcava sete minutos de atraso. Não era o fim do mundo. Condená-lo por isso seria paranoico. Ela tinha de ser flexível. Tate não precisava ficar preso a ela, telefonando-lhe a cada momento, muito menos prestando contas do que fazia no trabalho.

Mas ela se preocupava. E se no fim de semana ele apenas houvesse apertado o botão do pânico, dizendo e fazendo tudo o que fosse preciso para tranquilizá-la? E se não tivesse a real intenção de mudar sua rotina?

A culpa esmagou o peito de Chessy quando o tão esperado barulho do motor do carro foi ouvido próximo à garagem. Como ela pôde ter duvidado dele? Teve de fazer força para não correr para abraçá-lo. Não queria dar nenhuma demonstração de insegurança que o deixasse preocupado. Não havia razão para isso.

Um momento depois, a porta da frente se abriu e Tate apareceu com uma sacola cheia de embalagens de comida. Fazendo malabarismo para segurar também a pasta de couro e o paletó, ele fechou a porta com um dos pés.

Chessy correu até ele para pegar a sacola e, em seguida, ficou na ponta dos pés para beijá-lo no rosto.

— Desculpe o atraso, amor — disse ele, com uma expressão de culpa estampada no rosto. — O restaurante perdeu o pedido que fiz por telefone e tive de esperar. Escolhi seu prato favorito.

O coração de Chessy derreteu-se diante da sincera preocupação expressa nos olhos dele. Ela sentiu remorso por ter duvidado do marido, julgando que ele não cumpriria sua palavra.

Chessy levou a sacola para a copa, onde a mesa já estava posta com toalha, pratos e talheres, enquanto Tate largava o paletó sobre o encosto do sofá.

— Você quer vinho? — perguntou ela. — Escolhi uma garrafa, mas, se preferir algo diferente, posso buscar para você.

Ele a agarrou pela cintura e beijou-lhe os lábios.

— Seja lá o que você escolheu, está ótimo para mim. Quando foi a última vez que eu disse que você é linda?

Uma emoção arrebatadora a preencheu. Seu coração se acelerou conforme ela abria um largo sorriso para o marido. Ela lançou os braços ao redor do pescoço dele e apertou-se em um abraço.

Sua expressão ganhou um ar sonhador à medida que sentia o amor atravessando-lhe o coração.

— Eu nunca vou me cansar de ouvir você dizer isso.

— E de ouvir "eu te amo"? E de ouvir que você é a minha menina?

Ela suspirou.

— Melhor ainda. Sente-se. Vou encher as taças de vinho para nós. Agora, conte sobre o seu dia e sobre essa reunião com o cliente. Foi tudo bem?

Um breve desconforto nublou o rosto de Tate antes que ele se virasse rapidamente. Quando ele se sentou e ergueu o olhar para

Chessy, o indício de constrangimento se dissipara, deixando-a em dúvida. Teria sido apenas uma impressão?

— Ah, foi o mesmo de sempre — disse Tate em tom casual. — Uma prospecção para um grande portfólio de investimentos que pode vir para minha empresa. Será um belo negócio, caso se concretize.

Chessy pôs a taça diante dele e, em seguida, sentou-se ao lado do marido.

— Isso é maravilhoso, Tate. Você trabalha tanto! Não é à toa que está conquistando clientes cada vez maiores.

Tate tomou-lhe a mão, puxando-a para seu colo. Ele enfiou os dedos nos cabelos de Chessy, puxando o rosto dela para perto de seus lábios.

— Sua confiança e seu apoio significam tudo para mim. Quando a minha menina está comigo, me sinto capaz de conquistar o mundo.

Ela sorriu e cobriu o rosto dele com as mãos, devolvendo-lhe o beijo.

— Não tenho dúvidas de que, se colocar isso na cabeça, você conseguiria mesmo conquistar o mundo.

— Prefiro mil vezes conquistar *você*.

— Você já conquistou, Tate. Eu pertenço a você. Sempre. De coração, alma, corpo e mente.

— Tenho uma surpresa para você — murmurou ele. — Bem, na verdade, duas surpresas.

Uma irrefreável onda de felicidade desenhou um largo sorriso nos lábios de Chessy. Ela *adorava* surpresas, e Tate sabia bem disso. Da coisa mais simples à mais elaborada, *qualquer* surpresa oferecida por Tate lhe dava uma sensação de prazer absoluto.

— Conta! — disse ela, agitando-se sobre ele. Ela se balançava e saltitava no colo do marido, animada e ansiosa.

Ele riu e deu-lhe um tapinha no quadril.

— Antes de mais nada você precisa se levantar para que eu possa pegar a primeira surpresa. Está no meu paletó.

Ela se levantou e se empoleirou na cadeira, esperando impacientemente enquanto ele caminhava sem pressa até o sofá. Tate enfiou a mão em um dos bolsos e tirou uma caixinha envolvida por um brilhante laço prateado. Chessy arregalou os olhos, segurando-se para não saltar enquanto ele voltava.

— Feliz aniversário para minha menina — disse ele, com a voz rouca. — Eu pretendia dar isso a você na sexta à noite, mas acabamos... distraídos.

Ela conseguiu evitar uma careta de desgosto. A simples lembrança da angustiante noite de aniversário seria o bastante para acabar com toda a alegria daquele momento. Em vez disso, Chessy obrigou-se a se concentrar no momento, no fato de que seu marido havia sido resgatado. Abriu o embrulho com reverência, tomando cuidado para não rasgar o papel. Ao observá-la, Tate riu, meneando a cabeça.

— Eu nunca entendi por que você simplesmente não rasga o embrulho. É só papel, Chess.

— Mas é um papel lindo — protestou ela. — Odeio rasgar algo tão bonito.

Ele riu novamente, mas ficou em silêncio quando ela enfim desembrulhou a caixa. Com dedos trêmulos, Chessy manuseou a caixinha de veludo a fim de abrir a tampa. Ela prendeu a respiração quando finalmente conseguiu ver o conteúdo.

Era um impressionante bracelete de diamantes que captavam e multiplicavam o brilho da luz ambiente. Chessy ergueu a joia, examinando-a admirada. Logo, as lágrimas começaram a lhe borrar a visão daquela preciosidade.

— Ah, meu Deus, Chess... Não chore.

Ela lhe deu um sorriso molhado e, em seguida, soluçou.

— Não consigo evitar. É lindo, Tate! Adorei. Coloque-o em mim, por favor. Minhas mãos estão tremendo tanto que não vou conseguir colocá-lo sozinha.

Ele riu e obedeceu, ajeitando cuidadosamente a joia ao redor do pulso esquerdo da esposa. Ela se sentiu irresistível ao observar a linda aliança de casamento, também de diamantes, junto com aquele incrível bracelete. Via-se iluminada como uma árvore de Natal.

Ela levantou o braço, virando-o de um lado para outro, admirando com fascinação como cada pedra refletia a luz num jogo de brilho que a fazia pensar em uma árvore natalina iluminando a noite.

Ela se jogou no colo do marido e o beijou ferozmente.

— Eu amei — disse ela com emoção. — Absolutamente amei o presente! Obrigada. Além do fim de semana, você conseguiu criar até uma segunda-feira de aniversário perfeita.

Uma ligeira sombra cruzou o rosto de Tate, recordando-se do nada animador início do fim de semana. Tristeza e remorso apareceram em seus olhos antes que ela o beijasse mais uma vez, varrendo para longe as lembranças ruins.

Quando se afastou, Chessy lembrou que o marido mencionara *duas* surpresas.

— E a outra surpresa? — perguntou ela, com a emoção mais uma vez atingindo sua voz.

Tate sorriu e, com ternura, afastou do rosto dela uma mecha dos cabelos ondulados.

— Não é para agora. É uma surpresa que planejei para nós dois.

— Ah, eu gosto quando você diz "nós dois" — disse ela, romântica. — O que é? Conta, conta!

Ele riu.

— Minha menina é muito impaciente.

Ela fingiu que estrangularia o marido colocando as mãos em torno do pescoço dele e simulando uma expressão feroz.

— Pare de enrolar e *confesse*.

Tate beijou-lhe a ponta do nariz e afastou um pouco seu rosto para poder olhá-la nos olhos.

— Eu sei que faz muito tempo que não visitamos o The House. Então, planejei irmos lá. Vai ser daqui a duas semanas, na noite de sexta-feira. Eu já escolhi o homem que vai participar da nossa fantasia.

O pulso de Chessy acelerou imediatamente, e ela mal conseguia controlar a excitação antecipada que parecia espalhar chamas sob sua pele. Cenas do passado, do imensurável prazer já experimentado por ambos, passaram por sua cabeça. Outro homem tocando seu corpo, excitando-a, sob as ordens de Tate. Tudo se desenrolando sob o comando a distância de Tate, que só se aproximava da mulher para lhe proporcionar o orgasmo. Aquilo pertencia a ele. Era uma das duas coisas terminantemente proibidas a outros homens. A outra coisa era beijar a boca de Chessy. Outras pessoas podiam achar aquelas regras estranhas, mas Chessy as entendia perfeitamente.

O beijo na boca envolvia uma intimidade maior do que os beijos em outras partes do corpo e sinalizava uma ligação mais emocional, estabelecida apenas entre ela e Tate.

— É alguém que conheço? — perguntou ela baixinho. — Quero dizer, é alguém que você já chamou antes?

Ele acariciou-lhe a face.

— Minha menina está preocupada? Nós não precisamos ir, Chess. Eu só queria fazer algo especial para você. Para nós. Sei que é algo que ficou no passado, algo que sempre nos trouxe tanto prazer e que eu, infelizmente, parei de proporcionar a você.

— Não, não estou preocupada — disse ela. — Estava apenas curiosa. Não deveria nem estar perguntando. Talvez você não queira que eu saiba quem vai participar. Mas como você teve tempo de organizar tudo isso? Você já tinha planejado isso antes do nosso aniversário?

Ela estava curiosa para saber se o plano era anterior ou posterior ao desastre da noite de aniversário.

— Você tem o direito de saber qualquer coisa que afete sua vida — disse ele com firmeza. — Então, respondendo à pergunta, não, não é alguém que você conheça. Conversei com Damon, e ele me sugeriu alguns caras que não se importariam de fingir dominância quando, na verdade, eu estarei no comando. Falei com eles pela manhã. Foi por isso que minha reunião com o cliente ficou para o final da tarde. Gostaria de poder dizer que tinha planejado tudo antes da noite de aniversário. Eu deveria estar mais consciente das minhas obrigações e peço desculpas por isso. Enfim, escolhi um cara que julguei o mais capaz de lhe dar prazer e que topou seguir minhas ordens em relação ao que fazer e ao que não fazer. Quando mostrei uma foto sua, o queixo dele caiu.

Tate riu com esse comentário e Chessy sorriu.

— Então, ele gostou do que viu? — perguntou ela inocentemente.

— Ah, sim. Ele gostou.

Um pensamento ocorreu a Chessy, fazendo-a corar até a raiz dos cabelos. Todo o seu rosto ficou em chamas.

— Tate, não me diga que você mostrou *aquelas* fotos — sussurrou ela.

Tate possuía inúmeras fotos de Chessy em diferentes posições sexuais e em vários estágios de nudez. Com mãos e pé amarrados. Nua e com os braços abertos, com as mãos espalmadas e as pernas esticadas e todos os membros presos por cordas.

As imagens eram lindamente eróticas, mas se destinavam apenas a Tate. Isso podia soar como hipocrisia para o casal, que se dispunha a permitir que outros homens tocassem, açoitassem e dessem prazer a Chessy. Se era assim, então por que se opor à ideia de Tate exibir aquelas fotografias para outro homem?

O fato é que as fotos eram pessoais e tinham sido clicadas para ser compartilhadas apenas entre ela e o marido. Era um acordo que não precisava fazer sentido para ninguém mais além deles.

A expressão de Tate se fechou. Ele segurou o queixo dela, esfregando o polegar suavemente por sua mandíbula.

— Eu nunca trairia sua confiança — disse ele gravemente. — Fiz essas fotos para mim, só para mim. Mostrei ao cara, James, uma foto sua tirada em nossas férias no Caribe, uma de minhas fotos favoritas. É aquela em que você está com um vestido sexy, leve, com um sorriso capaz de ofuscar o sol. Não existe um homem que não cairia de joelhos para ter uma mulher como você, Chess. E isso certamente me inclui. Você é minha — disse ele com tom de absoluta satisfação.

Ela sorriu, sentindo-se péssima por ter duvidado do marido. Era desconcertante para Chessy esse novo rumo no relacionamento, em que ela parecia questionar Tate com uma frequência cada vez maior.

Isso nunca acontecera no passado. Sempre, sem falha, ela acatava as decisões do marido. Aceitava sem reservas o que quer que ele escolhesse. Então, por que agora? Chessy mordeu o lábio inferior, sabendo *exatamente* por que tinha começado a questioná-lo, mesmo que ainda não tivesse reconhecido isso tão abertamente quanto naquele momento. Ela não conseguia se livrar da sensação de ser traída, embora Tate estivesse fazendo tudo e mais um pouco para restabelecer a paz entre o casal. Talvez essas coisas passassem com o tempo. Ambos reconheceram que seria preciso mais do que um fim de semana para consertar o estrago causado por dois anos de infelicidade e apagar o medo de o casamento chegar ao fim.

— Desculpe-me — disse ela calmamente.

A expressão de surpresa de Tate a pegou desprevenida.

— Por que está se desculpando, amor?

— Por questionar você. Por não confiar.

O semblante de Tate se suavizou e havia calor em seus olhos. Ele enlaçou o corpo de Chessy e esfregou-lhe as costas para confortá-la.

— Eu diria que você tem motivos para isso — admitiu ele. — Eu não *agi* como alguém confiável ou inquestionável ao longo dos últimos dois anos. Sou eu quem deve pedir desculpas a você, e *não* o contrário.

— Você já pediu. Mais vezes do que seria necessário — disse ela com firmeza. — E meu pedido de desculpas continua de pé. Eu dei minha confiança a você antes mesmo do nosso casamento. Eu dei meu amor, minha submissão e minha vida quando me casei com você. Nunca vou me arrepender dessas decisões, Tate. Quero que você saiba disso. Para mim, o passado ficou para trás. Nós avançamos, o passado ficou, e eu tenho fé absoluta de que você vai manter sua promessa de me priorizar em sua vida.

— Seu coração é muito generoso e amoroso — disse ele, emocionado. — Eu não mereço você. Eu não mereço seu perdão e tenho certeza de que também não mereço sua confiança depois de ter falhado tantas vezes com você.

Ela levou os dedos aos lábios dele para abafar aquelas palavras.

— Prefiro que você fale sobre a diversão que me prometeu — disse ela com um sorriso malicioso. — Ou não posso saber?

Tate sorriu para ela, apagando as sombras de seus olhos. Naquele momento, sentiu-se bem como nos velhos tempos. Ela estava sentada no colo dele, e os dois apenas falavam, provocando-se... *sendo eles mesmos*. Era simplesmente perfeito.

— Tudo o que posso dizer é que escolherei pessoalmente o que você vai vestir no The House, e já aviso que vai ser escandalosamente pecaminoso. Pelo menos enquanto você ainda estiver vestida — acrescentou ele com uma malícia deliciosa que espalhou excitação pelas veias de Chessy.

— Exceto seus sapatos — murmurou ele, pensativo. — Quero descobrir onde Kylie arranja aqueles sapatos matadores que ela usa para comprar um par para você. Quando eu estiver comendo você no The House, você só estará usando os sapatos. Eles vão deixar meus "ajudantes" animados o bastante para amaciar você até que esteja prontinha para mim.

Ajudantes? A mente de Chessy incendiou-se ao tentar imaginar tal cenário. Em todas as fantasias que tinham realizado no The House, Tate nunca tinha ido além de envolver um outro homem nas brincadeiras sexuais que bolava para agradá-la. Eram apenas ela, Tate e algum cara que ele julgava merecedor de colocar as mãos naquela mulher que considerava sua propriedade. No entanto, agora Tate usara a palavra no plural. *Ajudantes*. Ou seja, seria mais de um participante!

— Uau, Tate, sei que acabei de pedir desculpas por questionar e não confiar em você, mas pode me falar um pouco mais sobre essa excursão para o The House? Você disse "ajudantes", ou seja, mais de um, mas citou especificamente esse tal James como o cara que vai me chicotear até minha pele ficar rosada e marcada. Então, quando vier me possuir, vai ver no meu corpo marcas que não foi você quem fez, mas que, ainda assim, foram feitas sob suas ordens. Até aí, percebo a satisfação que você pode ter.

Tate assentiu.

— Mas e essa história de envolver mais gente além do tal James? O que exatamente você está planejando para mim? Para nós? Ou é tudo um segredo que só vou descobrir quando chegar lá?

— Se está com medo ou insegura, não vamos. Ponto. Não vou pressionar você a fazer coisas com as quais não concorda completamente. Mesmo assim, acho que estando comigo, me vendo, sabendo no fundo de seu coração que sou seu único e legítimo dominador, você vai sair mais do que satisfeita com as coisas que planejei.

— Você está me provocando — gemeu ela. — Quero saber mais! Estou morrendo de curiosidade para saber os detalhes picantes.

Ele riu, mas aparentemente decidiu que daria mais informações a ela. Ou talvez tivesse pensado apenas em intensificar aquele festival de provocações, instigando-a ainda mais em seu estado de frenética ansiedade.

A única palavra que jamais tinha escapado dos lábios e da mente de Chessy era *medo*. Ela nunca sentia medo na presença de Tate, mesmo que a alguns metros de distância. Ele podia ter uma rotina de trabalho sedentária em um escritório, mas o homem levava a malhação a sério. Chessy brincava com ele sobre se dedicar tanto a ficar bonito e acompanhar as últimas tendências de moda só para ir ao escritório e conversar com clientes por telefone.

É claro que era mais do que isso. Aquela era uma visão leviana do trabalho dele. Chessy conhecia a maratona de jantares, almoços e *happy hours* aos quais Tate tinha de comparecer, sem contar os telefonemas urgentes a qualquer hora. No início, ela não se importara. Cada conquista dele era motivo para deixá-la ainda mais orgulhosa, mas, de alguma forma, em algum ponto daquela trajetória profissional — e de sua batalha depois da perda do sócio —, as coisas deram errado pela primeira vez, exigindo que Tate investisse todo o seu tempo e toda a sua energia para retomar e consolidar o sucesso do negócio. Os almoços, jantares, drinques e partidas de golfe se multiplicaram em uma série interminável e consumiam Tate por inteiro.

— Vou levar você para a sala comum do The House, puxando-a por uma coleira — acrescentou ele.

Chessy levou a mão automaticamente ao pescoço, adornado por um delicado colar de joias.

— Mandei fazer uma coleira especialmente para a ocasião. Vai ficar pronta em uma semana. Vou buscá-la no mesmo dia em que apanharei a roupa que você vai vestir. E também aqueles sapatos incríveis... Eles estão no topo da minha lista — informou Tate. — Cada homem do The House vai saber que você pertence a mim: sua coleira será customizada, e providenciar isso é outro item da minha lista de preparativos. Bem, e não podemos nos esquecer da lingerie da minha menina. Quando imaginei você vestindo as peças que vi no manequim da loja, tive uma ereção que durou meia hora!

Chessy não conseguiu conter a gargalhada, abafando as risadas na camisa do marido.

Tate ainda falava sério.

— Já tenho os brincos e o colar perfeitos. Minha intenção é adornar você com joias e nada mais. Todos os olhos da sala estarão em você. Use os cabelos soltos. Eu amo seus cachos. E nem precisa se maquiar. Eu garanto que não vai sobrar um resquício da maquiagem quando a noite acabar.

Tate acrescentou, por fim, com um sorriso travesso, que aquele joguinho erótico proporcionaria a ele tanto prazer quanto o que ela iria experimentar.

Uma das fantasias preferidas de Tate era que um homem comesse Chessy por trás enquanto ele mesmo metia na boca dela.

Não haveria batom, sombra ou base que resistissem a isso, mas, se era esse tipo de prazer hedonista que a aguardava naquela noite, ela ficava mais que feliz de renunciar a uma maquiagem elaborada.

A mente de Chessy divagou novamente. Até onde se lembrava, Tate tinha prazer em vê-la como um brinquedo utilizado para diversão dos meninos e, em seguida, deixado de lado sem a menor consideração por ela, mas certamente isso não correspondia à verdade.

Embora fosse um autêntico dominador, Tate era extremamente gentil e delicado, decifrando a linguagem corporal de Chessy antes mesmo que ela se desse conta do que seu próprio corpo pedia. Ele sempre parecia saber exatamente se ela queria mais. Ou menos. Adivinhava o que a deixava louca de desejo e necessidade. Estava em plena sintonia com o corpo dela. Em sintonia até com os pensamentos dela, na maior parte das vezes. Isso porque, como as amigas dela viviam dizendo, ela era transparente como vidro.

Quando estava feliz, Chessy brilhava. Trazia luz e calor para qualquer lugar. Quando estava infeliz, seus sentimentos eram igualmente evidentes. Toda a luz aparentemente inesgotável se apagava. Sombras profundas formavam-se sob seus olhos, e a preocupação e o estresse desenhavam rugas em sua testa.

— Eu não preciso saber mais nada — disse ela calorosamente. — Confio em você, Tate. Você sabe que minha curiosidade às vezes é exagerada. Fico feliz em esperar. Não quero estragar sua surpresa. É óbvio que você passou a maior parte do dia preparando esse evento.

— E como você se sente sobre esse programa no The House, Chess? Seja sincera comigo. Está com medo ou nervosa?

Ela sacudiu a cabeça.

— Se você estiver comigo o tempo inteiro, se as ordens vierem só de você, se eu souber que você está no controle absoluto das coisas, não tenha a menor dúvida de que eu quero ir, sim. Não tenho medo nem fico nervosa. Não com você junto de mim.

— Meu Deus, como eu amo você — disse ele pertinho dos lábios dela. — Prometo que você nunca vai esquecer essa nossa noite no The House.

14

A notícia da grande noite planejada para Chessy despertou reações opostas em Kylie e Joss. Kylie esforçou-se ao máximo para esconder seu choque e incapacidade de compreender o estilo de vida que suas duas melhores amigas haviam escolhido.

Para Joss, ainda uma iniciante nas delícias da submissão sexual, aquilo era um desejo guardado ao longo de muitos anos. Fora a única coisa que seu primeiro marido nunca lhe dera, mas Joss o amava demais para pressioná-lo nesse sentido. Era, portanto, uma necessidade não atendida. Até encontrar Dash. O melhor amigo do falecido marido.

Joss entendia perfeitamente o entusiasmo de Chessy por uma nova noite no The House. Joss e Dash também frequentavam o estabelecimento até descobrirem a gravidez. Deixaram de ir porque Dash queria evitar qualquer possível risco ao futuro bebê. Não que ele tivesse exposto Joss a alguma situação de risco anteriormente, mas seu domínio sobre a parceira era ferozmente protetor, característica que, em teoria, Tate sempre apresentara em relação a Chessy, com exceção dos últimos dois anos.

Porém, Chessy e Tate estavam profundamente empenhados em consertar seu relacionamento, juntando os cacos que se soltaram pelo caminho. O que Chessy mais queria era que Tate apenas reavaliasse e revalidasse seu compromisso com ela. Da parte dela, esse compromisso também estava sendo renovado, ficando mais forte e mais perene para que nada pudesse abalá-lo novamente.

As amigas estavam almoçando mais tarde do que o habitual na véspera da noitada de Chessy e Tate no The House. Chessy estava esperançosa e otimista, mas não pela expectativa de encontrar em outro homem alguma forma de preencher lacunas em seu relacionamento com Tate. Ao contrário. As noites no The House tinham sido frequentes nos primeiros anos de seu casamento. Era algo que ambos abraçaram e que contribuía para aproximá-los. Para outros casais, aquilo certamente seria motivo de problemas. Em geral, o ciúme ofusca todo o resto quando uma terceira pessoa é introduzida em uma relação a dois, mas nem ela nem Tate jamais demonstraram ciúme, embora fosse verdade que Chessy nunca tenha sido confrontada com a possibilidade de dividir a cena com outra mulher. Ela era suficientemente honesta consigo mesma para reconhecer que ficaria louca se visse Tate sendo tocado por outra. Tate jamais considerara a ideia, até onde Chessy sabia. Ele parecia contente com a forma como tinham arranjado suas fantasias. Na verdade, ele demonstrava sentir até mais prazer do que a própria Chessy. Na cabeça dela, não fora coincidência que o casal começasse a ter problemas de relacionamento ao *parar* de explorar o lado mais sombrio de seus desejos.

Sempre que um casal perde sua conexão tanto emocional quanto física é preciso resgatar aquilo que dá prazer a ambos. Trata-se de uma questão de sobrevivência. A sobrevivência do amor e do casamento.

Assim que o garçom serviu as entradas e deixou as amigas em privacidade, Chessy fez a pergunta que tinha certeza de que também estava queimando a ponta da língua de Joss.

— Como foi sua primeira sessão de terapia com Jensen? — perguntou ela, segurando a mão de Kylie.

Kylie desviou o olhar com uma expressão fechada. Então, como se lembrasse que Joss e Chessy eram suas melhores confidentes, voltou a encará-las com vulnerabilidade nos olhos.

Chessy apertou uma das mãos de Kylie enquanto Joss segurava a outra mão da amiga em sinal de apoio.

— Você não precisa nos dizer nada — consolou Joss em voz baixa. — A última coisa que queremos é deixá-la desconfortável. Nós só estamos preocupadas, porque percebemos que as coisas talvez não tenham ido tão bem quanto você gostaria. Então, fale apenas o que quiser falar. Chessy e eu te amamos. Você é nossa irmã de coração. Só queremos que saiba que pode contar conosco em qualquer situação. Nós nunca contaríamos seus segredos para os outros. Nem para Dash e Tate.

Conforme falava, Joss olhava para Chessy a fim de confirmar se tinha sua permissão para fazer aquela declaração em nome de ambas.

Chessy assentiu com a cabeça e completou:

— Com certeza, Kylie. Só queremos que saiba que a amamos e nos importamos com você. Você e Joss são minhas melhores amigas do mundo, e Deus sabe como vocês cuidaram de mim nessas minhas frequentes crises de tristeza e autopiedade.

Kylie deu-lhes um sorriso úmido, o que levou Joss a soltar a mão da amiga para buscar um guardanapo. Elas sabiam que Kylie odiava chorar. Especialmente em público. Ela se sentia mortificada quando perdia o controle em um ambiente cheio de pessoas desconhecidas.

Kylie aceitou o guardanapo e limpou apressadamente o rosto.

— Pelo menos não estou maquiada — disse ela com tristeza.

— Você é bonita demais para precisar de maquiagem — disse Joss.

Chessy sorriu, concordando.

Kylie riu, substituindo as lágrimas por alegria.

— Vocês são duas bobas, e eu amo vocês por isso. — Então, com uma expressão sóbria outra vez, ela soltou um suspiro. — A sessão de terapia foi bem. Quero dizer, acho que foi bem, considerando que para mim terapia parecia pior do que um exame de sangue. A terapeuta quer falar conosco individualmente antes de fazer sessões conjuntas. Segunda-feira é a sessão de Jensen, e suponho que a terapeuta irá comparar as anotações sobre nossas respectivas loucuras para tentar montar o quebra-cabeça para descobrir como dois loucos como nós acabaram unidos num relacionamento.

Chessy fez uma careta.

— Tomara que isso seja sarcasmo ou uma piada de mau gosto, porque você e Jensen são perfeitos um para o outro.

Kylie sorriu.

— Confesso que fui um *pouco* sarcástica.

Joss ironizou.

— Jura? Deixa pra lá! Pode ir contando mais detalhes sobre a sessão. A menos, é claro, que seja muito pessoal e que você prefira não tocar no assunto.

Kylie revirou os olhos e balançou a cabeça.

— Acho que já sabemos que não tenho limite de privacidade quando se trata de vocês. Se me lembro bem, não faz muito tempo estávamos bêbadas na sala de Joss e deixei escapar que Jensen era um idiota, revelando meu grande plano de sedução: fazer amor com ele e, *depois*, amarrá-lo na cama. Se sobrevivi a essa indiscrição, acho que contar sobre minha visita à terapeuta vai ser moleza.

Chessy e Joss explodiram em gargalhadas.

— Ela tem razão — admitiu Chessy. — Até Dash ficou sabendo desse desabafo de bêbada. Mas foi um plano brilhante. Eu tenho de reconhecer.

Kylie gemeu e cobriu o rosto com as mãos.

— Você precisa lembrar que Dash também testemunhou minha humilhação?

— Ei, mas funcionou, não foi? — reclamou Joss. — Eu diria que você executou seu plano de forma espetacular.

Um sorriso satisfeito surgiu nos lábios de Kylie, apagando de vez as emoções conflitantes que pesavam em seus olhos.

— Sim, funcionou — disse Kylie com um ar distante, que, no entender das amigas, provavelmente fora evocado pelas lembranças eróticas daquele episódio.

Em seguida, ela sacudiu a cabeça como se estivesse descendo das nuvens e seu semblante se tornou sombrio outra vez.

— Nós discutimos minha infância e minha inabilidade, pelo menos até conhecer Jensen, em me relacionar com homens. E o fato de que eu temia homens fortes e dominadores em particular. A terapeuta me fez sentir... normal.

A última frase foi dita com certa perplexidade, como se Kylie não tivesse se considerado normal até aquele momento.

— Querida, é claro que você é normal — rebateu Chessy, quase ofendida. — Depois do que sofreu nas mãos de seu pai... *Anormal* seria se aquilo não tivesse afetado sua vida adulta. Pense nisso... O homem em que você deveria confiar acima de todos os outros, o único que deveria protegê-la a qualquer custo, foi justamente aquele que a traiu da forma mais monstruosa. Ele abusou de você, e isso é horrível. Nenhuma mulher, nem mesmo uma supermulher, escaparia ilesa desse horror.

— Além disso, você foi apenas seletiva em matéria de homens — disse Joss com convicção. — Isso não a torna anormal, e sim exigente, o que toda mulher deveria ser quando se trata de escolher o homem a quem vai entregar o coração. Você consegue imaginar sua vida sem Jensen? O que aconteceria se tivesse ficado com outro cara? Você não teria o que tem agora. Então, foda-se esse papo de normal.

Os queixos de Kylie e de Chessy caíram no mesmo momento diante do discurso de Joss. Então, Chessy caiu na gargalhada a ponto de lágrimas escorrerem por seu rosto. Ela engasgou, tossiu e precisou cobrir a boca com um guardanapo enquanto Joss olhava para as amigas com um ar surpreso.

— Bem, esse é um jeito de ver as coisas — retomou Kylie com tristeza. — E isso reflete o que o próprio Jensen falou. Acho que as palavras exatas dele foram "foda-se o normal".

— Eu sempre soube que ele era um homem inteligente — disse Joss, fingindo-se de pretensiosa no tom de voz e na expressão do rosto.

— É muito engraçado ouvir você falar "foda-se" e outros palavrões — comentou Chessy, ainda rindo. — Não é que você nunca tenha feito isso, mas não combina com sua natureza.

Joss revirou os olhos.

— Não sei por que essa mania de me rotular como certinha, como careta.

— Ah, não, nós sabemos muito bem que você é a menina má deste grupo — rebateu Kylie, com um tom seco. — Já cheguei até a considerar você nossa Pequena Miss Sunshine, mas isso foi *antes* de você confessar em um almoço que começaria a frequentar o The House para caçar um macho dominador. Isso bastou para reavaliarmos nossas suposições sobre você.

As faces de Joss ficaram indisfarçavelmente rosadas e Kylie e Chessy caíram na gargalhada.

— Pegamos você! — cantarolou Chessy.

Kylie voltou o olhar na direção de Chessy, atenta à possibilidade de mudar o rumo da conversa, colocando em foco o relacionamento da amiga com Tate. Sentiu-se aliviada por isso. Kylie com certeza havia progredido muito, mas não a ponto de ser pressionada a ficar no centro das atenções. Nem mesmo por suas melhores amigas.

— Você até chegou a comentar o que você e Tate faziam no The House — disse Kylie para Chessy —, mas, para ser franca, não prestei atenção. Sei que parece horrível, mas meus ouvidos virgens tinham certo limite para baixarias!

— Ah, pelo amor de Deus! — murmurou Joss. — E essa é a mulher que prendeu o namorado na cama! A única diferença aqui é que *nós* somos amarradas na cama pelos nossos maridos.

Chessy sufocou um riso com uma das mãos.

— Arrasou, querida!

— Então, você vai contar ou não vai? — persistiu Kylie, ignorando propositalmente a provocação. — Acho que hoje é um bom dia para minha curiosidade mórbida porque, confesso, não consigo botar na cabeça que Tate realmente divida você com outro homem. Quaisquer que sejam os problemas pelos quais tenham passado, Tate sempre foi incrivelmente possessivo em relação a você.

Chessy estava determinada a não mostrar nenhum sinal de intimidação diante desse assunto. Não era uma conversa que teria com qualquer um, mas Kylie e Joss não eram "qualquer um". Eram suas melhores amigas. Suas irmãs, como Joss havia lembrado. E ela não tinha vergonha das preferências sexuais que dividia com Tate.

— Parece mais complicado do que realmente é — começou Chessy, com dificuldade. — Basicamente, Tate escolhe um homem para me dominar, mas esse cara é dominado por Tate.

Até Joss fechou os olhos por um instante diante dessa explicação, e Chessy se viu forçada a ser mais clara.

— Não, não foi *isso* que eu quis dizer. Vou explicar melhor.

— Isso eu tenho de ouvir — disse Kylie em um tom seco.

— Tate escolhe um homem que normalmente age como um dominador e que, portanto, não recebe ordens, muito menos da parte de um outro dominador. A tarefa desse homem é... me dar prazer. Tate o orienta quanto ao que deve fazer e como deve fazer. Tate assiste a tudo sem participar, mas isso, na prática, não corresponde à realidade, pois Tate permanece sempre ali, comandando todos os detalhes da cena. Ele dirige a ação.

Kylie pareceu pensativa, mas não interrompeu a explicação de Chessy.

— O outro homem me prepara.

Chessy olhou ao redor, inquieta, para certificar-se de que ninguém estava sentado perto o suficiente para ouvir seu relato e baixou a voz para o restante da explicação.

— Ele me despe lentamente, obedecendo os comandos de Tate. A partir daí, acontece tudo o que Tate quiser ver ou experimentar.

Kylie franziu a testa.

— E você? Ele não faz o que *você* quer?

— Ah, sim! — assentiu Chessy com um sorriso radiante. — Tate sabe muito bem do que eu gosto, o que me dá prazer, mas gosta de me surpreender. Ele nunca me diz o que esperar. Isso aumenta minha excitação. Às vezes, o homem amarra meus braços e pernas e me chicoteia. Outras vezes, ele me coloca de quatro em um banco especial e, depois que sou "suficientemente preparada", Tate assume o lugar dele e começa a me foder enquanto minha pele ainda está aquecida pelos beijos do chicote. — Ela podia sentir o rubor subindo pelo pescoço conforme descrevia a cena.

Kylie lançou um olhar suspeito para Joss.

— Você não parece nem um pouco chocada ou horrorizada. Também é assim com você e Dash?

— Ah, sim, muito parecido — concordou Joss alegremente. — Só não tem o outro cara. E, bem, não fizemos mais depois que soubemos que estou grávida.

Kylie balançou a cabeça.

— Definitivamente, eu sou a única certinha desse grupo.

Chessy sorriu maliciosamente.

— Ah, não sei, não... Amarrar um cara na cama não pode ser considerado caretice.

— Vocês nunca vão esquecer isso, não é? — perguntou Kylie, exasperada.

— Não! — garantiu Joss com um enorme sorriso.

— Acho que são vocês que precisam de terapia — resmungou Kylie. — Eu sou a mais "normal" na maior parte do tempo.

Joss consultou o relógio e, em seguida, olhou para as amigas com uma expressão de desgosto.

— Desculpem-me por comer e sair correndo, mas preciso ir. Tenho consulta marcada com a obstetra.

Chessy gesticulou com uma das mãos, enxotando-a dali.

— Vá em frente. O almoço fica por minha conta hoje.

Joss fixou um olhar agudo em Chessy enquanto se levantava da mesa.

— Kylie e eu vamos esperar por todos os detalhes picantes no sábado. Se você não se manifestar, pode apostar que iremos atrás de você.

15

O telefone de Chessy tocou. Era uma ligação de Tate, e ela atendeu rapidamente. Ele costumava encerrar o expediente por volta daquele horário, e ela torceu para que a ligação não fosse para avisá-la sobre um eventual atraso.

— Alô?

A voz de Tate soou brusca e carregada de desejo.

— Eu quero você nua e ajoelhada na sala quando eu chegar em casa.

O coração dela vibrou e ficou acelerado. Sem fôlego, ela quase não conseguiu responder.

— Espero por você — ofegou Chessy.

— Amo minha menina.

— Eu também amo você.

— Vejo você em 10 minutos.

Chessy desligou o telefone e correu para o banheiro, ciente de que não teria muito tempo. Escovou os cabelos com pressa. Como o dia estava particularmente úmido, os fios estavam mais encaracolados e rebeldes. Sem problema: Tate amava aqueles cachos.

Ela se analisou no espelho com um olhar crítico, pois almejava o melhor visual possível. Optou por aplicar um leve brilho labial, mesmo sabendo que era bobagem, pois certamente o cosmético seria eliminado poucos minutos depois da chegada de Tate.

Despiu-se, atirou as roupas no cesto de roupas sujas do banheiro e correu para a sala de estar, onde se posicionou ajoelhada no tapete macio diante da lareira.

Depois de uma espera que pareceu interminável, finalmente ouviu o som do carro de Tate na garagem. Seu fôlego ficou preso na garganta, e ela tentou se acalmar com respirações mais longas.

Com a visita ao The House programada para o dia seguinte, ela se perguntava o que Tate tinha em mente naquele momento.

A porta se abriu e, em seguida, Tate apareceu, trazendo o paletó sobre um dos braços e a pasta de couro na outra mão.

Seu olhar de intensa admiração deixou Chessy inebriada. Os olhos do marido cintilavam de luxúria explícita. Depois de anos de casamento, Chessy sentia uma satisfação profunda por ele ainda contemplá-la com tanto desejo quanto da primeira vez que se viram. O desejo de Tate por ela nunca esteve em questão.

Bem devagar, ele depositou o paletó e a pasta no sofá. Em seguida, afrouxou o nó da gravata, mas manteve-a no colarinho em vez de se livrar dela.

Caminhou relaxadamente em direção à esposa, como se estivesse degustando cada pedacinho daquela situação. Quando chegou perto o suficiente, enfiou os dedos delicadamente por entre os cabelos de Chessy. De repente, com um puxão brusco, inclinou-lhe a cabeça para trás. A boca de Tate desabou sobre ela, alimentando-se com avidez daqueles lábios.

— Considere esta noite como uma prévia do que está para acontecer no The House — murmurou ele.

O sangue dela ferveu e seus mamilos endureceram instantaneamente.

— Hoje vai ser forte — advertiu Tate. — Lembre-se de usar a palavra de segurança se for preciso.

— Eu vou me lembrar — sussurrou ela.

Tate puxou os braços dela para trás e imobilizou-lhe os pulsos com a gravata. Voltou a ficar de frente para ela e, sem disfarçar a pressa, baixou o zíper da calça e puxou o pênis para fora.

— Abra — ordenou ele.

Mais uma vez, enfiou os dedos entre os cabelos de Chessy e puxou-lhe a cabeça para trás enquanto empunhava o pau com a outra mão. A esposa obedeceu à ordem, abrindo os lábios. O marido empurrou o membro inteiro dentro da boca dela. Tate estava sendo muito rude, e ela se deliciava com isso. Sentia-se imensamente satisfeita ao ver que ambos resgatavam as raízes do relacionamento. Finalmente.

— Vamos ver o quanto você consegue engolir — disse ele, ríspido.

Ele começou a meter com firmeza, e a grossa cabeça de seu pau batia no fundo da garganta de Chessy. Com a boca cheia, ela respirou fundo pelo nariz para aguentar. Estava determinada a suportar tudo o que ele quisesse fazer naquela noite.

— Muito bom — elogiou ele, sem parar de tirar e empurrar o pênis dentro da boca de Chessy, chegando o mais fundo possível.

Com a lubrificação causada pelo fluido pré-ejaculatório, Chessy passou a receber as arremetidas do marido com mais facilidade. O gosto encheu-lhe a boca, e ela o chupava avidamente, querendo mais. Queria Tate inteiro em sua garganta, queria ter o rosto lavado pelo gozo dele.

Mas, evidentemente, ele tinha outros planos.

Quando Chessy sentiu que Tate estava prestes a ejacular em sua garganta, ele tirou o pênis bruscamente e soltou os cabelos dela.

— Volto daqui a pouco — disse ele em voz baixa. — Não se mova.

Ela assentiu, obediente, e ele saiu da sala, deixando-a curiosa quanto ao que aconteceria a seguir. Como ele havia dito que se tratava de uma prévia da noite seguinte no The House, Chessy sentia-se quase tonta de ansiedade e excitação.

Passaram-se vários minutos até ele reaparecer. Estava completamente nu, com o pau completamente ereto e voltado para cima. O que quer que tivesse planejado, ele parecia estar tão excitado quanto ela.

Tate abaixou-se para desamarrar as mãos da esposa e, em seguida, para surpresa dela, usou a gravata como venda, tapando-lhe os olhos. Tomando-lhe as mãos, ajudou-a a se levantar.

Depois de se certificar que Chessy estava firme sobre os pés, envolveu a cintura dela e conduziu-a para o quarto. Ao entrarem, ele a colocou contra um móvel que ela, mesmo às cegas, identificou como o banco especial de surra, que normalmente ficava guardado no quarto de hóspedes.

Tate deixou-a inclinada sobre o couro da superfície curva do aparato. Então, amarrou uma corda em torno de um dos pulsos de Chessy e puxou-a até esticar-lhe o braço ao máximo, atando a ponta da corda na parte de baixo do aparato. Ele repetiu o processo com o outro pulso antes de prender os tornozelos de Chessy e deixá-la completamente imóvel e indefesa.

Então, removeu a venda que cobria seus olhos, permitindo que ela pudesse enxergar, embora naquela posição seu campo visual fosse restrito.

— Quero que escolha o que vou usar para castigar você — disse ele com o tom rouco que nunca deixava de excitá-la.

Aquele era seu Tate. Seu dominador. Aquilo era o que mais lhe fizera falta no passado recente. O domínio. A submissão absoluta. A certeza de que, assim como fora cuidadoso com ela em todos os aspectos desde o fim de semana de aniversário, Tate agora seria impiedoso e inflexível, levando-a além dos próprios limites.

— Couro — balbuciou ela. — O cinto de couro.

Ela queria testar os limites da dor naquela noite. Não estava a fim de delicadezas. Ela queria tudo.

— Minha menina está se sentindo valente esta noite — murmurou ele. — Couro, então.

Chessy sentiu a sensual carícia do couro arrastando-se coluna abaixo até suas nádegas. Tate a provocava, postergando aquilo que ela desejava com urgência. Ele continuou a atormentá-la, deslizando o couro para cima e para baixo, pelas pernas e através da fenda entre as nádegas.

Quando o golpe veio, foi um choque. Ela vinha sendo acarinhada tão suavemente pelo couro que a violência da primeira chibatada roubou-lhe o fôlego. O calor queimou em sua bunda e ela teve vontade de gritar, mas Chessy não se permitia tais indisciplinas. Sugou a própria dor, segurando qualquer manifestação verbal ao ataque, e esperou a infalível onda de prazer que viria em seguida.

Fechou os olhos enquanto a sensação de queimadura dava lugar a um intenso prazer. Mais preparada, recebeu o golpe seguinte, que aumentou a névoa quente que se formava ao seu redor como se a abraçasse.

Como tinha avisado, Tate estava disposto a ir até onde ela conseguisse aguentar. O couro estalou na pele de Chessy mais e mais, até ela sentir as costas e a bunda em chamas, mas, a essa altura, ela já estava imersa no transe de uma atmosfera de sonho.

Ela estava desesperada para ser possuída, para que ele deixasse o cinto de couro e a fodesse para valer, mas Tate parecia obcecado em adiar esse momento só para levá-la aos limites do desejo.

Quando o castigo terminou, ela nem sequer percebeu. Ele se reclinou e puxou-lhe a cabeça pelos cabelos, tirando-a da deliciosa nuvem que se formara em torno dela.

— Quem é seu dono, Chessy?

A voz dele era áspera e cruel, e ela se deleitou com cada palavra.

— Você, Tate.

Ela ficou surpresa por ainda conseguir falar.

— Quem vai foder sua bundinha gostosa?

Ah, Deus! Ela quase chegou ao orgasmo ao imaginar o que estava para acontecer.

— Você — respondeu ela com um suspiro.

— Isso mesmo — disse ele, com satisfação na voz.

Tate deslizou os dedos entre as nádegas de Chessy, passando lubrificante em torno do ânus, e forçou um dedo pela abertura para lubrificá-la ainda mais. Em seguida, a inserção de um segundo dedo quase a enlouqueceu.

Ele brincou com os dedos por alguns instantes até considerá-la pronta para recebê-lo. Quando Chessy acreditou que, enfim, teria sua recompensa tão aguardada, o couro bateu sobre sua pele outra vez, despertando-a abruptamente da passividade da espera.

Ele açoitava-lhe a bunda com fúria e rapidez. Ela sabia que, a essa altura, as nádegas estariam vermelhas, do jeito que ele gostava de vê-las ao se deliciar com o sexo anal. Era uma prova de resistência para ela, em que o limite entre o prazer e a dor estava sendo definitivamente testado. Porém, Tate conhecia Chessy e seu corpo. Sabia até onde podia chegar.

Quando ela estava prestes a choramingar a palavra de segurança, ele interrompeu a surra. Bruto, agarrou cada nádega com uma mão para separá-las e, com um poderoso impulso, enfiou-se com vontade para dentro dela.

O corpo de Chessy reagiu contra a invasão, e os músculos do ânus se enrijeceram em torno do protuberante intruso, tentando expulsá-lo. Tate não quis saber. Segurando Chessy pelos quadris, recuou apenas alguns milímetros para, em seguida, meter tudo para dentro, pressionando o corpo com toda a força contra a bunda da esposa.

Conforme o pênis dele desbravava o caminho, o corpo de Chessy parecia gritar contra tão dura investida. No entanto, ela experimentava a deliciosa sensação de ardor e distensão, tão bonita e prazerosa.

As mãos de Tate massageavam-lhe as costas, acariciando sua pele e aliviando as queimaduras provocadas pelo cinto, em contraste com a rudeza de suas ações até agora.

E, então, ele começou a penetrá-la sem piedade, enfiando em sua bunda em um ritmo frenético. O ruído de um corpo contra o outro encheu os ouvidos de Chessy. O corpo dela chacoalhava, forçando os nós das cordas que a imobilizavam. O banco tremia e rangia, balançando ao sabor da fúria daqueles movimentos.

— Será que minha menina aguenta dois paus ao mesmo tempo?

Ah, não! Ela estava quase gozando quando ele sugeriu a ideia.

Ainda assim, ela soltou um desesperado sim, sabendo que o marido faria qualquer coisa para agradá-la.

Tate retirou-se do corpo dolorido da esposa. No momento seguinte, ela sentiu a pressão de um vibrador lubrificado forçando a abertura da vagina. O aparelho foi introduzido devagar, com suavidade, sendo facilmente acolhido pelo corpo de Chessy. Com o brinquedinho instalado ali, Tate voltou a se posicionar atrás da esposa e, mais uma vez, mergulhou o pênis dentro dela, tirando-lhe o fôlego.

Chessy sentiu a plenitude de ter o enorme vibrador recheando-lhe a vagina e o enorme membro do marido latejando no ânus. Ela estava tão perto do clímax que já não tinha certeza de que seria capaz de esperar pela permissão de Tate para gozar.

Ela mordeu os lábios e fechou os olhos, convocando cada miligrama de disciplina que ainda lhe restava.

Finalmente, Tate proferiu as palavras mágicas.

— Goze para mim, Chessy. Junto comigo. Vou gozar na sua bunda toda.

Já na estocada seguinte de Tate, um orgasmo sacudiu violentamente o corpo de Chessy. Ele saiu de dentro dela e ejaculou com abundância sobre as costas e as nádegas da mulher. Em seguida, voltou a enfiar o pênis dentro dela e penetrou mais vezes até liberar a última gota.

Chessy sentiu-se catapultada para um abismo, vendo o mundo explodindo ao seu redor. Por um momento, perdeu a consciência, voltando a si ao notar que Tate já desfazia os nós das cordas e a pegava no colo.

Ele a levou até o banheiro e abriu o chuveiro. Entraram juntos sob os jatos de água quente. Tate lavou cada centímetro do corpo dela e a si mesmo. Ao terminar, forçou Chessy a se ajoelhar.

— Ainda estou com muito tesão — disse ele em um tom sombrio. — Você me deixa assim. Quero que me chupe, Chessy. Quero gozar na sua boca.

Mantendo a cabeça de Chessy inclinada para trás, ele usou uma das mãos para guiar o pênis até os lábios dela. Dessa vez, não houve provocações nem adiamentos. Estava claro que ele queria gozar o mais rápido possível.

Ele meteu o pênis na boca da mulher e deu início a movimentos curtos e desajeitados, como se estivesse hipersensível em razão do intenso orgasmo anterior.

Em apenas poucos minutos, Tate soltou um gemido. O sêmen começou a jorrar na boca de Chessy, transbordando por seus lábios e queixo até se misturar à água que sumiam pelo ralo.

Com a mão, ele bombeou o pênis um pouco mais, liberando um último jorro de esperma na boca escancarada de Chessy. Enfiou o pênis outra vez ali até alcançar o fundo da garganta, descansando por um momento.

As mãos dele acariciavam o rosto e os cabelos da esposa. Tate só se retirou da boca dela quando percebeu que Chessy estava sem ar. Ajudou-a a erguer-se e banhou-a outra vez antes de desligar o chuveiro.

Tate saiu do boxe e se enxugou rapidamente. Depois, ajudou-a a sair, enrolou-a numa toalha e dedicou-se a secar suavemente cada palmo de seu corpo. Enxugou-lhe também os cabelos, finalizando a operação com um carinhoso beijo na testa.

— Você gostou? — perguntou ele.

Chessy apenas assentiu com a cabeça, sentindo os braços e as pernas moles.

— Ótimo. É apenas a ponta do iceberg do que está por vir.

16

Chessy arrumava-se com extremo cuidado, prestando atenção às detalhadas instruções que Tate deixara. No início do dia, entregadores haviam deixado várias caixas na casa e, logo depois, Tate telefonou ordenando que ficasse pronta e esperasse por sua chegada.

Ela puxou as meias até as coxas, deleitando-se com a sensação da seda contra a pele. Em seguida, abriu o zíper da capa plástica com o logotipo de um famoso estilista e tirou dali um vestido verde-azulado, sem alças e adornado com miçangas que brilhavam ao refletir a luz ambiente.

Chessy ficou em dúvida ao observar o modelo. Parecia pequeno. E curto. Mal cobriria a bunda. E Tate tinha sido explícito em sua instrução sobre não usar calcinha. As únicas peças que ele permitira eram o vestido, as meias, os sapatos e as joias, todas entregues em casa.

A coleira, que ela ainda não tinha visto, seria colocada em volta de seu pescoço pelo próprio Tate pouco antes de partirem para o The House.

Ao abrir a caixa de sapatos, Chessy perdeu o fôlego. Com as mãos, virou o par de calçados em todos os ângulos, admirando os belos saltos finos. Em meio ao vestido, às joias e aos sapatos, sentiu-se uma Cinderela prestes a sair para um baile erótico. Mas não conseguia imaginar o Príncipe Encantado amarrando Cinderela e transando com ela no meio do salão.

Esse pensamento a fez rir em voz alta, e ela balançou a cabeça, reprovando a própria tolice.

Chessy pegou o vestido e apertou-se dentro dele até puxá-lo sobre o busto. Graças a uma providencial tira de tecido elástico, que formava um V entre as omoplatas, o vestido caiu como luva, alongando a silhueta e avolumando os seios.

Olhou-se no espelho com desconfiança enquanto dava início à tarefa de domar a cabeleira rebelde que Tate queria ver solta, mas, quanto mais olhava para aquele reflexo, mais ficava satisfeita com sua aparência. Ela parecia... bonita. Sexy até. Será que era isso que Tate planejara?

Ele tinha um bom gosto impecável, o que se evidenciava pelas escolhas que tinha feito para aquela noite. O vestido tinha um caimento perfeito, e ela podia adivinhar que seu único problema tinha sido intencional: o ajuste apertado no busto sem dúvida fora pensado para destacar os atributos de Chessy. E a joia era maravilhosa. Ela não queria nem saber quanto havia custado.

Satisfeita com a arrumação dos cabelos, foi até o quarto para calçar os sapatos que tinha deixado sobre um pufe em frente a uma confortável poltrona, que Tate considerava o ninho de leitura da esposa.

Faltavam cinco minutos para a chegada de Tate. Ele havia mandado que ela esperasse na sala, onde seria feita, com toda a cerimônia, a colocação da coleira no pescoço dela. Chessy estremeceu. Sabia o que uma bonita coleira poderia simbolizar em seu relacionamento, mas preferia o termo gargantilha. Coleiras eram para animais, e ela supunha que, para alguns dominadores, suas submissas eram mesmo bichinhos de estimação, ainda que no melhor dos sentidos. Ela ouvira falar de um homem que chamava sua submissa de "meu bichinho", mas era óbvio que, pelo tom que usava, tratava-se de um carinhoso modo de tratamento. Não era ofensivo nem degradante, pelo menos. Porém, para Chessy, pessoalmente, não pegava bem. Ela preferia mil vezes o "minha menina" que Tate usava, que podia até parecer inocente demais, mas que, pelo menos, não era de gosto duvidoso. Apenas era o que era.

Ela se instalou na beira do sofá para esperar por Tate e, alguns minutos depois, a porta da frente se abriu e ele entrou na sala. Parou ao ver a esposa.

— Levante-se — ordenou ele com a voz rouca.

Chessy obedeceu e ergueu-se, ficando impressionantemente alta devido aos saltos dos sapatos.

Tate não disse nada por um longo tempo. Ficou apenas ali, degustando a beleza dela. O silêncio se estendeu tanto que Chessy se perguntou se não tinha se arrumado direito ou se aquilo não correspondia ao visual que ele imaginara.

Então, ele atravessou a sala, aproximou-se dela e ergueu-lhe o queixo. Inclinou-se e colou a boca nos lábios dela. Deu-lhe um beijo ávido, como se estivesse faminto por Chessy. Toda a insegurança anterior quanto à aparência evaporou quando ela sentiu a sólida evidência da excitação de Tate através da calça.

Quando ele se afastou, seus olhos brilhavam cheios de luxúria.

— Você está *magnífica* — elogiou ele.

— Obrigada — sussurrou ela. — Você escolheu tudo. Seu bom gosto é impressionante.

— Amor, esse vestido não ficaria assim, tão sensacional, em outra mulher. É você. Não é o vestido. É você.

Ela sorriu, sentindo-se vaidosa com o sincero elogio. Tate enfiou a mão no bolso e pegou um saquinho de veludo atado por um cordão. No tecido, destacava-se o monograma da melhor joalheria da cidade.

— Sente-se — disse ele com um tom autoritário.

Chessy afundou-se no sofá enquanto Tate tirava da embalagem uma gargantilha de couro primorosamente cravejada de águas-marinhas, que combinava perfeitamente com o vestido. Ela ficou impressionada ao calcular silenciosamente quanto tempo Tate tinha investido apenas para planejar o visual da mulher naquela noite.

Mais impressionante ainda era o curtíssimo prazo em que ele conseguira providenciar tudo.

Tate virou a peça para mostrar-lhe a parte interna da gargantilha. Na faixa de couro que ficaria oculta contra o pescoço de Chessy, estavam gravadas a fogo duas palavras: "Minha Menina".

Droga, ela não queria chorar! Tinha derramado lágrimas demais nos últimos tempos, tanto de tristeza quanto de alegria. Não estava a fim de estragar a noite antes que ela realmente começasse.

— É lindo, Tate — sussurrou ela.

— Você gostou mesmo?

Ela se surpreendeu com a vulnerabilidade na voz do marido. Jamais pensaria que Tate se preocupava com ela gostar ou não de um presente. Qualquer coisa que ele lhe desse era muito preciosa. E o melhor de todos os presentes era ele mesmo.

Chessy inclinou-se para beijá-lo e, em seguida, brincou:

— Na verdade, não gostei. Eu amei.

Ele sorriu. Talvez fosse imaginação dela, mas os ombros do marido pareceram relaxar depois da confirmação.

— Vejo que minha menina está bem-humorada. Isso é bom, porque hoje vamos brincar muito. Vou me trocar bem rápido e sairemos em seguida.

— Vou ficar esperando — disse ela.

Uma hora depois, Tate dirigia pela pista sinuosa que levava até o The House, situado no topo de uma colina que dava para uma bela paisagem verde e ondulante. Tudo no The House emanava luxo e exclusividade, ainda que não se exigisse filiação formal por parte de ninguém. No entanto, Damon Roche, o proprietário, era o símbolo da riqueza e da educação. Era extremamente exigente no que dizia respeito aos convidados de seu estabelecimento.

Os frequentadores eram cuidadosamente monitorados e havia rigorosa checagem de antecedentes de todos os candidatos a participar dos eventos realizados ali. Além do cuidado durante a triagem dos convidados, Damon dava atenção especial à segurança. Mesmo nos quartos privativos, reservados por quem preferia não se expor publicamente na sala comum, havia câmeras de vigilância espalhadas por todos os lados, prontas para captar qualquer irregularidade suspeita. Na verdade, os ambientes privativos ofereciam apenas a ilusão de privacidade, pois tudo era estritamente vigiado em nome da segurança de todas as partes envolvidas.

Tate parou o carro no estacionamento, desligou o motor e voltou-se para Chessy.

— Minha menina está pronta para começar a noite?

— Ah, sim — respondeu ela, soltando um suspiro.

Ele apertou a mão dela e, em seguida, desceu do carro. Ela esperou que ele contornasse o automóvel para abrir a porta. Ele se inclinou, prendeu uma guia cravejada de diamantes a um fecho na parte traseira da gargantilha de Chessy e estendeu a mão para ajudá-la a desembarcar.

Ela tropeçou quando um salto ficou preso em uma rachadura do pavimento, mas Tate imediatamente enlaçou sua cintura para evitar que caísse.

— Tudo bem? — perguntou ele.

— Sim. Meu salto ficou preso.

Tate a levou até a entrada, onde um homem trajando um caro terno preto recebeu o casal. Tate mostrou seu cartão de identificação. Fazia tanto tempo desde sua última visita ao The House que Chessy não reconheceu o porteiro. Talvez ele fosse até relativamente antigo no emprego, pois fazia dois anos que ela e Tate não apareciam ali.

Tate enrolou a guia em uma das mãos, escondendo-a sob os cabelos que pendiam até o meio das costas de Chessy, para que ninguém percebesse que ela estava amarrada enquanto caminhavam para o salão. Ali, as pessoas se encontravam para conversar, beber um vinho de boa safra e beliscar deliciosos canapés. Era também um bom lugar para estabelecer contatos. Solteiros em busca de uma noite de aventura misturavam-se a pessoas que queriam apenas conhecer gente que compartilhasse a mesma maneira de pensar e encarar o sexo.

— Você quer vinho? — perguntou Tate ao entrarem no salão.

Chessy fez que sim, sem tirar os olhos do público presente no salão, estudando as pessoas com seu costumeiro fascínio. Uma das coisas de que mais gostava ao visitar o The House era se divertir com seu jogo de adivinhação, tentando imaginar a fantasia sexual de cada pessoa apenas pela aparência. Ainda que nem sempre conseguisse confirmar suas suposições, era divertido.

De certa forma, ela estava aliviada por não ter visto nenhum conhecido ali. Do contrário, inevitavelmente viria a pergunta sobre o motivo da ausência tão prolongada dela e Tate. Depois de alguns minutos circulando pelo espaçoso ambiente, Tate guiou-a para fora. Ela sabia que aquele passeio pelo salão tivera apenas a finalidade de, como dizia seu marido, exibi-la. Chessy sempre se envaidecia por Tate achá-la bonita, pelo orgulho com que adentrava o salão com ela e por fazer questão de expressar isso publicamente.

— Tome cuidado nas escadas, amor — disse ele ao subirem o primeiro degrau. — Comprei esses sapatos pensando em fazer amor com você; então, pelo amor de Deus, não caia nem quebre o pescoço.

Ela riu suavemente.

— Você vai ter o que quer, Tate. Não tenha a menor dúvida.

Por via das dúvidas, ele a puxou para junto de si enquanto subiam a escada. Assim que chegaram ao topo, gentilmente retirou a mão escondida na cabeleira da esposa, deixando a guia à mostra, de modo a chamar a atenção de todos para o fato de que a gargantilha de Chessy era, na verdade, uma coleira. Era uma manifestação explícita de como funcionava a relação do casal e mostrava quem era quem naquele jogo de dominação e submissão.

Assim que atravessou a porta da sala comum, as imagens e os sons do ambiente a deixaram em transe. O cheiro de sexo pesava no ar. Chessy examinou o local rapidamente, em busca de algum conhecido, mas tudo o que viu foram rostos indistinguíveis. A única exceção era Damon Roche, postado no canto mais distante, segurando um copo cheio de algum destilado que provavelmente era bem caro enquanto conversava com outro homem.

Sua presença no The House era rara, especialmente sem a companhia da esposa. Embora ainda supervisionasse o funcionamento e os serviços do The House, ele passava a maior parte do tempo com a esposa, Serena. Dash havia mencionado por alto que o casal já tinha uma filha.

Como se percebesse que estava sendo observado, Damon ergueu o olhar e acenou com a cabeça para Chessy e Tate. Virou-se para o outro homem e disse algo, talvez se desculpando pela interrupção, e atravessou a sala para cumprimentar o casal de clientes.

— Que bom ver vocês — disse Damon calorosamente. Ele se inclinou para beijar Chessy no rosto e, em seguida, apertou a mão de Tate. — James espera por vocês perto do banco. Tudo o que pediram já está disponível. Espero que se divirtam muito esta noite.

Perfeito anfitrião, Damon acompanhou-os até um canto da sala comum, onde estava um homem atraente, alto e de cabelos escuros, que usava jeans e camisa polo. Chessy sentiu um frio na barriga quando o homem ergueu o queixo em sinal de saudação conforme se aproximavam.

Então, aquele era James. O homem que Tate escolhera para ela. Chessy tomou cuidado para que sua admiração não fosse tão explícita a ponto de enciumar Tate, mas, sem dúvida, havia sido uma escolha magnífica. James tinha ombros largos e braços musculosos, salientes, sob as mangas curtas da camisa. Sua expressão era de completa dominação. E, ainda assim, ele se submeteria ao controle de Tate, agindo como uma espécie de extensão dele ao longo daquela noite.

Chessy e Tate já tinham feito esse tipo de brincadeira antes, mas nenhum dos homens escolhidos por Tate tinha um aspecto tão... dominador. Para ela, James não parecia o tipo de cara que abre mão de seu poder em favor de outro homem. Um tremor percorreu-lhe a coluna enquanto examinava James com mais atenção. Um medo súbito apertou-lhe o peito sem que ela entendesse o motivo de tal apreensão. Afinal, Tate jamais a colocaria numa situação em que corresse o risco de ser subjugada ou ferida.

— James, é um prazer revê-lo — cumprimentou Tate enquanto entregava cerimoniosamente a guia para o homem. — Esta é minha linda submissa, Chessy. Ela é sua esta noite, para fazer o que eu mandar — acrescentou ele com formalidade. — A palavra de segurança de Chessy é "chuva". Tenha muito cuidado com ela. A boca de Chessy é minha, só minha, e espero que você a trate com o máximo respeito.

Parecendo impaciente com as instruções de Tate, James varria avidamente o corpo de Chessy com seus olhos brilhantes. Era como se ele não visse a hora de dispensar as sutilezas e partir para a ação.

James pegou uma das mãos de Chessy e a beijou, sussurrando sobre os dedos dela.

— Vai ser uma honra lhe dar prazer enquanto seu marido nos assiste.

Ela estremeceu novamente, com a sensação de medo crescendo na barriga. Por que estava tão nervosa? Aquilo não era novidade para ela, ainda que já fizesse algum tempo desde sua última vez no The House. Talvez o nervosismo viesse de sua vontade de proporcionar uma noite perfeita tanto para ela quanto para Tate, como forma de consolidar de vez a renovação de seu casamento.

Tate segurou a outra mão de Chessy, que, por um momento, ficou suspensa entre os dois homens: seu marido e seu dominador naquela noite. Tate apertou-lhe a mão, encorajador, mas não expressou em voz alta nada daquilo que ela leu em seu olhar.

— Os outros vão permanecer em volta — disse Tate em voz baixa. — Quando, e somente quando, puderem participar, você os verá. Aproveite meu presente para você, minha menina. Sei que vai adorar cada momento.

Em seguida, ele se voltou para James. Chessy notou que Damon se retirara discretamente.

— Tire as roupas dela. Lentamente — ordenou Tate. — Depois, pode começar a prepará-la do jeito que ensinei.

A autoridade presente na voz de Tate desencadeou um delicado arrepio de tesão em Chessy, que desceu como uma cascata sobre sua pele. Ela fechou os dedos da mão para que seu tremor não fosse perceptível. O nervosismo e a expectativa tomavam conta dela.

Com um forte puxão na guia, James trouxe-a para perto de si, afastando-a de Tate, que deu um passo para trás, mas manteve o olhar atento sobre Chessy. Devagar, James começou a despir a mulher.

— Muito bom — murmurou James ao admirá-la vestida apenas com as meias e os sapatos de saltos enormes.

Ele acariciou as nádegas e, depois, mais audacioso, deslizou a palma da mão por baixo de um dos seios. Com o polegar, massageou o mamilo, que ficou duro e firme.

Chessy prendeu a respiração por um momento e soltou um suspiro quando James, inclinando a cabeça na direção de seu peito, começou a sugar-lhe o mamilo.

— Delicioso — sussurrou ele. — Você é tão gostosa quanto parece.

Com um calor chamuscando a pele, Chessy ergueu o olhar para procurar Tate, focando-se apenas nele, mesmo que fosse outro lhe proporcionando prazer.

Essa ação causou uma imediata reprimenda por parte de James. Com um puxão na guia, forçou-a a olhar para ele. Ele tinha o semblante enrugado de irritação.

— Eu sou seu mestre esta noite. Ele é apenas um observador. Você tem de olhar só para mim e obedecer às minhas ordens.

Ela quase balbuciou um protesto, pois não era bem esse o combinado. Ninguém além de Tate poderia ser seu mestre, mas, para falar a verdade, era uma tolice se expressar naqueles termos. Ela e Tate jamais usaram essa palavra. Mesmo assim, algo no olhar de James a deteve. Chessy tremeu. Queria olhar para Tate a fim de restabelecer a própria confiança e receber o apoio dele contra o equívoco de James, mas não se atreveu a desviar o olhar outra vez.

James passou a palma da mão levemente pela mandíbula de Chessy e, em seguida, virou-a de costas para Tate, impedindo-a de cair na tentação de buscar a orientação do marido. Chessy ficou confusa diante da passividade de Tate.

James posicionou Chessy sobre o banco de surra, que tinha um apoio acolchoado para acomodar a barriga da submissa. Na sequência, atou os dois braços esticados de Chessy a duas colunas situadas em frente ao banco. Depois, checou os nós e o posicionamento correto da mulher, esticada sobre o banco, com a bunda para o alto e os dois braços imobilizados com firmeza suficiente para não dar qualquer chance de resistência a Chessy.

De repente, James desapareceu. Em seguida, Chessy sentiu tiras de couro envolverem seus tornozelos, que seriam presos aos pés do banco. Chessy ficaria com as pernas completamente abertas, tornando acessíveis as partes mais vulneráveis de seu corpo.

— Comece com o chicote de couro — mandou Tate.

Ela sentiu um conforto imediato ao ouvir a voz do marido. Sua apreensão inicial se dissipou com a impressão de que Tate assumia o controle das coisas. Relaxada, ela se preparou mentalmente para o primeiro beijo do chicote.

— Dê 10 chibatadas, tentando deixar a pele uniformemente marcada e vermelha — continuou Tate. — Quando terminar, faça um elogio apropriado a ela e, em seguida, use as mãos e a boca até deixá-la bem perto de gozar. Então, troque o chicote pelo cinto de couro. Deixe a bunda bem marcada para que ela se sinta chamuscada pelo fogo quando você comê-la. Como eu disse, a boca é minha. Vou fodê-la pela boca enquanto você mete por trás. Ela não deve gozar antes de ser açoitada, desamarrada e carregada nos braços dos homens que estão esperando.

Chessy cerrou os olhos enquanto as palavras do marido acendiam labaredas em sua mente. Uma série de imagens pecaminosas e devassas bombardeavam seu cérebro, e ela já conseguia sentir a escalada do orgasmo antes mesmo que James começasse.

Um suspiro explodiu com a primeira chicotada na bunda. Ela estava tão absorta na fantasia descrita por Tate que não se preparara para o primeiro golpe.

Seus olhos se abriram, mas não encontraram homem nenhum, nem James nem o marido. Diante dela havia apenas uma parede, e atrás o restante da sala. Pelo que ela conhecia do The House, na certa todo mundo assistia à cena de flagelação. Isso não a incomodava. Havia muito tempo superara qualquer timidez no que se tratava de ficar nua na frente de estranhos. Ela só não gostava de não ver Tate. Sabia que ele estava lá, mas não em seu campo de visão.

Ela queria ver a aprovação e o orgulho no rosto do marido. Queria trocar olhares com ele, compartilhar sua conexão intensamente pessoal. Queria esquecer que existia qualquer outra pessoa, ainda que houvesse outro homem envolvido naquele jogo de submissão.

Chessy travou a mandíbula e estremeceu quando outro golpe desabou sobre ela. James não era tão cuidadoso quanto Tate no que dizia respeito à intensidade do castigo. Era possível notar uma espécie de indisciplina no trabalho de James, como se ele não tivesse a experiência adequada para a função ou como se fosse apenas um sádico cuidando da própria satisfação, sem se preocupar em proporcionar à submissa o limite tênue entre dor e prazer.

Não houve elogios ou palavras de aprovação como Tate exigira. Não houve as preliminares que ele ordenara. Onde estava Tate? Por que não repreendia James por não acatar suas ordens?

Não houve intervalo entre o castigo do chicote e o flagelo com o cinto de couro. Um incêndio se espalhava rapidamente sobre a pele de Chessy, que mordia os lábios para abafar os gritos de dor. Aquilo já não era prazer. Não para ela, pelo menos.

Então, Chessy sentiu uma insistente pressão em seu ânus e percebeu que James estava tentando abrir caminho sem o auxílio de lubrificante. Não foi isso que Tate ordenara. Por que não o impedia?

— Relaxa, porra — rosnou James, enterrando os dedos nos quadris de Chessy. Ela tinha certeza de que as mãos dele deixariam hematomas em sua pele. — Eu vou meter de qualquer jeito. Você escolhe se vai ser fácil ou difícil.

Ela gritou, chocada por Tate continuar mudo diante da insistência de James. Então, para puni-la por sua resistência, James desceu o cinto sobre os ombros da mulher enquanto tentava penetrar com força seu corpo relutante.

As lágrimas corriam pelo rosto de Chessy e soluços brotaram de sua garganta.

— Não! Pare! Eu não quero! — gritou ela em um tom ininteligível.

A palavra de segurança! Deus, como era mesmo a palavra? O medo e a dor haviam instaurado o caos em sua mente.

— Chuva! — gritou ela. — Chuva!

17

Tate tinha acabado de dar uma instrução a James quando seu celular tocou. Por força do hábito, ele baixou o olhar rapidamente para conferir quem estava ligando, com a intenção de ignorar a chamada.

Ele praguejou antes de olhar de volta para o que se passava na sala comum. James estava na segunda chicotada. Era um telefonema importante, mas... justamente naquela hora? Havia semanas, Tabitha Markham especulava sobre transferir ou não o portfólio de investimentos do falecido marido, sua herança, para o escritório de Tate. Ele imaginava que o negócio seria fechado a qualquer instante. Aparentemente, ela tinha escolhido o *mais* inapropriado dos momentos para informá-lo sobre a decisão.

Tate teria de ser rápido.

Agarrou o celular e olhou para Chessy, que estava de costas para ele, antes de soltar um ríspido "Alô".

— Tate? Onde você está? Eu não consigo te ouvir.

A estridência da voz de Tabitha feriu-lhe o ouvido. Ele não estava a fim de bater papo. Só queria saber o que a mulher decidira e voltar logo sua atenção para coisas muito mais importantes: sua esposa e a salvação de seu casamento.

Ele deu alguns passos em direção a um canto mais tranquilo da sala, mas ainda mantinha os olhos em Chessy.

— Consegue me ouvir agora? — perguntou ele.

— Sim, muito melhor. Liguei para você porque tenho algumas preocupações. Tem sido muito difícil entrar em contato ultimamente. E, para ser meu consultor financeiro, preciso que você esteja pronto para me atender a qualquer momento.

Tate franziu a testa, afastando-se ainda mais de Chessy e James. Sua vontade era dar um murro na parede.

— Posso garantir que estou disponível em todos os momentos para meus clientes — disse ele, lacônico.

— Bem, não sei se posso confiar, não é mesmo? Se você não está disponível nem para conquistar meu portfólio, dificilmente estará à minha disposição depois que eu me tornar cliente.

Os dedos de Tate se tensionaram com impaciência. Ele cobriu o outro ouvido com a mão para poder ouvi-la com mais clareza.

— Olhe, ou você quer que eu tome conta de seus investimentos ou não quer — disparou ele, sem rodeios. — Não posso falar agora porque estou com minha esposa em um compromisso particular. Se quiser discutir esse assunto comigo, eu a aconselho a entrar em contato durante o horário comercial, a partir de segunda-feira.

Um grito excruciante atravessou a sala, congelando o sangue nas veias de Tate.

— Chuva! Chuva! — gritava Chessy.

Ele largou o celular e se virou na direção do grito. Quando viu lágrimas rolando pelo rosto de Chessy, com James agarrado a seus quadris, disparou na direção do banco de surra, mas, antes de chegar lá, viu Damon e dois seguranças particulares se adiantarem e afastarem James. Tate se lançou contra o agressor.

— O que você fez com ela, seu filho da puta? — esbravejou ele.

Tate acertou um soco na mandíbula de James, fazendo-o cambalear, antes de se voltar, com o coração na garganta, para ver Damon desatando o último nó que prendia Chessy. Ela desabou, enrolando-se em torno do próprio corpo enquanto as lágrimas escorriam por seu rosto desfigurado.

Três pares de olhos acusadores perfuraram Tate, que se ajoelhou para consolar Chessy. Ela não parava de soluçar.

Todos olhavam para ele, com condenação estampada nos olhares. Ele tinha feito o imperdoável. Havia quebrado a regra de ouro de todos os dominadores. Não tinha protegido sua submissa.

— O que aconteceu? — perguntou Tate.

Damon lançou-lhe um olhar de desgosto.

— Você não deveria saber? Onde você estava quando ela gritou a palavra de segurança? Como pode ter feito isso, Tate? Isso... isso é imperdoável. Definitivamente, isso não se faz.

Tate tentou alcançar Chessy timidamente, pondo a mão em sua pele gelada, em um esforço para assegurar-se de que ela estava bem. É claro que não estava.

Ela se encolheu, visivelmente afastando-se do toque do marido.

— Não me toque — disse ela com a voz embargada de tanto chorar e gritar.

Damon deu uma ordem para que um segurança trouxesse um cobertor. Tate havia sido nocauteado pela devastação no olhar de Chessy. Pior que isso era o medo que o invadia. Ele tinha estragado tudo. Tinha feito o imperdoável, exatamente como Damon dissera. Não havia — nem deveria haver — perdão para quem não garantisse a segurança da submissa a cada segundo passado no The House.

Quando o cobertor chegou, Tate tentou envolver Chessy, mas foi rechaçado bruscamente outra vez. Damon tomou-lhe o cobertor e, com gentileza, cobriu o corpo encolhido da mulher. Então, colocou os braços sob ela, pegando-a no colo, e ergueu-a do chão, aninhando-a contra o peito.

— Vai ficar tudo bem, Chessy — disse Damon calmamente. — Vou levar você para meu escritório, onde é mais tranquilo. Vou mandar trazerem suas roupas. Você está machucada? Quer ir para um hospital?

Ela voltou a chorar em silêncio. Cada lágrima cravava-se como um punhal no coração de Tate.

Damon removeu-a rapidamente da sala comum, ignorando Tate, que seguiu atrás, sentindo o desprezo com que todos o encaravam naquele ambiente.

Sadio, seguro, consensual. Tate conseguira, de uma só vez, violar os três princípios do estilo de vida de dominação e submissão. Sua linda esposa havia pagado pelo erro. Apenas mais um erro entre as dezenas de outras vezes que falhara ao longo dos cinco anos de casamento. Aparentemente, ele não conseguia fazer nada certo em relação a ela, o que não fazia sentido considerando-se o quanto a amava.

Damon carregou Chessy escada abaixo e, em seguida, abriu caminho até seu escritório, onde gentilmente a deitou no sofá de couro, cobrindo-lhe a nudez com as pontas do cobertor. Os sapatos da mulher tinham caído em algum momento, e ela parecia frágil, tendo apenas um cobertor e as meias para proteger o corpo.

Tate se ajoelhou na frente do sofá e tentou tomar-lhe as mãos, mas ela se recusou, unindo os punhos contra o colo para que não pudessem ser pegos. Ela não queria encontrar nem mesmo o olhar dele para não ver a vergonha estampada ali.

— Chessy, sinto muito — sussurrou ele. — Deus, me desculpe. Eu só me afastei alguns segundos para atender o celular. Eu já tinha terminado quando ouvi você dizer a palavra de segurança.

Ela encarou Tate com olhos frios o bastante para congelar o inferno.

— Então é isso que você estava fazendo enquanto eu estava sendo estuprada pelo homem que você escolheu para me dominar? Atendendo um maldito telefonema de um cliente?

As palavras o paralisaram. Até aquele instante, Tate não se dera conta da magnitude de sua traição. Chessy havia sido machucada por um homem escolhido por ele para desfrutar de intimidades com a esposa.

— Parte da culpa é minha — disse Damon calmamente, a poucos centímetros do sofá. — Eu sugeri vários homens que considerava boas escolhas. Não havia nada no passado de James que indicasse o comportamento dessa noite. A segurança dos meus convidados, de todos eles, é minha prioridade, e eu falhei com você.

Chessy sacudiu a cabeça vigorosamente.

— Não — disse ela com veemência. — Você não tem culpa, Damon. Não vou permitir que assuma nada. Quem errou aqui fui *eu*, por confiar que meu marido me colocaria no topo de suas prioridades. Por acreditar nas promessas de que tudo mudaria. Eu nunca deveria ter me permitido entrar nessa situação. Pode ter certeza de que isso nunca mais vai acontecer.

Tate não conseguia respirar. Uma mão invisível parecia apertar sua garganta sem piedade, privando-o de oxigênio. As palavras de Chessy pareciam tão... definitivas. O fato de que merecia cada uma delas fazia o pânico se espalhar por seus nervos. Uma vida sem Chessy era impensável.

Ouviu-se uma batida na porta e, um momento depois, Damon voltou com as roupas de Chessy. Ela olhou para as peças com aversão. Evidentemente, eram uma lembrança da noite organizada por Tate, algo que ela queria esquecer para sempre. Os lábios dela tremeram. Chessy fechou os olhos e franziu a testa, fazendo força para recuperar a compostura.

— O que você quer fazer, Chessy? — perguntou Damon gentilmente. — Tenho um carro disponível para levar você onde quiser ir. Há alguém que gostaria que eu chamasse?

Tate enfureceu-se e estava prestes a explodir quando se voltou para confrontar Damon.

— Eu vou levar minha esposa para casa — anunciou ele friamente.

— Não me lembro de ter perguntado nada a você — rebateu Damon. — Você perdeu esse direito ao abrir mão de sua responsabilidade como dominador de Chessy, permitindo que ela se machucasse.

Tate ficou sem resposta, o que o irritou ainda mais. Suas mãos tremiam violentamente. Ele estava agitado ao extremo, ao contrário da calma e da determinação com que normalmente lidava com todos os aspectos da vida.

— Vou voltar para casa com Tate — sussurrou Chessy tão baixinho que ele não teve certeza de que ouvira direito.

Ele tinha medo de alimentar esperanças demais. Ela ainda não olhava para ele, como se não suportasse encará-lo.

— Deixe-me ajudá-la a se vestir, amor — disse Tate ternamente. — Não se preocupe com os sapatos. Eu carrego você até o carro.

Ela balançou a cabeça.

— Posso me vestir sozinha. Apenas me deixe por alguns minutos. Vou sair quando terminar.

Tate fincou os calcanhares no chão.

— Preciso ter certeza de que está tudo bem. Preciso ver o que aquele desgraçado fez.

— Você se importa com o que ele fez? — Ela quase cuspiu as palavras em tom amargo.

A mandíbula de Tate se retesou.

— É claro que me importo. Meu Deus, Chessy.

Ela acenou com a mão como se só quisesse encerrar a conversa.

— Eu vou esperar lá fora — anunciou Damon em um tom que deixava claro que sua oferta de ajuda continuava de pé se Chessy desistisse da ideia de voltar para casa com o marido.

Assim que Damon saiu, Chessy livrou-se do cobertor, mas curvou-se para a frente como se estivesse se protegendo do olhar de Tate. Ele foi para o outro lado do sofá, praguejando em voz baixa ao ver as marcas nas costas da mulher. Havia hematomas nos quadris dela onde as mãos do imbecil a haviam agarrado.

— Até que ponto ele foi? — perguntou Tate em um tom de voz grave.

Ela encolheu os ombros com indiferença.

— Longe o suficiente.

Ele passou a mão pelos cabelos, sentindo-se abalado. Chessy o imobilizou com o peso de seu olhar e sua expressão acusadora e, ao mesmo tempo, devastada.

— Ah, desculpe-me, Tate. Deixei você chateado? Que egoísta da minha parte não dar a você toda a minha atenção.

O sarcasmo fez o coração de Tate afundar mais. A aversão a si mesmo encheu seu coração. Sentia ódio por viver, por respirar. Ele estava completamente nauseado, consciente de que não merecia perdão pelo que fizera, pelo que tinha permitido que acontecesse a Chessy.

Ela se levantou, afastando-se dele para se vestir. Pôs a roupa sem cuidado e, em seguida, olhou para baixo, desgostosa com o próprio vestido.

— Estou pronta para ir — disse ela.

— Chess, tem certeza de que não precisa ir a um hospital? — perguntou Tate, inquieto. — Ele não machucou você?

O olhar de Chessy cravou-se nos olhos dele com firmeza.

— Não tanto quanto você.

18

A volta para casa foi tensa e silenciosa. Chessy encostou-se na porta do lado do passageiro, apoiando a testa contra o vidro da janela enquanto olhava para as luzes das ruas sem prestar atenção. Estava estranhamente entorpecida. Sentia-se vazia e desolada, mas não podia convocar qualquer emoção. Nem raiva nem tristeza. Só... Bem, nada.

Seu casamento tinha acabado. Para ela, Tate cruzara uma linha que jamais poderia ser apagada. Vinte e quatro horas atrás, tal constatação a teria deixado devastada, mas agora ela não sentia nada além de resignação.

Chessy conseguia sentir Tate olhando para ela, mas preferiu ignorá-lo. Em vez disso, fingiu que não estava ali, já fazendo planos para um futuro que não o incluía.

Quando enfim chegaram em casa, ela abriu a porta antes que o carro parasse completamente e saiu. Sentiu o chão de concreto rasgar a seda de suas meias. Como não tinha levado as chaves, teve de esperar Tate abrir a porta, mas, assim que isso foi feito, ela disparou para o quarto.

Sem perder tempo, foi ao armário e pegou uma de suas maiores malas, arremessando-a na cama.

— Chessy, o que você está fazendo? — perguntou Tate da soleira da porta.

Ela o ignorou, voltou ao armário e arrancou várias roupas dos cabides, retornando para despejá-las na mala sem a mínima preocupação com organização.

A mão de Tate fechou-se em torno do pulso dela, e Chessy congelou quando foi forçada a encará-lo. Tate tinha um semblante sombrio, com sulcos profundos marcando-lhe a testa. A tristeza e o remorso transbordavam de seu olhar. Parecia angustiado.

Não era problema dela.

Chessy se libertou bruscamente da mão dele e deu um passo para trás. Sua voz saiu gelada como um vento polar.

— Não me toque.

Ele recuou imediatamente. Ao vê-la dirigindo-se para a gaveta de roupas íntimas, Tate repetiu a pergunta.

— O que você está fazendo? Aonde pensa que vai?

Ela fez uma pausa, com as mãos cheias de lingeries. Então, voltou-se e encarou-o até que uma fagulha de inquietação acendeu-se em seus olhos.

— Vou embora — disse ela simplesmente. — Acho que isso é bem óbvio, mas, se precisar que eu faça um desenho para você entender, vou ser mais clara. Vou terminar de arrumar minha mala, vou para o meu carro e vou dar o fora para ficar bem longe de você.

Tate encolheu-se, com o rosto pálido.

— Chessy, por favor, não vá. Sei que está com raiva. Meu Deus, você tem todo o direito de estar com raiva, mas, por favor, não vá embora nesse estado, tão transtornada. Eu vou. Essa casa é sua. Vou para um hotel e volto amanhã para conversarmos.

— Conversar sobre o quê, Tate? Sobre você ter mentido para mim? Sobre mais uma de suas promessas quebradas? Sobre atender o telefone quando sua mulher estava indefesa contra um homem que, além de ter sido escolhido por você, deveria receber ordens suas? Vou deixar as coisas bem claras: não há nada que você possa dizer que eu queira ouvir. Não tem volta. Não tem como esquecer o que aconteceu. Não tem como desfazer o que foi feito. Você tomou sua decisão, e com certeza não foi a mim que você escolheu.

Tate afundou-se em uma borda da cama, com a cabeça baixa. Suas mãos tremiam e os ombros se retesavam enquanto ele lutava com as emoções. Chessy jogou o resto das roupas na mala, querendo acabar com aquilo para dar o fora antes que ela mesma desabasse emocionalmente.

Com um enorme nécessaire nas mãos, retirado do gabinete sob a pia do banheiro, esvaziou rapidamente as gavetas e as prateleiras de produtos de higiene e maquiagem, mas, em seguida, decidiu interromper a tarefa, deixando para pegar suas coisas em outro momento. De preferência, quando Tate não estivesse ali. Ele que ficasse na companhia de seus amados clientes. Ela estava cansada de esperar por migalhas de atenção do marido.

Depois de largar o nécessaire sobre a cama, ela fechou a mala e puxou o zíper. Tate não se moveu, aparentemente em estado de choque por vê-la ir embora. Aquilo não a surpreendeu. O relacionamento do casal baseava-se numa dinâmica em que ela dava e ele recebia. Ela nunca opusera resistência à autoridade dele. Sempre cedera a seus desejos e a seu controle.

Tudo isso terminava bruscamente naquela noite.

— Pelo menos, deixe-me te levar para onde você quer ir — balbuciou Tate. — Fico preocupado em deixar você dirigir, Chessy. Quero ter certeza de que você estará segura.

Ela lhe deu um olhar de desprezo e balançou a cabeça.

— Isso só pode ser uma piada. Você quer ter certeza de que estarei segura? Desculpa, mas só posso dar risada dessa hipocrisia.

Tate fechou os olhos e soltou um suspiro.

— Eu mereço sua raiva. Eu mereço qualquer coisa que vier de você, mas, pelo amor de Deus, por favor, Chessy! Fique para que a gente possa resolver isso. Não vá embora. Eu amo você.

— Eu acredito que você me ama — disse Chessy, sendo sincera. — Você só não me ama o bastante. Não me ama tanto quanto eu amo você. Acho que já aguentei esse fato por muito tempo. Agora chega. Mereço algo melhor.

Chessy puxou a mala para fora da cama e recolheu o nécessaire antes de sair do quarto, com Tate em seus calcanhares. Ela queria que ele simplesmente a deixasse ir. Não fazia sentido tentar convencê-la a mudar de ideia. Mais do que ninguém, Tate devia saber da inutilidade de qualquer tentativa de dissuadi-la depois que tomava uma decisão.

Na época em que julgava que mantinham um relacionamento viável, Chessy teria apreciado a determinação do marido em salvar o casamento, mas agora só queria ficar longe dele para poder extravasar sua devastação. E estava determinada a não desmoronar na frente dele.

Ela tinha de ser forte para deixar de depender de Tate e manter sua estabilidade emocional. Havia errado feio ao depositar fé e confiança no marido. Ela nunca imaginara que ele seria capaz de fazer o que fizera naquela noite. Tate já havia, sim, priorizado os negócios em detrimento da mulher, mas jamais em uma situação repleta de perigos em que ela corria sério risco. No fundo do coração, ela tinha certeza de que podia contar com ele para protegê-la.

Como ela tinha se equivocado! E como ele partiu seu coração!

Chessy deu um chute na porta parcialmente aberta da casa e arrastou a mala pelo alpendre. Tate fez uma última tentativa, pegando gentilmente no braço dela. Embora não tenha sido forte, seu gesto foi firme o bastante para capturar a atenção da esposa.

Ela olhou fixamente para ele e, em seguida, para sua mão. Em silêncio, dizia para deixá-la ir.

— Chessy, por favor, não faça isso — implorou ele em voz baixa. — Fique. Essa noite, pelo menos. Falaremos pela manhã. Não vou trabalhar. Vamos sair daqui, se quiser. Para algum lugar em que a gente possa ter privacidade completa. Eu faço o que for preciso para você não ir.

— Tarde demais. Sair daqui não vai consertar o que está errado. Só vai atrasar o inevitável. Eu não posso obrigar você a me considerar sua prioridade. Além disso, não quero forçar alguém a sentir por mim algo que não é verdadeiro. A verdade sempre vence no final. Essa noite provou isso.

— Se a verdade vence no final, vou ter você de volta — prometeu Tate. — Porque a verdade é que eu te amo, e isso nunca vai mudar. Vou fazer o que for preciso para trazer você para casa, que é o seu lugar, Chessy. Por isso, fique avisada: eu não vou desistir, não vou deixar você sair da minha vida, não vou permitir que acabe com nosso casamento.

— Você já acabou com nosso casamento — disse ela tristemente.

Então, virou-se e levou a mala até o carro, acomodando-a no banco traseiro. Chessy não olhou para trás. Forçou-se a abrir a porta, deslizou para o banco do motorista e ligou o carro. Conforme o automóvel se afastava, ela não pôde evitar um vislumbre, pelo retrovisor, da silhueta de Tate desenhada contra a luz do alpendre.

19

Chessy não tinha um destino em mente quando deixou sua casa. Havia três opções: um hotel, a casa de Joss ou a de Kylie.

Ela imediatamente vetou a ideia do hotel, pois a última coisa que queria era ficar sozinha. Restavam Joss e Kylie. Por fim, decidiu-se por Kylie, que morava mais perto, sem contar o fato de que Joss estava grávida. Chessy não queria vê-la nervosa à toa, muito menos acordada a noite inteira. Além disso, a gestante não podia beber. Kylie podia — e aquela circunstância pedia uma bebida forte.

Chessy manobrou o carro na entrada da casa de Jensen, estacionando ao lado do automóvel de Kylie. Ela ficou sentada ali por um momento, tentando organizar os pensamentos. De repente, deu-se conta da dimensão do que havia acontecido. Ela havia terminado com Tate. Ela o abandonara. Seu casamento tinha acabado.

As lágrimas encheram seus olhos, mas foram engolidas com determinação. Em seguida, Chessy se aprumou e saiu do carro. Arrastando a mala, andou até a porta da casa. Nem chegou a tocar a campainha. A porta se abriu, e Jensen apareceu com uma expressão preocupada. Adiantando-se, ele tomou a mala.

— Merda — murmurou ele. — Eu vou matar Tate.

Chessy caiu no choro imediatamente, e Jensen teve de ampará-la nos braços, colocando a mala de lado e fechando a porta.

— Entre — disse Jensen gentilmente. — Vou chamar Kylie. Ela acabou de sair do banho.

Chessy suspirou.

— Obrigada. Desculpe-me por aparecer desse jeito aqui, sem aviso prévio. Eu não sabia para onde ir.

O semblante de Jensen abriu-se em acolhimento.

— Você é sempre bem-vinda aqui, Chessy. Fique à vontade. Vou chamar Kylie.

Antes que ele se movesse, Kylie entrou na sala de estar com uma toalha enrolada nos cabelos.

— Jensen? Ouvi um carro chegando...

A voz de Kylie sumiu diante da visão de Chessy.

— Ah, não! — sussurrou Kylie. Ela correu para onde Chessy estava sentada e abraçou-a com força. — O que aconteceu?

Jensen ofereceu um lenço de papel para Chessy, mas Kylie o tomou para enxugar as lágrimas da amiga.

— Acabou — disse Chessy entre soluços. — Deixei Tate.

Kylie trocou olhares chocados com Jensen. Ele estava perplexo, como se não conseguisse absorver o fato de Chessy estar sentada em sua sala anunciando que tinha abandonado Tate.

— O que aconteceu? — perguntou Kylie outra vez.

Chessy fechou os olhos e, em seguida, despejou toda a triste história daquela noite. No momento em que terminou, Jensen tinha uma expressão fechada, com ondas de raiva emanando de seu corpo.

— Inacreditável! — exclamou Jensen. — Eu vou matar Tate — disse ele, repetindo as palavras proferidas momentos antes. — O que ele fez é *imperdoável*! Como pôde deixar isso acontecer?

Pálida, Kylie parecia chocada.

— Chessy, você está machucada? Podemos levá-la para o hospital.

Chessy meneou a cabeça.

— Estou bem. Quero dizer, é claro que não estou bem, mas fisicamente está tudo certo.

— Mostre suas costas — disse Jensen sem rodeios. — Se não se sentir à vontade para fazer isso na minha frente, mostre pelo menos para Kylie. Você não pode avaliar o estado da sua pele. É preciso que alguém dê uma olhada.

Chessy ignorava a dor nos ombros, uma vez que a dor que sentia em seu coração suplantava todo o resto. Lentamente, ela se virou de costas para Kylie e Jensen e permitiu que a amiga erguesse a camiseta que vestira antes de sair de casa.

Ela ouviu Kylie prender a respiração e Jensen praguejar raivosamente. Os pesados palavrões que saíram pela boca dele a estremeceram.

— Está tão ruim assim? — perguntou Chessy em um sussurro.

— Ruim o suficiente — confirmou Jensen, já mais calmo, esforçando-se para não piorar o clima. Chessy o conhecia havia apenas alguns meses, mas já gostava de seu ar sensato e da maneira como ia direto ao ponto quando falava.

— A pele não está cortada, graças a Deus — informou Kylie, detalhando a resposta concisa de Jensen. — Mas há marcas e hematomas por toda parte.

Kylie ajustou a camiseta de Chessy, que se virou para ficar de frente para o casal de amigos. Sentia-se mortificada por ambos testemunharem os resultados da negligência de Tate.

Kylie fez menção de dizer algo, mas voltou atrás, visivelmente desconfortável com o assunto que queria abordar. Então, ela olhou diretamente para Chessy.

— Você já me explicou algumas coisas que você e Tate fazem, mas... Isso é normal? — perguntou ela em tom vacilante. — É isso que ele costuma fazer com você? Eu nunca soube que Joss tenha sido ferida dessa maneira, mas... Será que os machucados não eram visíveis? Acho que não consigo entender o jeito como você e Joss vivem.

Jensen suspirou e descansou a mão no ombro de Kylie, apertando suavemente.

— Isso não pode acontecer, querida. Um dominador tem de cuidar da segurança e do bem-estar de sua submissa. Ele deveria zelar pelo relacionamento e por ela. O que Tate fez essa noite... — Ele parou de falar, balançando a cabeça, confuso. — Eu ainda não consigo entender como isso aconteceu. Em que ele estava pensando? É inexplicável que tenha deixado Chessy se machucar assim estando tão perto dela.

Os olhos de Chessy se encheram de lágrimas, e Jensen a olhou com ar pesaroso por tê-la deixado ainda mais perturbada.

— Não, não é assim que funciona nosso relacionamento — explicou Chessy em resposta à pergunta de Kylie. — Ele nunca me deixou com marcas. Sempre foi muito cuidadoso e atento ao usar o chicote ou o cinto. Não espero que você entenda o motivo, mas a viagem ao limite entre a dor e o prazer, quando induzida do jeito certo, pode ser emocionante. Deliciosa. E essa noite não deveria ter sido diferente. Já fizemos coisas parecidas antes. Só que, no passado, o foco de Tate sempre se manteve em mim. Ele colocava meu prazer em primeiro lugar e cuidava para que o homem escolhido não fosse longe demais. Hoje à noite, tudo saiu dos trilhos. Ele foi atender um maldito telefonema, deixando-me amarrada e indefesa nas mãos do outro cara.

A raiva brotou em sua voz, crescendo conforme ela se explicava. Isso a surpreendeu. Chessy experimentava um turbilhão de sentimentos, mas a tempestade de fúria parecia traduzir com mais precisão seu desespero absoluto.

— Tenho vontade de quebrar a cara dele — anunciou Jensen com um tom sombrio.

Chessy deu um sorriso sem graça.

— Obrigada, mas não se preocupe.

— Eu sinto muito por isso ter acontecido com você, Chessy — consolou Jensen, cuja sinceridade reverberava em sua voz. — Tate é um idiota. Não consigo acreditar que ele ignora o quanto você é especial. Mas fico feliz que você tenha chutado ele. Estava na hora de dar um basta.

Chessy suspirou, sabendo que tinha sido um capacho de Tate por muito tempo. Mesmo seus amigos podiam ver, e ela se sentia envergonhada por não ter reconhecido isso até aquele momento.

— Eu odeio ter de perguntar... — começou Chessy, encolhendo-se, constrangida. — Mas posso ficar aqui esta noite? Saí com pressa, sem saber para onde ir e o que fazer.

Jensen e Kylie armaram uma careta ao mesmo tempo.

— Não precisa nem perguntar — respondeu Jensen. — Você vai ficar aqui com a gente por quanto tempo for preciso. Não tem o menor cabimento ir embora pela manhã. Você precisa de amigos.

Kylie assentiu.

— Você fica aqui enquanto quiser — decidiu ela em seu tom inflexível. — Sei o que é estar sozinha nas horas tristes e, acredite, não é agradável nem divertido.

Jensen encolheu-se, sabendo que ela se referia ao período em que ambos tinham ficado separados, sós e infelizes, depois de ele ter rompido com ela.

— Não, não é nem um pouco divertido — concordou Jensen. — É por isso que você vai ficar aqui, entre amigos. Você sempre deu um inestimável apoio para Kylie, e eu nunca pude devolver o favor. Hospedar você é o mínimo que posso fazer para retribuir. E nós não vamos aceitar um não como resposta.

— Obrigada — disse Chessy, com profundo alívio. Por mais que odiasse incomodar Kylie e Jensen em seu novo relacionamento, realmente precisava de amigos ao seu redor. Mais do que nunca. Porque agora a máscara havia caído. Kylie e Joss não precisariam mais morder a língua para esconder suas opiniões pessoais. Estava aberta a temporada de caça a Tate.

Fazia parte do código de honra e etiqueta da garota sulista, que dizia que uma amiga fará tudo para salvar você da cadeia enquanto uma MELHOR amiga fará tudo para dividir a cela COM você.

Chessy precisava enxergar o marido pelos olhos das outras pessoas de uma vez por todas. Ela havia construído em sua mente uma imagem de Tate que julgara verdadeira, mas agora tudo parecia ser mentira. Era hora de tirar a venda que usava e conferir o que todo mundo já tinha visto havia muito tempo. Mas talvez não nesta noite...

— Kylie? — chamou ela.

— Sim, querida. Está precisando de alguma coisa? Algo em que Jensen e eu possamos ajudar?

— Nosso estoque de vinhos está quase acabando, e eu não me importaria nem um pouco em esgotá-lo de vez para poder reabastecer a adega — sugeriu Jensen, sorrindo. — Quando minhas meninas se juntam, as garrafas somem num instante. Acho que vocês três conseguem beber mais do que uma tropa inteira de soldados.

Chessy alternou alegria e tristeza ante o gesto e as palavras carinhosas de Jensen. Minhas meninas. A adoção dessa expressão demonstrava que ele realmente entendera o papel dela e Joss na vida de Kylie e que encorajava essa amizade. Não se sentia ameaçado por isso.

A tristeza veio porque Tate sempre se referira a ela como "minha menina", e essa lembrança tocou fundo em seu coração. As palavras também atingiram carências causadas por anos de negligência e da sensação de não ser desejada. Tate havia tocado nessas áreas. E agora? Elas se mesclavam às memórias sombrias da infância e do modo como havia sido criada. Indesejada. Rejeitada. Era exatamente assim que se sentia agora em relação a como Tate a tratara.

— Acho que é uma ótima ideia, querido — comentou Kylie, animada, lançando um olhar caloroso para seu amante. Não gostava de tratá-lo como namorado, termo que lhe parecia muito anos 1980, muito juvenil.

— Antes de ir, Jensen, eu queria pedir algumas coisas para vocês, embora ache que as chances de essas coisas acontecerem são pequenas — disse Chessy com o queixo tremendo de nervosismo.

Jensen olhou para Chessy, encorajando-a a continuar, assim como Kylie.

— Se vocês encontrarem com Tate, por favor, não armem uma confusão. Não por minha causa. Peço que levem em conta o passado. Ele é seu amigo também, Jensen, e não quero que deixem de gostar dele por causa do que aconteceu.

Jensen bufou, mas permaneceu em silêncio.

— A outra coisa, e sei que isso é uma covardia minha, Kylie, mas você pode ligar para Joss pela manhã e contar a ela o que aconteceu? Não sei se consigo remoer tudo outra vez. Nem pensei em ir até a casa dela para não perturbá-la. Ela não tem dormido bem e sofre muito com os enjoos todas as manhãs. Então, talvez seja melhor esperar até que esteja disposta antes de despejar todo esse meu drama em cima dela.

Kylie acariciou a mão de Chessy e apertou-a com carinho.

— Claro que sim. Não quero que você se preocupe com nada. Jensen pode pegar o resto de suas coisas amanhã. Você só precisa fazer uma lista para ele saber o que recolher.

— Eu posso ir — disse Chessy calmamente. — Preciso ir. Pegar minhas coisas talvez marque o início do fim. O começo da aceitação de que meu casamento acabou.

— De jeito nenhum! — Jensen foi enfático. — Você não vai enfrentar Tate sozinha.

Chessy sorriu tristemente.

— Ah, ele não vai estar em casa. Tenho certeza de que tem alguma reunião importante com um cliente. Com quem mais ele estaria ao celular em vez de prestar atenção em mim?

— Ainda assim, acho que é melhor que Jensen vá com você — argumentou Kylie. — E, melhor, eu vou também. Não vai demorar muito se nós três trabalharmos juntos. Dash pode dar conta das coisas no escritório. Quando ele e Joss souberem o que aconteceu, não ficarei surpresa se o próprio Dash aparecer para dar uma força.

— Tudo bem — concordou Chessy.

— Agora, você quer uma bebida ou prefere ir para a cama? — perguntou Jensen. — Tenho certeza de que Kylie não se importa em ficar com você enquanto precisar dela. E, como chefe do escritório, acabo de decidir que ela pode dormir até tarde e faltar ao trabalho.

Kylie revirou os olhos.

— Espere até eu conseguir aquela promoção, Jensen. Então, vamos ver quem vai ser o chefe.

— Ah, eu sei — disse Jensen em tom vigoroso. — Dash e eu vamos passar o dia escondidos debaixo de nossas mesas quando isso acontecer!

Chessy riu e, em seguida, sem entender como conseguia rir enquanto o mundo desmoronava sobre ela, escondeu o rosto entre as mãos e soluçou.

— Você pode levá-la para o quarto, Jensen? — Chessy ouviu Kylie dizer. — Para o nosso quarto. Não quero que ela passe a noite sozinha. Você pode dormir no quarto de hóspedes?

Chessy levantou a cabeça e sacudiu-a com veemência.

— Não. De jeito nenhum! Não vou expulsar Jensen do quarto. É o lugar dele, Kylie. Jamais vou fazer algo que atrapalhe o relacionamento de vocês.

Jensen sorriu e afagou os cabelos de Chessy carinhosamente.

— Eu garanto a você que nosso relacionamento vai sobreviver. Se já sobrevivi depois de ser amarrado na cama, tenho certeza de que nossa relação é bastante sólida. Além disso, fico a salvo de ser dominado por minha namorada safadinha.

— Jensen! — Kylie se horrorizou. — Pelo amor de Deus! Você não quer que eu ponha um filtro na sua boca?

— Isso é o que eu mais adoro nele — defendeu Chessy, divertida. — Acho que meu gosto para homens não é tão ruim assim.

— Vamos levar você para a cama, querida — disse Jensen. — Parece que você já chegou ao limite de seu controle. Descanse um pouco. Amanhã, você, Kylie e Joss podem conspirar... Quero dizer, podem almoçar juntas e discutir a ameaça de extinção da população masculina. Eu tinha ficado bravo com o idiota, mas agora até sinto pena de Tate. Se ele mesmo armou a cama, vai ter de deitar nela. Sozinho.

— Você sabe bem disso — disse Kylie com ar pensativo.

— Essa não! Eu reconheço esse tom de voz — disse Jensen em tom seco.

— Então, combinado, assim que Chessy se sentir preparada, vamos até a casa dela pegar todas as coisas que ela quiser trazer.

Então, eu ligo para Joss, faço o relatório resumido e combino um encontro na casa de Chessy. E você pode ser o cara gentil e adorável que vai trazer nosso almoço para que não precisemos conversar sobre o que aconteceu em um local público. Você está convidado, é claro — provocou Kylie.

— É um bom plano, e eu certamente não me importo em comer alguma coisa com minhas meninas, mas você precisará contar tudo a Joss antes que eu ligue para Dash e explique por que nem você nem eu estaremos no escritório. Se Joss descobrir por meio de Dash, vai ficar magoada ou vai querer sair correndo para nos ajudar a fazer a mala de Chessy. Acho que concordamos que isso não precisa acontecer.

— Então, o plano está feito — decidiu Kylie, abraçando Chessy mais uma vez. — Agora, vamos para a cama. Você parece péssima, Chess. Nem imagino como deve estar esgotada. Vou ficar com você, conversando, até quando estiver disposta.

No entanto, assim que saiu do banheiro depois de se livrar da toalha e ajeitar os cabelos, Kylie encontrou Chessy desmaiada sobre a cama, mas ainda com um ar de tristeza no rosto.

O coração de Kylie ficou apertado. Ela sabia muito bem que o amor tem o poder de machucar e também de curar. A pergunta era: o que estava reservado para Tate e Chessy?

20

Na cozinha da casa de Jensen, Kylie envolvia nas mãos uma caneca de café. Mal tinha dormido, atenta ao sono agitado de Chessy. Preocupada com o coração partido da amiga, havia permanecido em vigília o tempo todo.

Jensen chegou por trás dela e abraçou seu corpo, puxando-a contra o peito enquanto lhe beijava uma orelha.

— Chessy conseguiu dormir? — perguntou ele com preocupação na voz.

Kylie suspirou.

— Muito melhor que eu.

Ela colocou a caneca sobre o balcão e, em seguida, virou-se para Jensen, lançando os braços em volta de seu pescoço. Descansou o rosto no peito dele e suspirou outra vez.

— O que vamos fazer, Jensen? Isso está acabando com Chessy. Ela parecia tão esperançosa e otimista! Depois daquele desastre durante a noite de aniversário de casamento, Tate finalmente percebeu a tristeza dela e prometeu melhorar. E agora, na primeira oportunidade, deixa os assuntos de trabalho interferirem outra vez?

— Foi pior do que isso — disse ele sombriamente. — Ele colocou Chessy em perigo para atender a merda de um telefonema sobre trabalho. Deveria ter deixado o maldito celular em casa e dedicado cem por cento da atenção e da energia a ela. Sei que você tem objeções quanto ao estilo de vida de Chessy e Joss, mas, querida, acredite em mim, o que aconteceu é inaceitável. Eu juraria que tanto Tate quanto Dash prefeririam perder o braço direito a permitir que suas mulheres se machucassem, mas começo a ter minhas dúvidas em relação a Tate. Não sei o que passou pela cabeça dele, mas o que fez foi imperdoável. Você deve se preparar para a hipótese de essa ter sido a gota d'água para Chessy. Mais do que nunca, ela vai precisar de você e Joss. Fico orgulhoso por ela ter se revoltado e tomado uma decisão. Foi preciso muita coragem para dizer a Tate que ia embora.

— Eu sei — disse Kylie, infeliz, sentindo o coração doer pela amiga. — Chessy é uma pessoa muito boa, Jensen. Não merece isso. Ela é tão generosa, tão doce! Tem um coração de ouro, mas não é feliz há muito tempo. Gostaria de poder dizer que não previ esse cenário, mas, na verdade, Joss e eu já esperávamos um desfecho assim, embora, como você, nunca tenhamos imaginado que Tate seria capaz de magoar Chessy. Por mais que ele estivesse com a cabeça cheia de preocupações por causa da bosta do trabalho, nunca imaginei que ele chegaria ao ponto de deixar que ela se machucasse. Eu o odeio por isso — admitiu ela, com a raiva queimando no peito.

Jensen apertou-a com mais força e beijou-lhe a cabeça.

— Também não posso dizer que sou fã dele. Ele merecia uma surra pelo que fez.

— E eu gostaria de assistir — murmurou Kylie. — Você poderia segurá-lo enquanto eu chuto as bolas dele.

Jensen riu.

— Eu amo quando você fica violenta. É muito sexy.

Ela sorriu para ele.

— Eu amo você.

Ele pareceu extraordinariamente satisfeito com a declaração de amor. Suas feições se suavizaram, e ele a beijou longa e docemente.

— Eu também amo você — disse ele, emocionado.

Um barulho na entrada da cozinha fez Kylie girar sobre os calcanhares e flagrar Chessy assistindo ao beijo romântico do casal. Ela parecia ter levado um tapa no rosto e tinha os olhos encharcados de melancolia.

— Desculpe interromper — murmurou Chessy.

— Imagine — respondeu Jensen com doçura, liberando Kylie para ir ao encontro da amiga. — Como está se sentindo?

— Vem, senta aqui. Vou pegar uma xícara de café — disse Kylie, indo até Chessy e conduzindo-a até o balcão.

— Eu me sinto... entorpecida — respondeu Chessy, um tanto confusa. — Parece que a ficha ainda não caiu. Acordei pensando que estava em casa e automaticamente tateei a cama à procura de Tate.

— Isso é compreensível — disse Kylie, acalmando-a.

Kylie pôs o café fumegante diante de Chessy, mas tudo o que ela fez foi envolver a caneca com as mãos, como se tentasse infundir um pouco de calor no próprio corpo.

— Que horas são? — perguntou Chessy, cansada.

— Quase dez — informou Jensen. — Kylie vai ligar para Joss e, depois, vamos buscar suas coisas.

Chessy assentiu, com lágrimas transbordando dos olhos.

— O que eu vou fazer? Eu era completamente dependente de Tate. Era o que ele queria. Ele nunca quis que eu trabalhasse. Insistiu em cuidar de mim, me sustentar. E agora? Não tenho marido, nem casa, nem dinheiro. — Ela escondeu o rosto entre as mãos, com os ombros em convulsão.

Kylie lançou um olhar ansioso para Jensen, sem saber o que fazer para confortar a amiga. Ele apenas balançou a cabeça em uma expressão de dúvida. Então, aproximou-se de Kylie e sussurrou ao seu ouvido para Chessy não ouvir.

— Ela precisa de tempo. Vai ficar chateada por alguns dias. Agora, é estar presente e oferecer apoio. Depois, a gente descobre o que fazer. Se houver mesmo um divórcio, ela ficará com metade dos bens dele, o que é suficiente para se manter estável financeiramente.

Kylie encolheu-se. Chessy e Tate divorciados? Sim, ela sabia que o casal tinha problemas, mas honestamente não havia pensado que as coisas chegariam tão longe nem que, um dia, Chessy estaria chorando à mesa de sua cozinha porque tinha deixado Tate.

— Vou telefonar para Joss, querida — disse Kylie. — Por que não toma um banho? Vai fazer você se sentir melhor.

Chessy suspirou, assentiu com a cabeça e se arrastou para o banheiro do quarto de hóspedes. Kylie esperou até ter certeza de que Chessy estava sob o chuveiro antes de ligar para Joss.

Conforme o esperado, Joss não recebeu bem o relato. Kylie estremeceu com os palavrões que encheram seus ouvidos. Para a recatada Joss soltar aqueles xingamentos de torcedor de futebol, a revolta tinha de ser enorme.

— Não posso acreditar que ele deixou isso acontecer! — Joss se enfurecia cada vez mais. — Dash vai acabar com ele!

— Então vai ter de esperar na fila atrás de Jensen — ironizou Kylie.

— Pobre Chessy — lamentou Joss com a voz embargada. — O que vamos fazer, Kylie?

— Bem, assim que Chessy quiser, Jensen e eu vamos levá-la para casa, para que possa pegar as coisas dela, roupas, malas, tudo o que ela precisar. Depois ela vai ficar aqui com a gente. Vou sentar em cima dela se for preciso, mas ela vai descansar um pouco.

— Eu também devo ir? — perguntou Joss. — Posso encontrar vocês na casa de Chessy.

— Acho que seria melhor para Chessy se você viesse para cá depois. Vai ser uma provação para ela, então será bom estar cercada de amigos. Posso mandar uma mensagem assim que estivermos saindo da casa de Tate para que você nos encontre aqui em casa.

— Boa ideia — respondeu Joss. — Não consigo acreditar, Kylie. Simplesmente não consigo acreditar que ele deixou isso acontecer.

— Nem eu — acrescentou Kylie delicadamente.

21

Chessy ficou tensa quando o carro de Jensen chegou ao bairro onde ela morava com Tate. Com os punhos fechados, ela lutava contra as ondas de lágrimas que insistiam em encher os olhos. No banco do passageiro, Kylie virou-se para a amiga, lançando-lhe um olhar empático.

— Você vai superar isso, Chessy. Jensen, Joss, Dash e eu vamos estar por perto para ajudar.

— Eu sei — disse Chessy.

— Merda! — praguejou Jensen ao fazer a curva e ver a casa de Chessy.

O coração de Chessy disparou quando ela identificou o carro de Tate estacionado fora da garagem. O que ele estava fazendo em casa? Por quê?

— O que devemos fazer, Jensen? — perguntou Kylie, ansiosa.

Jensen parou o carro e se voltou para Chessy.

— Cabe a você decidir, querida. Kylie e eu vamos com você, mas, se preferir voltar quando ele não estiver aqui, trago você outra vez sem problema algum.

Chessy ajeitou os ombros, resoluta, e falou com uma calma que ela não tinha.

— Não. Vou fazer isso agora. Tenho de enfrentá-lo algum dia. Não vou deixar que ele me faça ter medo de entrar na minha própria casa.

— Tudo bem. Então, vamos lá — disse Jensen, abrindo a porta do carro.

Chessy desembarcou do banco traseiro e, com as pernas bambas, andou até a porta da casa. Antes que chegasse à metade do caminho, a porta se abriu e Tate apareceu, despenteado e com ar abatido, como se tivesse passado a noite em claro. O alívio transparecia no rosto dele.

— Graças a Deus você voltou, Chessy — disse ele.

Inicialmente focado apenas na esposa, Tate demorou a lançar um olhar para além dela, notando com inquietação a presença de Jensen e Kylie.

— Chessy, o que está acontecendo? — perguntou ele em voz baixa.

— Jensen e Kylie me trouxeram aqui para eu pegar minhas coisas — informou Chessy, orgulhosa por sua voz soar firme e segura.

Tate a olhou como se tivesse levado um tapa no rosto. Encolheu-se visivelmente e passou a mão pelos cabelos bagunçados.

— Você vai deixar sua casa?

A dor contida naquelas palavras pressionou o coração de Chessy, mas ela se sentia fortalecida o bastante para não se deixar manipular emocionalmente. Aquilo não tinha a ver com ele. Tinha a ver com ela sendo finalmente capaz de andar com as próprias pernas e fazer o que vinha sendo adiado havia muito tempo.

Jensen caminhou até ficar ao lado de Chessy, em apoio silencioso, enquanto olhava diretamente para Tate. Havia desgosto na expressão do companheiro de Kylie. Tate nem sequer tentou devolver-lhe o olhar. A culpa se espalhava por todo o seu rosto e, com um semblante que era pura resignação, ele deu um passo para o lado, abrindo caminho para a porta.

Chessy passou por ele, seguida por Kylie. Jensen, no entanto, permaneceu imóvel junto da porta. Notando isso, Chessy parou. Kylie a olhou interrogativamente, recebendo como resposta um sinal da amiga, que, com um dedo sobre os lábios, pedia silêncio e chamava a atenção para a cena lá fora.

— Onde você estava com a cabeça, Tate? — começou Jensen. — Como pôde permitir que sua esposa se machucasse enquanto você atendia a uma porra de um telefonema de trabalho? Você perdeu a cabeça?

Chessy estremeceu, mas Kylie parecia prestes a aplaudir o amante.

— Isso é entre mim e Chessy — respondeu Tate em tom gelado. — Não preciso que se metam no meu casamento.

— Alguém precisa é meter algum juízo nessa sua cabeça. Só Deus sabe por que ela continuou com você por tanto tempo. Você teve inúmeras chances de fazer a coisa certa, mas estragou tudo.

— Eu amo Chessy — defendeu-se Tate. — Eu errei. Daria minha alma ao diabo para desfazer o que fiz. E não vou deixá-la ir. Vou lutar por ela até meu último suspiro. Pode apostar que não vou ficar parado enquanto ela sai da minha vida, mesmo que eu mereça isso.

Jensen estalou a língua, mostrando desprezo.

— Você não age como um homem que ama a própria mulher. E você, com certeza, não age como se ela fosse uma prioridade em sua vida.

Chessy baixou a cabeça, com lágrimas nos olhos. Ela sabia que Jensen estava dizendo a verdade, mas ouvir isso pela boca de outra pessoa encheu-a de mágoa. Pelo visto, os problemas em seu casamento pareciam óbvios para os outros. Era humilhante.

— Vamos, Chessy — chamou Kylie baixinho, tomando-lhe o braço para afastá-la da porta. — Não é bom ficar ouvindo essas coisas. Isso só vai perturbá-la ainda mais. Vamos pegar suas coisas logo e dar o fora daqui.

Chessy deixou ser levada para o quarto e começou a remover mecanicamente as roupas dos armários. Jogou-as em cima da cama e, em seguida, passou pelas prateleiras e recolheu todas as caixas de sapatos. Jensen trouxe várias malas para acomodar tudo, e o que sobrasse seria simplesmente empilhado no banco traseiro do carro.

Além das roupas, o que mais deveria levar? Havia lembranças por toda a casa. Coisas que tinham significado especial. E fotos. Retratos do casamento. Fotos da lua de mel. Olhar para elas agora só causava dor, mas será que não sentiria falta daquilo depois? Era melhor levá-las consigo para sua nova vida ou deixá-las no passado ao qual pertenciam?

Ah, Deus, ela não precisava consultar um advogado? Estava realmente decidida a ir em frente com o divórcio? O pânico e a apreensão tomavam conta do seu coração, do seu estômago e de todo o resto do seu corpo, enrolando tudo em um grande nó.

— Algo errado, Chessy?

A voz preocupada de Kylie tirou-a daquela nuvem de desamparo.

— Preciso de um advogado — disse Chessy, sem forças. — Ou, pelo menos, acho que preciso. Eu não deveria pedir o divórcio?

Kylie chegou perto dela e abraçou-a com força.

— Não vamos nos preocupar com isso agora, querida. Você terá muito tempo para pensar. Por enquanto, vamos arrumar as malas e fazer a mudança para minha casa. Você ainda está em estado de choque. Não deve tomar decisões tão importantes em um estado emocional tão abalado.

Chessy suspirou.

— Eu sei, eu sei. Você está certa. É que nunca pensei que um dia estaria assim, no meu quarto, pensando em advogados e divórcio.

A realidade da situação a deixava completamente atordoada. Chessy derreteu-se em soluços de cortar o coração.

— Chessy.

O chamado de Tate, à porta do quarto, a fez estremecer. Em um segundo, lá estava ele, com os braços ao redor dela, segurando-a com força enquanto ela soluçava alto.

O rosto de Tate apertava-se contra os cabelos de Chessy, e seus braços pareciam de ferro em torno dela, irradiando força. Por um momento, ela se sentiu... segura. Como se nada de ruim tivesse acontecido. Como se tivesse sonhado com tudo aquilo. Como se não estivesse arrumando as malas para ir embora de casa.

— Por favor, não chore, amor — murmurou Tate. — Vai ficar tudo bem. Eu juro. Você não precisa ir. Por favor, fique para que a gente possa resolver isso. Eu faço o que for preciso. Juro pela minha vida. Eu amo você.

Ela sacudiu a cabeça, soltando-se dos braços dele, e deu um passo para trás, tentando reassumir o controle das emoções.

— Eu não posso ficar — sussurrou ela. — Você fez sua escolha, Tate. E não foi a *mim* que escolheu. Se não fosse a intervenção dos outros, eu poderia estar gravemente ferida. *Estou* gravemente ferida — continuou ela. — Você quebrou suas promessas mais de uma vez. Não vou continuar sendo seu capacho. Eu devo pelo menos isso a mim mesma.

— Não vou deixar você sair por aquela porta — disse Tate.

— Já basta, Tate.

A voz de Jensen soou como um aviso abertamente hostil.

— Desista — continuou ele. — Deixe Chessy pegar as coisas dela em paz ou vou chamar a polícia e você será contido à força até que ela termine de fazer as malas.

Tate ficou pálido, mas, em seguida, um rubor incendiou-lhe o rosto. O tom suplicante deu lugar a um protesto raivoso.

— Não se meta nisso — rosnou ele para Jensen.

— Se você a ama mesmo, não torne isso mais difícil para ela — insistiu Jensen. — Você diz uma coisa, mas suas ações não correspondem às suas palavras. Se quiser reconquistá-la, esse não é o caminho. Tentar manipulá-la e esbravejar ameaças não vai levar a nada. Só vai afastá-la mais. Use a cabeça, cara. Agora não é o momento de pressionar. Ela está à beira de um colapso. Basta ter olhos para enxergar. Dê um tempo a ela. E depois comece a rastejar para implorar perdão.

Aquelas palavras enfim surtiram efeito. Tate baixou o olhar, constrangido, admitindo que Jensen tinha razão.

— Sinto muito, Chess — disse ele, desculpando-se com sinceridade. — Vou deixar que termine o que está fazendo, mas há duas coisas que você precisa entender. A primeira é que eu amo você e nunca mais vou amar ninguém assim. E a segunda é que não vou desistir de nós. Vou fazer o que for preciso para reconquistar você e ganhar sua confiança e seu perdão, mesmo que demore uma eternidade.

Sua convicção era inegável. Antes que Chessy pudesse responder, Tate virou-se e caminhou lentamente para fora do quarto. Um momento depois, ouviu-se a porta da frente ser fechada e, em seguida, o motor do carro em arrancada.

No quarto, Kylie afastou a cortina da janela e deu uma espiada.

— Ele se foi — anunciou ela baixinho.

Chessy deveria ter se sentido aliviada, mas a única coisa que sentiu foi uma esmagadora tristeza.

Jensen lhe deu um longo abraço.

— Cabeça erguida, querida. Nós vamos tirar você dessa tristeza. Sei que falo por Joss e Dash também. Todos vamos fazer o que pudermos para ajudar você.

Chessy sorriu entre lágrimas.

— Obrigada. Eu adoro vocês. São os melhores amigos que eu poderia pedir.

— Vou começar a levar as coisas para o carro enquanto você e Kylie arrumam as malas. Joss nos encontrará assim que voltarmos para casa, e eu vou preparar um jantar para nós.

— Se você não parar com isso, vou chorar de novo — disse Chessy, fungando. — Estou vendo por que Kylie te ama tanto, Jensen. Além de gentil, você pensa em tudo.

Ele sorriu.

— Kylie vive me dizendo que sou mesmo incrível.

Kylie bufou.

— Se não disser, não tenho dúvida de que você me lembrará do quanto é incrível todos os dias.

— Lembrarei mesmo — disse ele presunçosamente.

Em seguida, Jensen pegou um monte de roupas embaladas e saiu do quarto. Alguns momentos depois, voltou com algumas malas e deixou-as abertas sobre a cama.

— Se houver alguma coisa em outros cômodos, é só dizer. Posso adiantar a arrumação — disse Jensen.

— Honestamente, não sei — admitiu Chessy. — Vou fazer uma inspeção geral. Não vai levar mais que alguns minutos. Já perdi a esperança de conseguir recolher tudo de uma só vez. Depois de providenciar meu próprio canto, volto para pegar o resto. Mesmo porque nem tenho onde colocar tanta coisa.

Kylie esfregou as costas de Chessy carinhosamente em sinal de consolo.

Seu próprio canto. Aquilo soava solitário e estéril. Mesmo assim, era algo que precisava encarar. Ela não podia incomodar Kylie e Jensen para sempre. Eles estavam no início de um relacionamento, e a última coisa de que precisavam era alguém deprimido e sozinho dentro da casa deles.

Talvez morasse no centro. Algum apartamento pequeno e aconchegante, que não desse muito trabalho. Havia vários bairros de alto padrão em Woodlands, com habitações que variavam de apartamentos simples a dúplex e casas. Até ter um plano sólido sobre como se sustentar, alugaria alguma coisa. Independentemente da partilha de bens a ser estabelecida no divórcio, ela precisava avaliar suas opções profissionais.

Ela era formada em administração de empresas e já havia atuado na área de marketing, mas ficara longe do mercado de trabalho ao longo dos cinco anos de casamento com Tate. Em retrospectiva, ela via como fora burra ao desistir da carreira para depender exclusivamente do marido, mas, na época, a determinação de Tate em satisfazer todos os seus caprichos e necessidades pareceu um delicioso arroubo romântico.

Deixando de lado os pensamentos sobre divórcio e independência financeira, recolheu o que queria no quarto. Jensen carregou as coisas para o carro enquanto ela e Kylie faziam uma varredura pelo resto da casa.

Sobre a lareira da sala de estar havia uma foto em que ela e Tate estavam tão felizes que, ao olhar para a imagem, Chessy sentiu uma dor no coração. Estendeu a mão para o porta-retrato com a intenção de levá-lo. Era, afinal, a lembrança de um período em que estavam apaixonados e em que o casamento transcorria deliciosamente bem. Uma fase feliz, antes que os negócios consumissem o tempo e a atenção de Tate, desviando-o de suas prioridades.

Ela cerrou os olhos. Era justo culpá-lo por se esforçar tanto para ser bem-sucedido? Ela estava sendo egoísta ao não oferecer mais compreensão a Tate?

Não. Isso podia até ter sido verdade antes da desastrosa noite no The House, mas não podia relevar o fato de que ele a deixara indefesa e vulnerável nas mãos de outro homem. Ainda assim, ela não teria parte da culpa? Ela não aceitara participar daquela fantasia, a mesma de que já tinham desfrutado várias vezes antes?

Finalmente, Chessy decidiu-se e, com cuidado, pegou a foto e enfiou-a debaixo do braço antes de alcançar também o álbum de casamento guardado nas prateleiras embutidas ao lado da lareira.

Havia outras fotos. Férias. Lua de mel. Flagrantes do dia a dia. Saudosa, Chessy foi transportada para tempos mais simples, quando eles estavam focados apenas um no outro, sem se preocupar com emprego, carreira ou qualquer outra coisa a não ser amar e estar junto.

— Pronto — anunciou Chessy calmamente, passando uma pilha de molduras e álbuns de fotografias para as mãos de Jensen. — Podemos ir.

Kylie pousou uma das mãos no ombro de Chessy e deu um suave aperto em apoio.

— Vou ligar para Joss e avisar que estamos a caminho. Ela provavelmente estará lá em casa quando chegarmos.

— Obrigada — disse Chessy. — Obrigada aos dois. Eu não sei o que faria sem amigos tão bons. Se tivesse de fazer isso sozinha... — Ela fechou os olhos, incapaz de terminar a frase.

— Você nunca precisará fazer nada sozinha, Chessy — disse Jensen com determinação. — Quando agi como babaca, você estava lá para ajudar Kylie. Quando Dash agiu como babaca, você também não mediu esforços para apoiar Joss. Agora, quem agiu como babaca foi Tate. Se tudo se resolveu para Kylie e Joss, talvez ainda haja esperança.

Chessy tentou sorrir, mas não conseguiu. O que Tate havia feito não se comparava aos erros de Dash e Jensen. Na cabeça de Chessy, em nenhum momento existiu a menor dúvida de que aqueles homens adoravam suas mulheres. Até mesmo quando agiram da maneira mais estupidamente masculina possível, Chessy tinha certeza de que tudo daria certo no final.

Antes da noite no The House, Chessy estava otimista sobre o futuro com Tate. Realmente acreditava que ambos tinham tropeçado no caminho que os levaria a serem felizes para sempre. No entanto, depois de o marido lhe dar as costas só para atender um telefonema de negócios, deixando-a exposta e vulnerável, o que mais ela podia pensar a não ser que seu casamento estava definitivamente acabado?

22

Conforme o combinado com Kylie, Joss estava esperando por eles na frente da casa de Jensen. Assim que pararam, Joss saiu de seu automóvel e correu para a porta pela qual Chessy sairia, mal esperando para apertá-la em um forte abraço.

— Ah, Chessy, sinto muito — lamentou Joss, com lágrimas embargando-lhe a voz. — Quando Kylie me contou o que aconteceu, não acreditei. Tive vontade de bater em Tate!

Apesar de sua tristeza, Chessy não conseguiu deixar de sorrir diante da veemência de Joss. O amor pelas duas melhores amigas aqueceu-lhe o coração.

— Eu te amo — declarou Chessy com sinceridade. — Obrigada por ter vindo. Detesto incomodar você, ainda mais agora com seus enjoos matinais.

Joss franziu a testa em desaprovação.

— Se você não estivesse tão mal, eu acabaria com *você* por dizer isso. Sempre vou estar aqui quando você precisar de mim. Deus sabe quantas vezes você ficou do meu lado.

Todos se viraram quando ouviram um carro se aproximando.

— É Dash — antecipou Joss. — Liguei para ele quando Kylie me avisou que vocês estavam a caminho. Ele disse que sairia do trabalho para nos encontrar aqui.

Chessy suspirou. Imaginava que seria inevitável que todo o grupo de amigos se reunisse diante da notícia do fim de seu casamento, mas ser confrontada por todos ao mesmo tempo parecia ser algo esmagador.

Com uma expressão fechada, Dash desceu do carro e caminhou na direção de Chessy e Joss. Sem se preocupar em dar um beijo na esposa, deu um abraço apertado em Chessy, envolvendo-a em seu corpo musculoso.

— Eu vou acabar com aquele desgraçado — ameaçou ele em tom sombrio.

— Não se eu matá-lo primeiro — murmurou Jensen.

Dash afastou-se e ajeitou uma mecha de cabelo atrás da orelha de Chessy.

— Você está bem, querida? Há alguma coisa que eu possa fazer?

— Eu estou bem — respondeu Chessy. — Kylie e Jensen têm cuidado bem de mim e já chorei à beça com Kylie pela manhã. Acho que minhas lágrimas secaram e, se eu chorar de novo, minha cabeça vai explodir.

A solidariedade brilhou no olhar de Dash.

— Sinto muito pelo que aconteceu. Quem dera você já tivesse dado um pé na bunda de Tate. Não há perdão para o que ele fez.

— Eu sei — concordou Chessy com tristeza. — Deixar Tate foi a coisa mais difícil que já fiz, mas eu não podia continuar. Ele tomou sua decisão, e não fui eu a escolhida. Se havia alguma esperança para nosso casamento, ela morreu ali. O que aconteceu me fez perceber que demorei demais para aceitar que nosso relacionamento estava condenado.

— Ah, querida! — disse Joss, enlaçando a cintura de Chessy. — Eu lamento muito. Nem sei o que dizer para fazer você se sentir melhor.

— Não há muito que se possa dizer nesse momento — comentou Chessy ironicamente. — Como diz o ditado? O tempo cura todas as feridas? Tenho esperança de que seja verdade, mas o que eu realmente queria era dar um salto no tempo até um período em que tudo estivesse bem novamente.

— Vamos entrar, pessoal — convidou Jensen. — Se continuarmos aqui fora, teremos de cobrar ingresso de toda a vizinhança. Dash e eu vamos preparar o jantar enquanto vocês relaxam na sala de estar, meninas. Vou abrir um vinho, ou algo mais forte, o que preferirem, e vocês poderão ficar à vontade para encher a cara. Bem, menos você, Joss — acrescentou ele, sorrindo. — Não podemos embriagar o bebê!

Joss e Kylie escoltaram Chessy, envolvendo-a pela cintura, e conduziram a amiga pela porta. Lá dentro, depositaram Chessy no conforto do sofá. Jensen e Dash foram para a cozinha.

Cumprindo a promessa, Jensen abriu uma garrafa de vinho e encheu as taças de Kylie e Chessy. Deixou o vinho na mesa de centro, ao alcance de todas, ao lado de outra garrafa fechada.

— Acho que ele está com uma grande expectativa sobre o consumo de vinho — disse Kylie.

— Vou beber por mim e por você, Joss — murmurou Chessy. — Por favor, mantenham minha taça cheia.

Joss pegou a mão livre de Chessy.

— Você já pensou no que vai fazer? Você sabe que é bem-vinda em minha casa a qualquer momento. Pode ficar pelo tempo que quiser. Tem um quarto prontinho para você.

— Eu não sei — disse Chessy, impotente. — Um pouco mais cedo, em casa, pensei em como me tornei tão frágil e dependente. Sou formada, tenho experiência profissional, mas não trabalhei nesses cinco anos de casamento. Não tenho nenhuma alternativa para me sustentar e me acho incrivelmente burra por não saber nem por onde começar. Devo ser o maior antiexemplo do feminismo mundial. O primeiro conselho que daria para qualquer mulher seria garanta sua independência financeira sem depender de nenhum homem. Vejam o meu caso... Desisti de tudo só porque achei que a ideia de Tate querer cuidar de mim era doce e romântica. Fiquei tão envolvida por esse estilo de vida que nunca pensei que precisaria ser autossuficiente. Isso faz de mim não apenas uma ingênua irremediável, mas, principalmente, a mulher mais burra do mundo.

— Não seja tão dura consigo mesma — repreendeu Kylie. — Nós vamos ajudar você a se reerguer. Você não pode esperar ter todas as respostas em um só dia. O que você precisa é dar um tempo a si mesma. Conte com nosso apoio. Joss e eu estaremos com você a cada passo do caminho e vamos pensar em um plano.

— Isso mesmo — disse Joss, entusiasmada. — Nos próximos dias, tudo o que você precisa fazer é descansar e fazer um balanço da sua vida. Sem pressa. Nós vamos fazer uma lista de providências a serem tomadas. Dash conhece um advogado especializado em direito de família. Podemos consultá-lo se, depois de refletir bem nos próximos dias, você não mudar de ideia em relação ao divórcio. Não precisa tomar atitudes precipitadas. Então, vamos pesquisar suas opções de trabalho e suas alternativas de moradia, embora, é claro, você será sempre bem-vinda se quiser ficar comigo e com Dash ou com Kylie e Jensen pelo tempo que quiser.

Kylie assentiu.

— Você só precisa ter certeza do que quer — emendou Kylie. — Um divórcio é um grande passo. Você, obviamente, ama Tate. Independentemente da merda que ele fez, você tem certeza de que uma reconciliação é impossível? Sei que seria preciso um trabalho imenso para reconquistar você, mas acredito que ele realmente te ama.

— Eu não duvido que ele me ame — balbuciou Chessy. — Mas às vezes o amor não é o suficiente, sabe? As atitudes de Tate não batem com seu discurso. Mais uma vez, ele preferiu outra coisa a mim. Fiz tudo o que pude por nosso casamento, e ele teve tudo o que quis. Eu o apoiei incondicionalmente. Dei a ele minha submissão, meu coração, minha alma. A única coisa que ainda não dei a ele é meu perdão. E não tenho certeza de que posso fazer isso.

— Você tem razão — admitiu Joss. — No seu lugar, honestamente, não sei se perdoaria. Bem, isso não importa. Independentemente do que você decidir, terá cem por cento do meu apoio. Eu sempre estarei por perto quando precisar de mim.

— O mesmo vale para mim — disse Kylie, resoluta. — E para Jensen. Qualquer que seja sua decisão, ainda que eu não concorde, vamos apoiar você. Vamos fazer o que for preciso. Uma verdadeira amizade não tem limite. Não tem parâmetro. É incondicional. Eu amo você como a uma irmã, você é minha irmã de coração, e nunca vou esquecer a força que me deu no início do meu relacionamento com Jensen. Você segurou minha mão e me ajudou a ir em frente. Jamais vou esquecer e jamais conseguirei retribuir seu amor e sua amizade.

Chessy pousou a taça já parcialmente vazia na mesa de centro e, em seguida, estendeu as mãos para as amigas.

— Eu amo muito vocês. Nenhuma mulher tem amigas mais verdadeiras do que eu.

— A sopa está na mesa — chamou Jensen da porta. — Vocês estão prontas para comer, meninas?

A última coisa que Chessy queria era comer, mas obviamente jamais diria isso após o empenho de Jensen para deixá-la mais animada. Com um suspiro, levantou-se do sofá e seguiu com Kylie e Joss para a cozinha, onde Dash dava os toques finais na arrumação da mesa.

Dash puxou uma cadeira para Chessy e beijou-a carinhosamente no topo da cabeça quando ela se sentou.

— Você vai superar isso, querida — garantiu ele. — Sei que não se sente assim agora, mas você é uma mulher bonita, forte e amorosa. Você vai sobreviver.

Do outro lado da cidade, Tate olhava pensativamente através da janela da sala de estar, admitindo para si mesmo que esperava ver Chessy surgir a qualquer momento. Tinha esperança de que ela mudasse de ideia e voltasse para casa.

Sem dúvida, ela estava na casa de Joss ou Kylie, cercada pelo apoio incondicional das amigas e de seus companheiros. Jensen tinha ficado realmente chateado e furioso. Tate não havia reagido bem no momento, mas sabia que Jensen tinha razão. A verdade era difícil de engolir. Era dolorosa e amarga. E havia partido seu coração ao meio.

Mais uma vez, ele tinha falhado ao que havia prometido a Chessy. Fora uma decepção atrás da outra. Para piorar, ainda a colocara em sério perigo, o que era imperdoável. Ele sabia muito bem disso e, ainda assim, não conseguia aceitar a possibilidade de não obter o perdão da esposa.

Seu maior medo era ter passado dos limites, ter abusado do direito de pedir uma segunda chance. Segunda? Que inferno! Ele tivera uma terceira, uma quarta, uma quinta chance, e falhara em todas.

Ele esfregou o rosto, cansado. Não tinha sono. Tudo o que podia fazer era ficar ali, com o telefone na mão, enviando mensagens em sequência, implorando a Chessy que respondesse. Que falasse com ele. Que voltasse para casa e lhe desse mais uma oportunidade.

Nenhuma mensagem obteve resposta. Sua última ligação caiu na caixa postal, o que indicava que o celular havia sido desligado. A rejeição dela o atormentava.

Lágrimas queimaram suas pálpebras, e ele as esfregou, impaciente, recusando-se a ceder ao desespero esmagador que lhe oprimia o coração.

Ele tinha um dano grave para reparar. Precisaria começar por sua carreira. Tinha de provar para Chessy que ela podia contar com ele daqui para a frente em tudo o que fosse preciso. Depois de ser abandonado pelo sócio, ele havia ligado para vários outros consultores financeiros, que manifestaram interesse em uma parceria.

Porém, o orgulho o fizera recusar. Ele queria conquistar o sucesso por conta própria, mas agora percebia que, com sua teimosia, sacrificara a coisa mais importante de sua vida. Ele tinha clientes suficientes para dividir com pelo menos dois sócios. Com os clientes que também seriam trazidos pelos parceiros, teriam contas suficientes para manter os três ocupados, e ainda sobraria mais tempo para se dedicar a Chessy e ao casamento. Desde que ela lhe desse mais uma chance.

Tudo o que podia fazer, por enquanto, era buscar sócios e torcer pelo melhor. Palavras eram inúteis. Até agora, seus atos não tinham sido capazes de sustentar suas promessas. Era hora de provar para Chessy o que vinha apenas dizendo para ela. Ele se recusava a desistir passivamente, permitindo que ela encerrasse o relacionamento.

Aquela seria a maior luta de sua vida, e Tate estava totalmente pronto para a batalha. Não haveria amarras capazes de prendê-lo diante da tarefa de reconquistar Chessy, seu amor, sua fé, sua confiança. Ele queria tudo. Em troca, ele se daria inteiro para ela.

23

As semanas seguintes foram um teste de resistência para Chessy. Ela estava cercada por Kylie e Joss e pelo apoio determinado de Jensen e Dash, e só Deus sabia o quanto aquele apoio era necessário, uma vez que Tate persistia em uma campanha para reconquistá-la.

Flores chegavam diariamente. Chessy já conhecia e chamava pelo nome o florista responsável pela entrega dos buquês. Os presentes também abundavam. Brincos — sua obsessão por brincos era famosa —, um delicado colar, bilhetes escritos à mão. Cada mimo reavivava uma lembrança de seu casamento.

Emocionalmente, Chessy chegara a um ponto de ruptura. De certa forma, Tate havia iniciado uma guerra emocional. De modo incansável, não parava de mexer com os sentimentos mais profundos dela, despertando lembranças de tempos muito felizes. Se ele tivesse feito ao menos metade desse esforço antes, não estariam dormindo sozinhos em casas separadas.

O que ela devia fazer?

Kylie e Joss apoiavam Chessy a resistir, jurando matar Tate durante o sono se ele não cessasse com a chantagem emocional. As coisas chegaram ao ponto de Chessy odiar o toque da campainha anunciando uma nova entrega. Talvez devesse arranjar outro lugar para morar e fazer a mudança sem deixar o endereço.

Parecia covardia, mas ela não estava preparada para enfrentar Tate. Nas duas primeiras semanas depois de sua saída de casa, ela não tinha posto os olhos nele. Não que Tate não tivesse tentado. Primeiro, foi até a casa de Joss e Dash, imaginando que Chessy estava hospedada lá. Joss ligou para avisar Chessy de que ele provavelmente estava a caminho da casa de Kylie. De fato, em pouco tempo estava lá um Tate determinado batendo na porta, para ser atendido e logo despachado por um carrancudo Jensen.

Ele não se deu por vencido. Tate continuou seu ataque implacável, e Chessy temeu que, se deixasse o abrigo da casa de Kylie e fosse para qualquer lugar, haveria uma boa chance de o marido aparecer de surpresa, desencadeando uma constrangedora cena em público. Não propositalmente, é claro, pois Tate jamais faria qualquer coisa que a envergonhasse, mas era bem provável que suplicasse por mais uma chance, fazendo-a se sentir a maior vagabunda do mundo por dizer não. Publicamente.

Por esse motivo, preferiu trancar-se na casa de Kylie, com medo de encontrar Tate. Mas isso a irritou. Ela era uma covarde. Uma idiota covarde por permitir que ele ainda ditasse cada movimento dela.

Já estava na hora de retomar o controle de sua vida e deixar de temer o inevitável confronto com Tate. Aquilo teria de acontecer mais cedo ou mais tarde. Não poderia ser evitado para sempre. Ainda assim ela simplesmente não conseguia decidir seu próprio destino. Um dia, ela se convencia de que era preciso marcar uma consulta com o advogado indicado por Dash e entrar com o pedido de divórcio. No dia seguinte, recuava, considerando que talvez não fosse o momento certo para dar um passo tão grande. Uma vez tomada essa decisão, não haveria volta. Se Tate recebesse a papelada do divórcio, seria... o fim. Ela ainda não tinha certeza de que estava pronta.

Como se não bastasse, Chessy andava muito mal do estômago. Sentia enjoos ao olhar ou sentir o cheiro de certos alimentos. Passava os dias apática e indisposta, sem conseguir dormir à noite. E o bombardeio de Tate sobre ela não dava sinal de que cessaria tão cedo.

Sua ansiedade tinha crescido tanto que decidiu procurar um médico em busca de algum medicamento que pudesse acalmá-la. Não gostava nem um pouco de depender de remédio para resgatar sua estabilidade emocional, mas, por outro lado, estava desesperada por algum senso de normalidade em sua vida.

Como Kylie estava trabalhando, Joss levaria Chessy ao consultório médico. Chessy protestou, dizendo que não precisava de acompanhante para ir a uma simples consulta, mas Joss mostrou-se irredutível, afirmando que jamais a deixaria ir sozinha. Por fim, Chessy cedeu à insistência da amiga, e agora esperava por ela para irem juntas.

Ao ouvir o carro chegar, Chessy saiu para encontrá-la. Joss tinha acabado de descer do automóvel e estava nitidamente verde. Ao ver aquele rosto pálido, Chessy sentiu-se imediatamente culpada.

— Joss, você está péssima, querida. Por que não volta para casa e descansa? Posso perfeitamente ir sozinha ao médico, pelo amor de Deus!

Joss passou a mão pelo rosto.

— Não é nada. Juro. As manhãs têm sido simplesmente terríveis para mim, mas não posso passar a gravidez inteira deitada na cama, como Dash quer. Ele age como uma galinha protegendo os pintinhos. Quem o vê pensa que sou a primeira mulher do mundo a ficar grávida! Cuida de mim como se eu fosse uma doente terminal! Mas confesso que ser paparicada é uma das melhores coisas da gravidez.

Os olhos de Joss brilharam alegremente enquanto um pouco de cor voltava às suas faces. Chessy a abraçou. As boas energias dela eram contagiantes. Joss era tão doce e meiga que qualquer um se sentia presenteado com sua presença.

— Bem, obrigada — disse Chessy. — Sempre fico feliz em sua companhia. É melhor irmos. Não quero chegar atrasada.

Joss bufou.

— Como se isso fizesse diferença! Os médicos nunca atendem no horário. Aposto que ainda vai ter de esperar se chegar 30 minutos atrasada.

— É verdade, mas você sabe que eu gosto de pontualidade.

Joss revirou os olhos.

— Isso foi uma indireta para mim? Um recado para quem vive eternamente atrasada?

Chessy riu e acomodou-se no banco do passageiro do carro de Joss.

— Indireta? Você acha que eu faria uma coisa dessas?

— Sim!

Levaram 15 minutos para chegar ao consultório médico, embora a distância não fosse grande. Na verdade, havia uma quantidade insana de semáforos pelo trajeto, e elas pararam em cada um deles.

Meia hora mais tarde, Chessy entrou em estado de choque ao receber a mais inesperada das notícias.

— Parabéns, senhora Morgan. A senhora está grávida — disse o médico calmamente.

— O quê?

Chessy sentiu uma fraqueza, mas as tonturas cederam lugar ao pânico. Grávida? Impossível! Ela se cuidava direitinho. Tentou vasculhar a memória recente. Ela tinha mesmo tomado as pílulas na semana do aniversário de casamento que causara aquela reviravolta em sua vida? Só podia ser isso. Ela e Tate fizeram amor naquele fim de semana, pondo fim a um intervalo razoável sem sexo.

— A senhora parece muito angustiada — constatou o médico, preocupado. — Trouxe algum acompanhante? Devo chamar alguém?

— Não — murmurou ela. — Vou ficar bem. É só o susto. Eu estava... estou tomando pílula. — Outro pensamento surgiu em sua mente, e ela olhou com ansiedade para o médico. — Os anticoncepcionais podem fazer mal ao bebê?

— Bem, certamente é preciso parar de tomá-los — aconselhou ele. — Mas duvido que tenham causado qualquer dano ao feto.

Você deve consultar um ginecologista e fazer uma ultrassonografia para determinar o estágio da gestação. Ele vai prescrever os cuidados pré-natais. Posso lhe indicar um especialista, se quiser.

A cabeça de Chessy girava para tentar processar o bombardeio de informações. Grávida. Separada do marido. Do homem que agora tinha de ser informado que seria pai.

Poucos minutos depois, ela cambaleou de volta para a sala de espera. Joss tomou um susto ao vê-la, franzindo a testa, com uma expressão de aflição. Foi em direção a ela no meio da sala para ampará-la nos braços.

— Chessy, o que houve? — perguntou Joss. — O que disse o médico? O que ele receitou para combater a ansiedade?

Chessy fechou os olhos.

— Ele me deu mais ansiedade.

— Não entendi.

— Estou grávida, Joss.

Perplexa, Joss olhou para a amiga. Seu queixo caiu.

— Ah, meu Deus, Chessy... O que você vai fazer? Você sempre quis tanto isso, e Tate vivia adiando...

— Eu não fiz de propósito — defendeu-se Chessy com veemência. — Sei que, antes da separação, conversei com você e Kylie sobre isso, mas eu mesmo reconhecia que um bebê não resolveria os problemas entre mim e Tate. Do jeito como nosso relacionamento estava, eu jamais engravidaria deliberadamente.

— Eu nunca seria capaz de pensar que você fez isso de propósito — disse Joss para acalmá-la. — Mas, querida, o momento é horrível. Tate vai querer que você volte mais do que nunca.

Lágrimas encheram os olhos de Chessy.

— Eu não quero que seja por causa do bebê. Quero que ele me queira, que me coloque em primeiro lugar. Não tenho a menor dúvida de que ele colocaria um filho em primeiro lugar. É egoísmo da minha parte disputar a prioridade de Tate com meu bebê?

— Não, por Deus — negou Joss. — Você deve vir em primeiro lugar para seu marido. Não há dúvida quanto a isso. Como você planeja contar para ele?

Chessy ofegava, tensa, no caminho até o estacionamento onde Joss deixara o carro.

— Não sei. Tenho de pensar. Isso muda tudo, Joss.

— O lado bom é que engravidamos juntas! — exclamou Joss, sorrindo para Chessy conforme engatava a marcha à ré no automóvel.

Chessy esboçou um sorriso.

— Nossos filhos vão ser amigos como nós.

— Agora só temos de contar com a ajudinha de Kylie para completar um trio!

— Pode tirar o cavalinho da chuva — disse Chessy, rindo. — Eu não acho que Kylie pretende ser mãe. E Jensen parece satisfeito com essa decisão.

— Ela seria uma mãe sensacional — lamentou Joss. — Eu odeio que ela esteja abrindo mão da maternidade por causa da infância terrível que viveu. É ridículo pensar que vai tratar o próprio filho do mesmo jeito como foi tratada pelo pai. Não existe alma mais doce e generosa do que ela.

— Concordo — disse Chessy. — Mesmo assim, acho bom que ela se dê um pouco de tempo. Filhos não necessariamente completam um casal. Não há nada de errado em devotar seu amor apenas um ao outro. Vamos ser honestas: quando um bebê entra em cena, as prioridades mudam completamente.

Meu Deus! No momento em que as palavras saíram de sua boca, Chessy percebeu que havia dito exatamente o que achava que seus pais sentiram. O tempo de dedicação mútua entre o casal estragado pela intromissão de uma criança indesejada. Chessy jamais desejaria que seu filho fosse obrigado a suportar o peso da negligência que ela mesma sofrera durante a infância. Na verdade, mesmo que Tate e ela se reconciliassem, sua primeira e única prioridade seria a criança. Não o marido.

— É verdade — admitiu Joss. — E você está certa. Ter filhos não é obrigatório para que um casal viva feliz para sempre. Além disso, Kylie terá agora dois bebês para estragar. Ela será a tia Kylie, aquela que vai se divertir com as crianças e devolvê-las para nós, dormindo a noite toda, enquanto a gente fica preocupada e disponível 24 horas por dia.

— Você não está vendendo nada bem a ideia da maternidade — disse Chessy.

— Desculpe. Não vou dizer mais uma palavra. Meus lábios estão selados.

— Eu queria compartilhar isso com Tate — admitiu Chessy, sentindo-se melancólica. — Não que eu vá esconder isso dele. Claro que não. Eu só queria que as coisas fossem diferentes. Que ele pudesse ter ido ao médico comigo. Que estivéssemos juntos e ele recebesse a notícia com alegria. Não foi assim que sonhei que descobriria a gravidez de meu primeiro filho.

Joss estendeu a mão para apertar a de Chessy.

— Eu sei que não foi assim que você queria que acontecesse, mas um bebê é sempre uma bênção e você vai ser uma mãe incrível, Chessy. Você consegue. Vamos assistir às aulas de parto. Quero emprestar a você todos os meus livros de gravidez. Podemos até ir ao mesmo obstetra e marcar consultas nos mesmos dias.

O entusiasmo de Joss era mesmo contagiante. Chessy sentiu a primeira pontada de emoção desde que a novidade bombástica havia desabado sobre ela no consultório médico.

Ela teria um bebê.

Não, não era o melhor momento do mundo, mas, como Joss tinha dito, um bebê era uma bênção, não importam as circunstâncias. Era um pedaço de Tate que ela teria para sempre. Por outro lado, um bebê também prenderia um ao outro de forma irreversível, independentemente de o casamento acabar em divórcio. E se Tate se casasse novamente? Seu filho teria uma madrasta. Alguém que Chessy seria obrigada a aceitar como figura parental. Esse pensamento enviou um raio de dor para seu coração.

Um homem como Tate não precisaria procurar muito por outra mulher. Ele era lindo de morrer, estava em ótima forma e tinha muito dinheiro.

Por que o ciúme ao considerar que ele encontraria outra pessoa? Ela colocara um ponto final no relacionamento. Não ele. Tate havia passado as últimas semanas implorando a Chessy que voltasse para casa, mas ela não tinha se sensibilizado a ponto de querer revê-lo ou conversar abertamente com ele.

Contudo, agora era inevitável. Ela *tinha* de falar com ele pessoalmente. Tinha de contar que estava grávida de seu filho.

24

Conforme o tempo passava, o silêncio absoluto de Chessy alimentava mais e mais o desânimo de Tate. Cada dia que passava levava junto com ele uma fatia de esperança. Mas Tate ainda tinha seu trunfo. Se conseguisse ser rápido o bastante, criaria uma situação por meio da qual daria a Chessy uma prova concreta de que ela estava no topo de suas prioridades.

A ideia consistia em estabelecer uma sociedade com outros dois consultores financeiros, de modo a dividir igualmente o atendimento aos clientes. Na verdade, já no dia seguinte a Morgan Consultoria Financeira passaria a se chamar Morgan, Hogan e Letterman Serviços Financeiros. Ou apenas MHL.

Ele havia trabalhado como louco para organizar a nova empresa com a maior rapidez possível. Como não conseguia mesmo dormir à noite, aproveitava as madrugadas em claro para trabalhar nos contratos e arranjos legais, ajustando cada detalhe para a recém-formada parceria entrar em operação.

O anúncio da nova sociedade aconteceria no dia seguinte, mas Tate queria contar a novidade pessoalmente a Chessy. Naquela noite. Antes que a notícia se espalhasse. O problema era como falar com ela. Jensen se autonomeara guarda-costas de Chessy e não deixava Tate sequer passar pela porta. Chessy não respondia a suas mensagens de texto ou de voz. Erguera-se um gigantesco paredão de silêncio entre ele e aqueles que até pouco tempo costumavam ser seus amigos.

Ele não contava tanto com Jensen, que era relativamente novo no grupo, mas... e os outros? Considerava-os amigos íntimos, mas todos tinham optado pelo outro lado. Não que invejasse Chessy por suas amizades, mas sentia falta deles. Além de perder a esposa, tinha ficado sem os amigos do casal.

Tate gelou ao perceber que o celular estava tocando. Atrapalhou-se todo para tirar o aparelho preso ao cinto da calça. Meu Deus, era o número de Chessy! Ela estava ligando!

Praguejou enquanto batalhava para pegar o aparelho. A última coisa que queria era perder a chamada. Talvez ela não ligasse outra vez.

— Chessy, graças a Deus — disse ele, aliviado, quando finalmente conseguiu atender.

— Tate?

A voz trêmula fez Tate gelar novamente. Soava como se ela tivesse chorado.

— Chessy, aconteceu alguma coisa? — perguntou ele. — Você está bem? Onde você está? Posso chegar em um minuto.

— Eu estou bem — assegurou ela, embora sua voz ainda vacilasse. — Eu queria saber se você pode me encontrar hoje à noite. Na nossa... Na sua casa. Ou em algum lugar reservado.

Os pensamentos dele se dispersaram em uma dúzia de direções. Se ele poderia encontrá-la à noite? Por Deus, ele moveria céus e terra para encontrá-la quando e onde ela quisesse. Porém, a menção a um lugar reservado havia acendido um sinal de alerta. Aparentemente, ela tinha algo muito importante a dizer. Será que decretaria o fim do casamento e entregaria a papelada do divórcio? Ou ele poderia se atrever a imaginar um pedido de reconciliação em que Chessy diria que voltaria para casa?

Independentemente do objetivo do encontro, ele voltaria a vê-la. Em casa, na casa à qual ela pertencia. Isso representava algo. Uma vez que atravessasse a porta, ela estaria em casa. No território dele, sem a figura de Jensen a separá-los. Não. Seriam apenas Chessy e Tate, exatamente como ela pedira. Um encontro definitivamente reservado.

— A menos que você tenha de trabalhar, é claro — murmurou Chessy. — Podemos deixar para outro dia.

Ele estremeceu, mas sabia que merecia o sarcasmo da mulher.

— Hoje à noite está bom. Claro que pode ser em casa. Podemos jantar e conversar. Há um monte de coisas que eu gostaria muito de contar para você em primeira mão. Eu estava determinado a passar por cima de Kylie e Jensen, se fosse preciso, e arrastar você pelos cabelos até aqui só para podermos conversar sobre as mudanças que venho preparando. Mudanças que, espero, serão feitas com você ao meu lado.

— Então, parece que vamos ter muita coisa para conversar — concluiu ela.

— Podemos conversar sobre o que você quiser. E, então, depois que estiver satisfeita com minhas respostas, podemos passar para o que eu quero discutir com você. É algo muito grande, mas tenho apoio e investidores.

— Posso escolher que assunto será discutido primeiro?

Tate sentia o nervosismo na voz de Chessy. Parecia que ela queria que ele revelasse primeiro o que tinha em mente para então investigar as possibilidades de uma reconciliação depois daquela longa separação.

— É claro — consentiu ele.

— Tudo bem, então me ouça.

Um sorriso ridículo arqueou os cantos da boca de Tate. Ele já repassava mentalmente os itens disponíveis na despensa e na geladeira, tentando lembrar se precisava sair para comprar mais alguma coisa. Tinha quase certeza de que todos os ingredientes estavam à mão para que preparasse um dos pratos favoritos da esposa.

— Você começa a falar enquanto nós jantamos. Depois, e somente depois, que você contar tudo o que tem em mente, eu digo o que passa pela minha cabeça.

Aquele jantar já estava começando a parecer um enorme fiasco. Como evitar isso e preparar uma refeição que se traduzisse em um gesto de boa vontade? Como transformá-la em um marco inicial para salvar o casamento? O jantar devia servir para isso, certo? Ou seria apenas a ocasião em que Chessy oficializaria o fim do casamento?

— A que horas devo chegar? — perguntou Chessy calmamente, parecendo em dúvida se seria realmenye bem-vinda.

Tate quase perdeu a paciência com o excesso de formalidade, mas fez um esforço visível para relaxar a fim de não parecer imbecil. Estavam em jogo coisas muito mais importantes.

— Amor, essa casa é sua. *Não* precisa perguntar a que horas pode vir. Começarei a cozinhar quando você já estiver aqui. Pensei que talvez pudesse ficar por perto enquanto tento *não* estragar nosso jantar.

Dessa vez, Tate sentiu bom humor na própria voz, e doeu na alma a falta que fazia receber um sorriso de sua esposa. O olhar de Chessy o deixava pendurado na lua. Era um jeito particular com que ela olhava para ele. Um olhar de pura adoração para que o mundo todo visse. Chessy magnetizava as pessoas. Inexplicavelmente, todos se viam atraídos por ela apenas para ganhar um sorriso ou algumas palavras gentis. Homens e mulheres se curvavam, como se estivessem diante da realeza. E, bem, não faltavam motivos para isso, pois Chessy era uma princesa.

Tate fizera de tudo para dignificar sua princesa, para nunca faltar nada para ela. Deu-lhe um cartão de crédito sem limite e a incentivava a sair e fazer compras. Para seu desespero, a resposta era sempre a mesma. Ela não precisava de nada, pois ele dava a ela tudo o que queria. Como Tate adorava ouvir essas palavras sinceras vindas dos doces lábios de sua esposa! Qualquer homem ficaria comovido com uma mulher assim, que não dava a mínima para riqueza ou posses materiais. O que ela queria, acima de tudo, era... o marido. Aquele que deveria ser o item mais fácil a ser oferecido.

Tudo o que ele precisava fazer era dar sua atenção. Olhando para trás, sim, ele queria desesperadamente conquistar aquela possível cliente, pois sabia que ela estava analisando outras opções de consultoria, e foi esse reles motivo que desviou a atenção que Chessy tanto merecia naquela maldita noite.

Assumir os investimentos de Tabitha Markham seria maravilhoso para sua empresa. Tate não tinha dúvidas de que ela vinha sendo cortejada e mimada por diversas empresas de consultoria financeira, que a cercavam como mariposas em volta da lâmpada. No entanto, ele praticamente a mandou à merda ao ouvir o grito de dor e medo de Chessy. E, agora que ela tinha sumido, nada importava menos para Tate do que a consultoria financeira. O som do grito de Chessy o acompanharia até o dia de sua morte, mesmo que vivesse até os cem anos.

— Então, vou desligar. Ainda preciso tomar banho e me trocar. Não tenho me sentido bem nos últimos dias e, infelizmente, isso está bem aparente.

Tate foi invadido pela preocupação.

— Minha menina está doente? Quem está cuidando de você? Esse trabalho é *meu*.

A ideia de não estar perto da esposa quando ela mais precisava dele o irritou. Chessy raramente adoecia. Os exames médicos de rotina sempre apontavam resultados melhores que a média.

Nas poucas vezes em que se resfriou, ou em uma convalescença de uma inflamação de garganta particularmente cruel, Tate havia ficado ao lado dela o tempo inteiro. Com medo de contagiá-lo, ela insistia em dormir no quarto de hóspedes, mas ele não dava a mínima.

Noite após noite — ou mesmo de dia, se ela tirasse uma soneca — ele a carregava até a cama, ajeitando os travesseiros na posição preferida da esposa. Generoso como poucos homens costumam ser, entregava o controle remoto da televisão do quarto nas mãos de Chessy.

Sua cabeça ficava prestes a explodir quando ela sintonizava no canal HGTV para assistir a incontáveis reality shows sobre reformas, mas ele se deixava torturar por aquela avalanche de programas femininos porque sabia o quanto Chessy gostava.

Agora, ela parecia extremamente cansada ao telefone, o que o deixou ainda mais alarmado. Tomado pela preocupação, decidiu silenciosamente que, se ela não aparecesse para jantar naquela noite, ele iria deixar de se preocupar com a polícia e invadiria a casa de Jensen para tirar Chessy de lá na marra.

— Vamos falar sobre tudo isso hoje à noite — disse ela. — Não quero entrar em detalhes pelo telefone.

O coração de Tate palpitou. Ele sentiu um nó no estômago e náuseas brotaram em sua garganta. Teve de respirar fundo para se controlar.

— Quanto tempo você demora para chegar aqui? — perguntou ele.

— Bem, eu não tenho mais nada agendado. Acho que posso ir a qualquer momento. Pensei em chegar quando você estivesse pronto para comer.

Tate olhou para o relógio. Eram 5 horas. Certamente havia tempo suficiente para ir preparando o jantar. Até perto das 6 horas, havia folga o bastante para Chessy chegar e eles se acomodarem na cozinha para começar os preparativos. O horário era perfeito.

— Você pode vir agora? — perguntou ele, tentando manter seu entusiasmo no limite da normalidade, mesmo ciente de que, quando se *tratava* de Chessy, era difícil encontrar uma situação em que ele pudesse usar a palavra “normal”.

Ele mal podia esperar para, enfim, rever Chessy frente a frente pela primeira vez desde a noite em que ela fora embora, devastada e fragilizada. Parecia a ponto de romper se alguém a olhasse por muito tempo. Tudo porque Tate cometera a insensatez de deixar um brutamontes cuidar das preliminares com ela, preparando-a para que o marido a possuísse.

Chessy poderia ter sido gravemente ferida. Na prática, ela havia sido estuprada. Ainda que o desgraçado não tivesse conseguido penetrá-la, ele a machucara, forçando o sexo mesmo que ela estivesse gritado a palavra de segurança.

Com a mente inquieta e pensamentos rodopiando por sua cabeça, ele começou a preparar os crepes enquanto esperava pela resposta de Chessy ao telefone. Em teoria, a receita era muito boa. Tudo dependia da execução. E Tate não era o tipo de pessoa que segue receitas ao pé da letra. Improvisador, ele acrescentava coisas de que gostava e testava até obter o sabor que queria. Ele e Chessy sempre se alternavam no papel de cobaia de experiências gastronômicas, tecendo críticas construtivas um para o outro. Faltou tempero. Pimenta demais. Cheiro de maresia no lagostim e no caranguejo.

Tate não era nada modesto quando se tratava daquele prato. Ele e Chessy o adoravam e sempre comiam para muito além do limite da saciedade. Sempre havia um "só mais uma mordidinha" seguido por um gemido de prazer e por outra mordida e mais outra, até que ambos, pesados, desabavam no sofá em estado vegetativo e assistiam a reality shows para manter as mentes vazias enquanto os estômagos trabalhavam como escravos.

— Sim — respondeu Chessy finalmente. Parecia haver uma pitada de emoção em sua voz, ou, no mínimo, era simplesmente o que Tate queria ouvir. Se ela sentisse metade da saudade que ele sentia, era um bom começo. — Vou tomar banho e me arrumar antes de sair. Se eu esperar demais, alguém vai querer me levar e, como expliquei, prefiro conversar reservadamente.

Novamente, Tate sentiu a garganta apertada por um nó.

— Diga pelo menos que você está bem, que não há nada muito errado com você. Não me deixe imaginando coisas ruins, Chess. Você me deixou com medo.

— Eu estou bem, Tate. De verdade. É só... complicado. E é por isso que quero conversar pessoalmente.

O que quer que fosse, se Chessy estaria em casa, mesmo que por um curto período, parecia ótimo para Tate.

— Tudo bem, então. Venha o quanto antes. Já estou trabalhando no nosso jantar.

25

Preocupados, Kylie e Joss, assim como Jensen e Dash, observavam Chessy preparando-se para voltar para... casa. Independentemente de estar longe de casa fazia várias semanas, ela considerava aquela a sua casa, o seu lar. Talvez sempre a considerasse assim.

Além disso, quando compraram o imóvel, Chessy fez sua escolha pensando em um lugar apropriado para criar uma família no futuro. Era uma casa enorme para apenas um casal. Quatro quartos, três banheiros, um quarto de hóspedes no térreo, espaço para escritório, duas salas de estar, sala de jantar, copa e cozinha com balcão em ilha.

Ela pensava em ter filhos e criá-los naquela casa. Comprar um imóvel daquele padrão para começar a vida não era algo comum entre a maioria dos casais, mas Tate tinha recursos financeiros suficientes. Adquiriu a propriedade assim que Chessy se disse apaixonada pelo lugar, pensando em construir seu futuro ali.

Cinco anos mais tarde, Chessy entraria naquela casa levando no ventre o bebê que sempre desejou desesperadamente, mas o casamento encontrava-se em ruínas e parecia cada vez mais improvável que aquela casa abrigasse seu sonho de construir uma família. Mesmo que ganhasse a propriedade como parte do acordo de divórcio, como ela poderia criar um filho num lar em que tudo lembrava Tate?

— Não acho que seja uma boa ideia você ir sozinha — opinou Dash com firmeza.

Ele e Jensen estavam no caminho até a porta, formando uma formidável barreira humana, com os braços cruzados sobre o peito e olhares cravados no rosto dela.

Kylie e Joss escoltavam Chessy, mas claramente concordavam com os homens.

— Ele é que deveria vir conversar aqui. Em território neutro — disse Joss. — Ou, então, na minha casa. A gente garante a privacidade que deseja, e você não ficará em desvantagem do ponto de vista emocional. Grávidas ficam especialmente vulneráveis. Pergunte a Dash... As coisas mais ridículas me fazem chorar. Sou uma tremenda bagunça hormonal. Certamente não posso confiar em mim mesma para tomar decisões importantes.

Dash olhou para a esposa com uma expressão de ternura.

— Você é uma grávida adorável. Não tem nada de bagunça hormonal. Eu amo cada pedacinho de você e não mudaria nada. Você, grávida, é a coisa mais sexy que já vi. Mal posso esperar que sua barriga cresça para o papai aqui sentir os chutes do bebê.

Chessy alisou a barriga ainda lisa enquanto lágrimas brotavam de seus olhos. Joss lançou um olhar de repreensão a Dash, que se desculpou imediatamente.

— Perdão, Chessy. Não quis tocar na ferida. Foi sem querer.

Chessy balançou a cabeça.

— Nunca deixe de mimar Joss por medo de me magoar. Isso não é justo. Ela merece ter alguém que veja como ela é especial.

Jensen suspirou.

— Será que você deixa pelo menos alguém ir com você? Joss tem razão. Você está extremamente vulnerável, o que deixa Tate em vantagem. E, quando ele souber da gravidez, vai jogar pesado pela reconciliação.

— Acho que terei de pagar para ver, não é? — devolveu Chessy, parecendo mais leve. — De qualquer forma, ele já está à minha espera. Vai preparar um jantar e tem coisas importantes para me dizer. Talvez peça o divórcio. De qualquer forma, é óbvio que temos de desanuviar o ambiente. Por isso, eu preciso de... intimidade. Preciso saber o rumo que as coisas vão tomar porque não posso continuar assim. Tenho de fazer planos para mim e para o meu filho.

— Querida, quando um homem quer dispensar uma mulher, ele não cozinha para ela — disse Dash.

— Bem, estou indo. — Chessy foi enfática. — Agora, por favor, deixem-me sair para não me atrasar.

— Só se você prometer ligar se precisar de nós — disse Jensen. — Iremos imediatamente se você quiser ajuda.

Ela se apoiou na ponta dos pés e beijou o rosto de Jensen e, em seguida, o de Dash. Deu um abraço conjunto em Kylie e Joss e dirigiu-se para a porta.

— Obrigada a todos — agradeceu ela. — Tenho muita sorte por ter amigos como vocês.

Chessy correu até o carro para não ter tempo de mudar de ideia e desistir do jantar com Tate. Ela sentia uma revoada de borboletas no estômago, e sua gravidez não contribuía para aliviar tal sensação. Tomara que conseguisse atravessar o jantar inteiro sem vomitar. Certamente, essa não seria a maneira mais adequada de dar a Tate a notícia de sua iminente paternidade.

Será que ele ficaria feliz? Era triste não saber como seria a reação do marido. Tate sempre havia pedido tempo quando ela manifestava o desejo de ter filhos. Ele achava que era mais importante garantir primeiro a estabilidade financeira do casal.

Mas quando isso aconteceria? Não importava quanto dinheiro ele tinha no banco, não importava quantos clientes ele conquistava, nunca era o bastante. Tate sempre adiava o projeto paternidade para o ano seguinte ou para quando atingisse o objetivo de ter certo número de clientes na carteira. Em três diferentes ocasiões, Chessy soube que essas supostas metas foram superadas, mas ele continuava postergando a ideia de ter filhos. Portanto, era possível que não recebesse bem a notícia. Ela podia acabar como mãe solteira, e seu filho teria um pai ausente.

A culpa brotou em seu peito pelas suposições e conclusões precipitadas. Tate não era má pessoa. Podia ser bom pai. Ela tinha certeza de que podia ser muito bom pai. Independentemente de a criança ter sido planejada ou não. Ele amaria o filho da mesma forma como Chessy já amava.

Quando chegou em casa, estacionou o carro e foi recebida à porta por Tate. Parecia que ele reunia todas as forças para não acolhê-la em um abraço ou tocá-la de alguma forma, dando apenas um passo para trás, respeitoso, e estendendo um braço numa mesura silenciosa convidando-a para entrar.

Bastante nervosa, ela entrou como se andasse em território estranho, e não na casa que tinha transformado em um lar ao longo dos últimos cinco anos.

— Venha para a cozinha enquanto eu faço o jantar. Já dei uma boa adiantada nos crepes.

A boca de Chessy ficou cheia d'água.

— Crepes de lagostim e caranguejo?

O sorriso de Tate escancarou-se, confiante de que conhecia bem os gostos da esposa.

— Fiz o seu favorito — confirmou ele com um tom malicioso.

Ela suspirou.

— Você não joga limpo, Tate.

Ele deu de ombros.

— Eu avisei, Chessy. Não vou desistir sem lutar. Eu acredito em nós. Amo você. Não há a menor chance de você ir embora sem que antes eu tenha apostado todas as minhas fichas.

Bem, ali estava a resposta à sua dúvida quanto ao pedido de divórcio. Será que a grande coisa que ele tinha para contar era apenas mais um pedido de perdão e de uma nova oportunidade? E por quanto tempo mais ela conseguiria resistir às investidas dele se continuava a amá-lo profundamente?

Ela o amava, sim. Sem dúvida. Mas será que confiava nele? Não, não podia dizer que confiava plenamente. Não depois da recorrência com que ele privilegiou a carreira e os clientes em detrimento da esposa.

— É isso que você queria me contar? — perguntou ela.

— É só uma parte — respondeu ele calmamente. — Mas não é *a* parte principal. Só quero falar dela durante o jantar. Enquanto os crepes estão no forno, pensei em conversarmos. Achei você chateada ao telefone e você disse que não vem se sentindo bem.

Ela sacudiu a cabeça.

— Vamos falar sobre isso depois do jantar, depois que você me contar sua novidade.

Parecendo frustrado com a teimosia de Chessy, ele se controlou e não insistiu. Em vez disso, abriu uma garrafa de vinho e encheu uma taça. Quando fez menção de servir outra taça, ela ergueu uma das mãos.

— Não — adiantou-se ela. — Eu não quero vinho. Acho que não vai cair bem hoje.

— Então você *está* doente — disse ele severamente.

— Estou separada do meu marido — rebateu ela, em tom cortante. — Quer que eu esteja radiante? Estou mal, Tate. Nunca quis isso para a gente. Você escolheu isso, não eu.

Com raiva, ela sentia a própria pressão arterial subir. Começou a respirar longa e profundamente para se acalmar, sabendo que o nervosismo não faria bem para o bebê.

Os olhos de Tate se escureceram de tristeza. Sua mão tremia quando pegou a taça de vinho.

— Eu não escolhi a nossa separação — defendeu-se com calma. — Nunca. Eu só estraguei tudo. É assim que entendo. Fui estúpido. Agi sem pensar. Cometi um erro pelo qual vou pagar muito caro pelo resto da vida. Eu torço para que você encontre generosidade suficiente no seu coração para me perdoar. Para me dar outra chance de fazer as coisas direito. Não quero viver sem você, Chessy. Não suporto a ideia. Nunca haverá outra mulher para mim. É você, e ponto final.

O tom grave e sincero de Tate tocou o coração de Chessy. Não havia dúvida de que sua declaração era verdadeira. Isso era inquestionável. No entanto, ele também tinha sido absolutamente sincero na noite seguinte ao aniversário, e mesmo assim o casal chegou ao ponto de ruptura. Não se tratava de faltar com a verdade, mas, sim, de saber qual era o prazo de validade daquela veemente promessa. Uma semana? Um mês? Ela não tinha fé em que Tate mudaria de vez e se recusava a viver com essa incerteza por mais tempo. Agora, Chessy tinha de pensar na criança, e seu filho merecia um pai em tempo integral, não alguém que desaparecia e não estava presente nos momentos mais importantes da vida.

— Eu não sei o que dizer, o que pensar — admitiu Chessy, com os lábios arqueados em uma expressão de pura infelicidade.

— Só diga que vai pensar sobre isso — insistiu ele. — Não preciso que me dê uma resposta hoje nem amanhã. Só me prometa que vai pensar no assunto e não vai desistir de mim por enquanto.

Ela fechou os olhos, mas assentiu com a cabeça, sabendo que realmente não havia alternativa. Chessy não tinha a menor ideia do que aconteceria depois que ele falasse sobre sua sigilosa novidade e, em seguida, ela anunciasse a gravidez. Ela sabia apenas que Tate redobraria a insistência para que voltassem a ficar juntos, mas esconder que estava grávida não era uma opção. Tate tinha o direito de saber que seria pai, independentemente do que Chessy tivesse contra ele como marido.

As feições dele demonstraram um visível alívio. Com os olhos brilhando, ele perdeu um pouco do medo inicial.

— Eu juro que você não vai se arrepender, Chess — assegurou ele.

Tate virou-se e abriu o forno para espiar o queijo gratinando, borbulhante e com uma perfeita crosta bronzeada. Chessy inspirou o aroma com prazer, sentindo o estômago roncar. Não tinha comido nada naquele dia, uma vez que simplesmente pensar em comida lhe dava enjoo.

Usando luvas térmicas, Tate retirou a assadeira do forno e a depositou sobre o fogão.

— Vamos deixar isso descansando por cinco minutos e, então, podemos atacar — anunciou Tate.

Enquanto falava, ele foi até o armário e pegou dois pratos. Em seguida, tirou facas e garfos da gaveta e arrumou a mesinha de café da manhã, onde costumavam comer juntos. A sala de jantar só era usada quando recebiam clientes ou amigos.

Ele levou a fumegante assadeira até a mesa e, armado com uma espátula, serviu a ela uma bela porção daquela delícia. Chessy cheirou a comida com cautela, rezando para o estômago não se rebelar.

Para seu alívio, não sentiu náuseas ao dar a primeira garfada. O sabor explodiu em sua boca como um orgasmo gustativo. Ela gemeu de prazer. Aquilo era melhor que sexo.

— Bom? — perguntou Tate, sorridente.

Ele sabia muito bem que estava incrível.

— Maravilhoso — suspirou ela. — É a melhor coisa que como em semanas.

Ele franziu o rosto.

— Você está se alimentando, Chess? Eu conheço você. Quando está triste ou estressada, deixa de comer direito.

— Aham, claro — murmurou ela. — Posso garantir que um casamento indo ladeira abaixo não me torna exatamente uma mulher alegre.

Ele suspirou.

— Nós dois estamos muito mal, amor. Isso não lhe diz nada? Nós dois ainda nos amamos. Eu certamente amo você. Se estamos tão infelizes, não percebe que a coisa certa e lógica a fazer é ficarmos juntos para que um possa fazer o outro feliz novamente?

— Eu tenho medo — disse ela com franqueza. — Você quebrou muitas promessas, Tate.

Suas narinas se dilataram, e ele ficou em silêncio por um momento. Então, empurrou seu prato para a frente, apoiou os cotovelos na mesa e fitou-a com intensidade.

— Talvez minhas novidades provem que estou tentando mudar, que *estou* mudando. Fiz parceria com dois consultores, que vão entrar na empresa como meus sócios. Isso significa que não vou mais cuidar de tudo sozinho. Significa também que não terei de dedicar mais tanto tempo ao trabalho e aos clientes. Tenho dois sócios para dividir o atendimento à clientela. Fiz isso por nós, Chessy. Sei que pus a carreira acima do nosso relacionamento. Deixei que a coisa saísse do controle. Não foi justo com você, mas agora estou disposto a fazer o que for para compensá-la.

Chessy o encarou com descrença absoluta. Depois da saída de seu antigo sócio, Tate havia jurado que nunca mais trabalharia em parceria com ninguém. Estava determinado a, sozinho, transformar sua empresa em um grande sucesso.

— Amanhã vamos anunciar a mudança ao mercado — continuou Tate. — Mas eu queria que você ouvisse isso de mim. Para entender meu motivo. Fiz isso por você. Para que servisse como prova do compromisso que quero assumir com você. Com nosso casamento. Você significa muito mais para mim que meus negócios, carreira, dinheiro, patrimônio. Ter tudo isso não vale nada se eu não tiver o mais importante na minha vida: você.

Chessy esperava ouvir qualquer outra coisa, mas não isso. Ficou perplexa com a naturalidade com que ele contou que estava aceitando não um, mas dois sócios. Tate era extremamente possessivo, ciumento até, quando se tratava de seus clientes. Trabalhador incansável, não admitia que qualquer outra pessoa lidasse com questões que ele mesmo era capaz de resolver pessoalmente e da melhor forma possível. Não era o tipo de pessoa que confiava nos outros a ponto de delegar responsabilidades.

Aquilo era algo gigantesco. Épico. Ela não sabia o que dizer diante de tamanha mudança. Simplesmente ficou ali, de boca aberta, olhando para ele.

— Espero que isso demonstre minha disposição para fazer o que for preciso para reconquistar você — disse ele. — E isso é só o começo, Chess. Acabaram-se os happy hours. E também os jantares de negócios, a menos que você vá comigo. Os fins de semana serão só nossos, e vou tirar folgas e férias com mais frequência para podermos viajar.

Ela balançou a cabeça, parecendo confusa.

— Eu não entendo. Por que agora? Se podia ter feito isso antes, por que não fez?

Seus olhos ficaram escuros e cada vez mais úmidos, o que deixou Chessy assustada. Ela nunca tinha visto Tate chorar. Nunca. Ele era o forte, e ela a emotiva. Chessy chorava com filmes tristes, com comédias românticas e até com propagandas bobas na época de Natal. Chorava até com o noticiário. Chorava principalmente quando estava feliz. Mas Tate?

— Eu deveria ter feito isso há muito tempo — admitiu ele. — Não tenho outra desculpa. A verdade é que eu tinha certeza de que nunca perderia você, que seu amor estava conquistado para sempre. Eu queria tudo. A esposa perfeita, a carreira perfeita. Nada nunca era suficiente. Não importava que minha empresa fosse bem-sucedida. Eu queria mais, até que não restasse nada a ser conquistado.

Depois de uma pausa, ele continuou: — Ver o que fiz para você, o que minha negligência causou, foi um susto que me despertou para a realidade. Deixei outro homem abusar de você. Você tem ideia do que isso fez comigo? Não consigo nem me olhar no espelho. Só vejo você encolhida no chão e chorando. Só me lembro de você gritando a palavra de segurança. Todas as noites, quando vou para a cama, essas imagens me assombram. Nunca vou superar, Chessy. Tenho de viver com isso pelo resto da minha vida.

— Eu gostaria de poder acreditar em você — disse ela com melancolia.

Ele estendeu o braço sobre a mesa e tocou-lhe a mão.

— Só me dê uma chance, Chessy. Só mais uma vez. Nunca mais vou pedir nada. Se eu falhar outra vez, vou embora. A casa e tudo mais ficam para você. Você nunca mais vai ter motivo para ficar triste. Eu garanto.

Ela fechou os olhos e fez uma pausa.

— Há algo que quero dizer, Tate. Algo que acabei de descobrir. É por isso que vim. É uma coisa que muda tudo, e eu não sei o que fazer.

A preocupação varreu o rosto dele. A pressão de sua mão ficou mais forte. Chessy respirou fundo e desabafou.

— Estou grávida, Tate. Estou esperando um filho seu.

26

Em estado de choque, Tate olhou para Chessy com a certeza de que não tinha ouvido bem, mas o medo e a apreensão nos olhos da esposa confirmavam o que havia sido dito. Passado o choque inicial, porém, veio a desenfreada alegria e o alívio. Ele estava com muito medo do que Chessy tinha para contar. Por isso mesmo, usara todos os recursos possíveis em sua tentativa de reconciliação, pois não queria que ela tocasse no assunto do divórcio.

Tate apertou a mão dela, temporariamente incapacitado de falar qualquer coisa. Lágrimas queimaram suas pálpebras e escorreram pelo rosto, deixando Chessy atordoada. Ele nem se incomodou em disfarçar o choro. Queria que ela percebesse a magnitude daquele momento para ele.

— Chessy, isso é *maravilhoso* — sussurrou ele por fim.

— Mas você não queria ter filhos — disse ela, emocionada. — Preferia esperar. Toda vez que eu tocava no assunto, você dizia "talvez no ano que vem". Quero que saiba que eu não fiz isso deliberadamente. A última coisa que teria feito seria engravidar em um casamento instável. Deve ter acontecido no fim de semana do nosso aniversário. Eu me esqueci de tomar as pílulas.

Incapaz de tolerar a distância entre eles por mais um segundo, Tate levantou-se, caminhou até a cadeira e puxou Chessy para seus braços. Ele a abraçou com força, com os ombros trêmulos e emocionado. O amor jorrava de seu coração e de sua alma. Fechando os olhos, Tate rezou por outra chance de fazer as coisas darem certo. Ele tinha uma família agora. Mais que apenas ele e Chessy. Eles teriam um *filho*.

— Vamos conversar na sala — insistiu ele gentilmente.

Ela se deixou conduzir até o sofá, onde se sentaram juntos. Ele aninhou-a contra o corpo e, graças a Deus, ela não resistiu. Tate saboreou tê-la nos braços novamente. As últimas semanas tinham sido um inferno, sem poder conversar com ela, vê-la, tocá-la. Ainda assim, ele sentia a presença dela todos os dias assim que cruzava a porta de casa. A marca dela estava em cada canto. Era impossível olhar para algum lugar sem ver o reflexo da esposa.

— Em primeiro lugar, jamais passaria pela minha cabeça que você fez isso deliberadamente. E, mesmo que tivesse sido assim, eu ficaria muito feliz. Em segundo lugar, nós já concordamos que sou um grande idiota. Eu sabia o quanto você queria filhos. Eu também queria. Mas havia duas razões para adiar. Um motivo era meu puro egoísmo. Eu queria que você fosse só minha, e sabia que, assim que tivéssemos um bebê, teria de dividir você com a criança. Tenho vergonha de confessar isso, mas não vou mentir para você. A outra razão era que eu precisava ter certeza de que poderia sustentar uma família. Estou muito feliz por você estar grávida, Chessy. É por isso que não está se sentindo bem? — perguntou ele, ansioso. — Está tudo bem com a gravidez? Você já procurou um médico?

— Eu ainda não procurei um obstetra — admitiu ela. — Só descobri porque fui ao meu clínico-geral para pedir um remédio contra o estresse e a ansiedade. Ele pediu um exame de sangue, e certamente incluiu um teste de gravidez. Quando os resultados saíram, ele mesmo me deu a notícia. Eu tinha a obrigação de contar a você o mais rápido possível, e por isso estou aqui.

— Obrigado por não esconder isso de mim — disse Tate. — Quero compartilhar cada momento dessa gestação. Eu quero estar presente em cada consulta médica, quero ver nosso bebê se desenvolver dentro de você. Sentir o primeiro chute dele ou dela. Ver sua barriga crescer e ficar mais bonita a cada dia.

— Você fala como se essa gravidez consertasse automaticamente o que aconteceu — observou Chessy, com calma. — Não é assim, Tate. Ainda temos muita coisa para resolver. Eu continuo indecisa, sem saber se devo ou não consultar um advogado e pedir o divórcio.

O sangue de Tate gelou enquanto um medo paralisante o invadia. Ele precisava manter a calma. Não podia se dar o luxo de fazer ou dizer a coisa errada e afastá-la de vez.

— Sei que temos muito a resolver, mas estou disposto a tentar. E você?

Ela mordeu o lábio inferior nervosamente, com os olhos nublados de incerteza.

— Não sei — confessou. — Essa coisa toda me deixou confusa. Eu não sei o que fazer. Só sei que não posso continuar como era antes. Nosso filho merece o melhor. *Eu* mereço o melhor.

— Claro, você merece algo melhor do que vinha recebendo — concordou Tate, sem se preocupar em esconder a verdade em sua declaração. — E estou comprometido com isso. Cento e dez por cento de mim estão comprometidos, mas não conseguirei fazer isso se estivermos separados. Preciso de você aqui, onde eu possa cuidar de você e do nosso bebê. Você não está feliz. Eu não estou feliz. O que temos a perder se tentarmos?

— Eu não posso tomar essa decisão em uma fração de segundo — murmurou ela. — Preciso de tempo, Tate. Tempo para pensar. Para processar. Acabei de descobrir minha gravidez. Ainda não tive tempo para descobrir o que é melhor para o nosso filho ou para mim. Muito menos para nós.

E, ainda assim, ela fora até ele na primeira oportunidade. Chessy não tentara esconder a gravidez. Isso dava a Tate a esperança de que nem tudo estava perdido. Ela confiava nele o suficiente para contar as coisas. Chessy era uma pessoa profundamente honesta, e ocultar a verdade não fazia parte de sua natureza. Essa era uma das coisas que mais amava na mulher. Ela nunca disfarçava suas emoções e seus humores. Tate sabia identificar todos eles.

Ele a queria de volta antes mesmo de saber sobre o bebê. Será que ela tinha entendido isso? Certamente que sim. Tate não tinha feito segredo do objetivo de sua incansável luta nas últimas semanas, mas não havia maneira alguma de descobrir o que se passava pela cabeça dela. Aquilo era novo e frustrante. Tate sempre pôde contar com a previsibilidade da esposa. Nem todos os homens consideram essa qualidade atraente, mas, para Tate, saber exatamente o que Chessy pensava e como reagiria em determinadas situações sempre havia sido uma fonte de grande conforto. Porém, foi também a razão de seu tropeço: ele caíra na armadilha do excesso de confiança e complacência, acreditando que sabia tudo acerca de Chessy.

Ele jamais repetiria o erro de negligenciar a mulher, mas tinha de encontrar uma maneira de convencê-la de sua mudança. Palavras não eram o bastante, pois já não possuíam o mesmo poder de persuasão.

— Eu vou dar tempo a você — cedeu Tate. — Mas, por favor, não me exclua de sua vida, Chess. Deixe que eu veja você e nosso bebê. Deixe-me levar você ao médico. Eu não vou te pressionar nem exigir nada que não esteja disposta a me dar. Só peço uma chance para mostrar que realmente mudei, a começar pelo anúncio da minha sociedade amanhã. Eu gostaria de começar de novo. Farei tudo o que for preciso para recuperar sua confiança.

— Você quer voltar a namorar comigo, é isso? — perguntou ela ceticamente.

— Eu quero que a gente se veja — corrigiu ele. — Preferia que não estivéssemos vivendo em casas separadas, mas, se você precisa de tempo e espaço, concordo em proporcionar isso a você. Mas quero ver você regularmente, o que significa novos encontros, sair para jantar, ou você vir comer aqui, como esta noite. Eu gostaria de ir junto com você à primeira consulta com o obstetra e de ser incluído nos cuidados pré-natais. Quero falar sobre nomes para o bebê e quero ajudar a escolher a mobília do quarto e as primeiras roupinhas.

A expressão de Chessy suavizou-se na mesma medida em que seu pulso acelerava. Ela estava prestes a ceder. E Tate percebeu isso. Uma pequena vitória, mas ainda assim não era o que ele mais queria: ela ainda não estava de volta à sua vida, à sua casa, à sua cama. Tate tinha de acreditar que, com o tempo, tudo isso viria. Não queria nem cogitar a chance de haver um desfecho alternativo.

— Vou considerar tudo o que você falou — disse Chessy finalmente. — Tenho de ir agora. Kylie e Jensen devem estar preocupados. Eles não queriam que eu viesse sozinha.

A expressão de Tate azedou.

— Eles acham que sou um ogro que vai abusar de você?

— Não — negou Chessy gentilmente. — Mas eles têm medo de que você me machuque. Emocionalmente. Eles sabem que não ando muito bem. Como eu disse, o motivo para ter procurado um médico foi pedir uma receita de algum remédio que ajudasse a controlar a ansiedade e a depressão. Em vez disso, descobri que estou grávida. Estou com medo. Mais assustada do que nunca em minha vida. Isso não é fácil para mim, Tate. Nunca me autoquestionei sobre cada decisão tomada e escolhi decisões ruins. Agora, não posso mais me dar esse luxo, pois tenho uma criança para proteger.

Tate fechou os olhos, sentindo o coração doer.

— Queria que você não fosse agora. Queria que ficasse para a gente conversar um pouco mais. Sobre o bebê. Sobre o nosso futuro.

— Ainda não sei se temos um futuro — ressaltou ela. — Eu estou aberta para essa possibilidade. Em meus termos, não nos seus. Em última análise, a decisão final está comigo, e espero que você respeite isso.

Ele mordeu a língua para refrear o desejo de discutir e tentar persuadi-la. A aparência de completa fragilidade e fadiga de Chessy o deteve. A última coisa de que ela precisava era mais estresse.

Paciência. Aquilo ia exigir paciência, característica com a qual ele não era familiarizado. Tate nunca precisara esperar por qualquer coisa em sua vida. Quando conheceu Chessy, imediatamente soube que ela era única, e a perseguiu e conquistou em um curto intervalo de tempo.

E agora ele a tinha perdido.

— Quando *posso* ver você? — perguntou ele sem rodeios.

— Eu telefono — disse ela.

Ele mostrou impaciência. Se fosse aguardar por um telefonema dela, poderia esperar para sempre.

— Eu *vou* ligar, Tate — disse ela para tranquilizá-lo. — Só preciso de alguns dias. Tenho muita coisa para pensar. Talvez a gente possa se encontrar no fim de semana.

Foi preciso todo o esforço do mundo, mas Tate permaneceu sentado, concordando com tudo, enquanto seu estômago ardia, clamando para que ele, a golpes de bons argumentos, demolisse a parede que o separava de Chessy. Porém, ele não queria triunfar em uma batalha. Ele queria ganhar a guerra. Queria tudo. Chessy. O bebê. O coração, a alma e o corpo da esposa. E queria que ela lhe desse tudo isso voluntariamente. Não por ter sido pressionada contra a parede.

— Vou esperar por seu telefonema, então — aceitou ele por fim. — Prometa que, se alguma coisa acontecer, se houver algum problema com a gravidez, você vai me avisar para que eu possa ficar com você.

— Não pretendo manter nada escondido de você, Tate.

Ela se levantou do sofá, e ele a reteve pela mão, relutante em permitir que fosse embora.

— Você tem mesmo de ir?

Ela assentiu com a cabeça.

— Não quero que Kylie, Jensen, Joss e Dash se preocupem. Eles já tiveram muito trabalho comigo ultimamente.

— Eu também me preocupo com minha menina — disse Tate em voz baixa.

A dor surgiu imediatamente nos olhos de Chessy ao ouvir aquela forma de tratamento. Tate não tivera a intenção de dar um golpe baixo. O apelido íntimo, que ele sempre usava para se referir a ela, simplesmente escapou de seus lábios.

— Diga-me uma coisa, Tate — disse ela, inclinando a cabeça para o lado. — Você sente a *minha* falta? Ou você sente falta da conveniência de saber que estou por perto? Outra mulher não poderia cumprir o mesmo papel? Será que, na verdade, você só não gosta de ficar sozinho?

Ele prendeu a respiração ao sentir a dor causada por cada pergunta proferida por Chessy e ficou sinceramente magoado por ela pensar esse tipo de coisa.

— Nenhuma outra mulher jamais chegaria a seus pés, amor. Claro que sinto falta de você. Pode ter certeza de que não gosto de ficar sozinho, mas é porque não estou com você. Se tivesse de optar entre ficar sozinho e estar com outra pessoa que não seja você, eu escolheria a solidão.

Tate percebeu que ganhou pontos com a resposta, porque, pela primeira vez, a incerteza brilhou nos olhos de Chessy, como se ela verdadeiramente se questionasse quanto à decisão de permanecer longe dele. Tate só torcia para que ela mudasse logo de ideia e voltasse para casa, pois cada dia sem ela era mais um dia no inferno.

27

Na manhã seguinte, Chessy estava na sala de estar de Kylie, sentada e com o jornal aberto na editoria de negócios. Relembrava a conversa com Tate na noite anterior quando Joss e Kylie irromperam pela porta da frente.

— Você viu o...?

Joss parou de falar quando viu o jornal nas mãos de Chessy.

— Ah, acho que você já viu, então — emendou Joss.

— Se está se referindo à matéria sobre a parceria de Tate com dois outros caras, então sim — murmurou Chessy. — Mas eu já sabia. Ele me contou ontem à noite.

— E você não nos contou? — reclamou Kylie.

— Eu estava emocionalmente esgotada com tudo o que aconteceu — justificou Chessy. — Estava confusa demais para lembrar essa novidade. Ainda estou confusa! Não consigo entender qual é a jogada de Tate, e isso está me deixando maluca.

Joss sentou-se no sofá ao lado de Chessy, com uma expressão cheia de amor e de compreensão.

— Você já pensou que talvez a jogada dele seja ganhar você a qualquer custo, querida?

— Mas aí é que está o problema! Com Tate, tudo tem a ver com ganhar, seja na vida pessoal ou nos negócios, mas principalmente nos negócios. Como vou saber se não sou apenas uma vitória gigantesca para ele? Quero dizer, como vou saber se ele está sendo realmente sincero? Ele teve outras oportunidades antes. O que mudou agora? Em defesa dele, tenho de acrescentar que, com novos parceiros, ele me explicou que poderá dividir a carga de trabalho e, assim, dedicar mais tempo ao nosso casamento. E disse isso antes de eu contar que estava grávida.

— Então, talvez ele tenha sido sincero desta vez — admitiu Kylie.

Chessy olhou-a com surpresa. Até o momento, Kylie tinha sido a principal detratora de Tate.

— Eu sei, eu sei — defendeu-se Kylie. — Eu não tenho sido exatamente a maior fã de Tate, mas tenho de dar valor a ele. É persistente e realmente parece sincero. Se não fosse minha melhor amiga que estivesse envolvida, eu provavelmente acharia maluca a mulher que continuasse longe dele. Mas não é isso que penso a seu respeito. Você está coberta de razão em ser cautelosa, em não dar a ele o poder para magoá-la outra vez. A autopreservação é um instinto forte. Gato escaldado tem medo de água fria...

— Acho que a pergunta a ser feita aqui é: o que você quer, Chessy? — disse Joss baixinho. — Não importa o que eu, Kylie, Dash e Jensen pensamos. Essa é sua vida, seu casamento, e só você pode decidir o que é melhor para você, o que vai fazer você feliz. Essa resistência é mesmo por ter medo de confiar nele e ser magoada outra vez? Ou você está resistindo por causa do orgulho? Para não parecer uma boba ingênua que vai confiar no marido de novo?

Chessy pareceu atordoada com a questão levantada por Joss.

— Nossa, você não faz pergunta fácil, né?

— A julgar pela sua expressão, eu diria que Joss pôs o dedo na ferida — comentou Kylie.

— Será que você está certa? — Chessy suspirou. — Será que é orgulho por não querer bancar a boba ao voltar para ele? Ou será que é porque não confio nele mesmo?

Joss deu de ombros.

— Talvez seja um pouco de ambos. Certamente não posso culpá-la. A última coisa que eu gostaria é ser humilhada e magoada outra vez, mas lembre-se de que passei por algo parecido com Dash e o perdoei.

— E eu perdoei Jensen — acrescentou Kylie. — Acho que deve ser uma coisa inerente nos homens. Simplesmente herdam alguns genes responsáveis pela estupidez quando nascem. As mulheres são muito mais espertas e mais lógicas. Os homens não são assim. Quando pensam, pensam com a cabeça de baixo.

Chessy e Joss caíram na gargalhada.

— Você é tão irreverente, Kylie. Eu amo isso em você — disse Chessy, sorrindo.

Kylie fez uma mesura irônica.

— Fico feliz por lhe ser útil. Agora, vamos ao ponto principal. O que você quer, Chessy? Esqueça tudo o que aconteceu no passado. Esqueça qualquer preocupação quanto à sua imagem perante os outros. Esqueça o que eu, Joss, Dash e Jensen pensamos. O que você quer? O que faria você a mulher mais feliz do mundo? Não pense. Siga seu instinto. Responda em três segundos.

— Eu quero meu marido de volta — desabafou Chessy. — Quero que meu filho tenha mãe e pai. Quero que Tate compartilhe todos os momentos da minha gravidez. Quero meu casamento de volta.

— Bem, aí está — disse Joss, com a satisfação estampada no rosto.

— Ah, meu Deus... — sussurrou Chessy. — Foi realmente tão fácil assim?

— Não — respondeu Kylie. — O que é bom nunca é fácil, como Jensen sempre diz. Ele disse isso sobre mim quando começamos a namorar. Na época, eu não gostei, mas eu sabia que estava me fazendo de difícil.

Joss riu.

— Você? Difícil? Imagina...

— Acabe com o sarcasmo ou vou acabar com você — ameaçou Kylie. — Como eu estava dizendo, Chessy — continuou ela incisivamente, ignorando o sorriso de Joss —, não é assim tão fácil, mas pode ser. Para citar Jensen mais uma vez, e estou começando a soar como um maldito papagaio, as coisas podem ser tão fáceis ou tão difíceis quanto você quiser. A questão é: você quer fazer isso?

— Eu não quero que seja muito fácil para ele — disse Chessy, hesitante. — Ele não deve se esforçar para isso? Se eu tornar as coisas muito fáceis, estarei escancarando a porta para ele se aproveitar de mim novamente, para me considerar como uma propriedade já conquistada. E, bem, isso pode me fazer parecer uma pessoa terrível, mas parte de mim quer castigá-lo pelo que ele fez. Ele merece ser punido.

— Querida, acho que você já tornou a vida dele muito, muito difícil ao longo das últimas semanas. Não que ele não mereça, mas o cara está na pior. Eu diria que você definitivamente puniu Tate — disse Joss.

— Ah, sim — concordou Kylie. — Jensen me contou que Tate parecia estar muito mal nas vezes que apareceu por aqui pedindo para ver você. E também disse que ia embora como um filhotinho de vira-lata enxotado quando Jensen mandava ele ir se ferrar.

Chessy estremeceu.

— Nossa... Eu não quero acabar com o orgulho de Tate, ainda que eu *queira* castigá-lo pelos erros que cometeu.

— Então, o que você vai fazer? — insistiu Kylie. — Tanto comigo quanto com Joss, houve um ponto de virada em que se não tivéssemos tomado a situação em nossas próprias mãos provavelmente estaríamos solteiras agora.

— Em outras palavras, cabe a mim tirar Tate da merda em que ele se enfiou e mostrar alguma misericórdia — concluiu Chessy em tom seco.

— Bem, talvez não com essas palavras, mas, basicamente, sim — disse Kylie. — Sei que estou sendo repetitiva, mas só faça o que realmente quiser. É hora de decidir. Se quer romper o relacionamento, marque uma consulta com um advogado e siga em frente com sua vida. Se quer ficar com Tate, diga isso a ele com todas as letras. De uma maneira ou de outra, ponha um ponto final na sua tristeza, porque agora você está paralisada, atolada na lama, sem conseguir ir para lugar algum e afundando cada vez mais.

— Você certamente leva jeito com as palavras — murmurou Joss.

— Estou certa, não estou? — questionou Kylie com uma sobrancelha levantada.

— Sim, sua cadela. Você está sempre certa — cedeu Joss, exasperada.

Chessy riu outra vez, percebendo que aquele era o riso mais espontâneo que dera desde a separação.

— Deus, eu amo vocês! — disse ela, entusiasmada. — Eu sou a mulher mais sortuda do mundo por ter vocês como amigas. Como melhores amigas.

— Como irmãs — corrigiu Joss.

— Isso mesmo, irmãs de mães diferentes — concordou Kylie. — Então, sem querer ser chata, mas perguntando pela terceira vez, o que você vai fazer? Precisa de nossa ajuda para descobrir?

Chessy olhou para o jornal com a notícia sobre a nova parceria de Tate. Depois de pensar por algum tempo, consultou o relógio.

— De quanto tempo vocês precisam para me transformar em uma mulher arrasadora? Quero dizer, contando tudo: um vestido de arrasar, sapatos de arrasar, cabelos, maquiagem, serviço completo.

— Não muito tempo se começarmos logo — disse Joss enfaticamente. — Por quê? Qual é o seu plano?

— Bem, agora é meio-dia. De acordo com o jornal, o evento de inauguração da sede da nova consultoria financeira será entre uma e três horas da tarde. Eu estava pensando em dar um pulo lá para desejar meus parabéns e tudo o mais.

— Ah, seu plano é ser má! Eu adoro isso! — exclamou Joss.

— Eu também! — emendou Kylie. — Genial e má! Como admiro gente assim! Normalmente sou eu a malvada do grupo.

— Você pode retomar o papel assim que eu me aposentar — disse Chessy, rindo, para acalmá-la.

— Bem, se temos de produzir você por completo, precisamos correr. Não quero perder a amizade, meu amor, mas você está parecendo um lixo — disse Joss sem rodeios.

— Puxa, muito obrigada! Agora me sinto muito mais confiante para reconquistar meu marido.

— Não dê ouvidos a ela. Em 45 minutos, você vai estar maravilhosa. Mas, por favor, só jure para nós que não vai vomitar em ninguém durante o evento — ironizou Kylie com um sorriso maldoso.

28

A divisória entre as duas salas de conferências tinha sido removida para criar um ambiente enorme, que estava quase lotado para o evento de inauguração da MHL Serviços Financeiros. Tate devia estar muito satisfeito com aquele comparecimento em massa, mas seu coração não estava ali.

Ele sorria sempre que era apropriado, trocava gentilezas e fazia comentários sem convicção. Respondeu a algumas perguntas complicadas, explicando por que um cliente deveria escolher sua empresa, e não um concorrente. Saiu-se muito bem na argumentação, mas nem isso o deixou mais contente. Não era para isso que ele tinha trabalhado tão duro?

A verdade era que a única pessoa que era realmente importante não estava ali para compartilhar seu sucesso.

Com um suspiro, ele pediu licença educadamente para o casal com o qual estava conversando e procurou um dos garçons que circulavam com taças de vinho nas bandejas. Tate tinha se certificado de que, naquela noite, só se servisse o melhor, oferecendo vinho e champanhe de primeira qualidade. Contratou um excelente serviço de bufê e não poupou despesas para garantir que a comida fosse fabulosa.

Quando pegou uma taça e começou a beber, Tate a viu. Controlando-se para manter o líquido na boca, ele engasgou e teve de tossir para que o vinho não fosse para os pulmões.

Chessy havia surgido do outro lado da sala, tão linda que ele quase esqueceu de respirar. Ela brilhava de tanta beleza, e Tate não foi o único a notar a presença dela. As pessoas paravam e a olhavam sem disfarçar, atraídas pelo charme de Chessy. Ela exibia um sorriso suave e seus olhos transmitiam calor conforme procuravam algo na multidão. Seria ele? Será que ela tinha vindo por causa dele? Tate estava com medo de ter esperança, mas por qual outro motivo ela estaria ali? Como ficou sabendo daquele evento?

Os cabelos dela estavam penteados com elegância, com um coque no alto da cabeça e cachos suaves delineando o pescoço delgado. Ela usava os brincos de diamantes que ele lhe dera no primeiro aniversário de casamento, mas o que lhe tirou o fôlego foi o colar que ela exibia: era o mesmo que ela tinha usado — e, até onde ele sabia, não havia voltado a usar — naquela fatídica noite no The House.

E os sapatos? Meu Deus, os sapatos... Ele quis atravessar o salão, levar Chessy para o escritório mais próximo e fazer amor com ela em cima de uma mesa. O vestido, embora simples, agarrava-se a cada curva do corpo dela, descrevendo em detalhes magníficos sua forma espetacular. Tate sentiu a língua secar dentro da boca e não conseguia sequer engolir.

Em seguida, ela o viu no meio da multidão, e seus olhares se cruzaram. Chessy sorriu. Era um sorriso brilhante e acolhedor, que quase o fez cair de joelhos. Ela avançou, abrindo caminho no meio da aglomeração. Finalmente, recobrando o prumo, Tate também se moveu entre os convidados disposto a encontrá-la no meio do trajeto.

Quando se aproximaram, Tate simplesmente puxou-a para um abraço, sem se importar com a possibilidade de o gesto causar alguma estranheza. Ele se agarrou a ela, fechando os olhos diante do simples prazer de tê-la nos braços.

— Estou muito feliz por você ter vindo — sussurrou ele. — Mas como você soube?

Ela se afastou e sorriu com ternura.

— Li no jornal. Por que *você* não me contou?

— Eu não tinha certeza se você gostaria de vir — respondeu ele.

— Se é importante para você, é importante para mim — afirmou ela com suavidade.

A esperança voltou a surgir no coração de Tate, uma esperança da qual ele tinha medo.

— Podemos falar sobre isso depois — propôs ela. — Que tal você me apresentar aos seus novos sócios? Você precisa receber e conversar com seus clientes. Vou ficar aqui até o final, e depois você pode me levar para casa para que possamos conversar.

Tate estava muito perto de perder o controle ali mesmo, no meio do salão lotado. E ele não estava dando a mínima. Passou o braço ao redor da cintura de Chessy, segurando-a possessivamente ao seu lado, e conduziu-a em meio à multidão. Em seguida, apresentou-a não apenas aos seus novos sócios, mas também a vários clientes.

Observar Chessy demonstrar seu charme e brilho naturais era como presenciar algo mágico. Ela hipnotizava as pessoas com quem falava, e todos ficavam encantados com o magnetismo dela. Por que ele não a levava para jantares com clientes e a outros eventos? Na época, ele não quis sobrecarregá-la, mas agora podia perceber que Chessy havia entendido aquilo como uma rejeição, o que não podia estar mais longe da verdade.

Tate estava explodindo de orgulho. Via os olhares invejosos dos outros homens na sala, e por isso nunca permitia que ela se afastasse dele. Tate estava deixando claro que ela pertencia a ele. Era dele e de ninguém mais.

Quando o evento se encaminhava para o final e os convidados começavam a ir embora, Tate virou-se para seus dois sócios.

— Vocês podem ficar? Preciso ir para casa com minha esposa.

Sem dar tempo para qualquer objeção, ele levou Chessy para a porta o mais rápido que pôde, ignorando o olhar de espanto da esposa. Ela não estava acostumada a ser mais importante que os assuntos profissionais de Tate, mas era bom começar a se acostumar com essa nova situação, pois seria assim dali em diante.

Os deuses que regem o trânsito estavam de bom humor naquele dia, e o casal só precisou de sete minutos para chegar em casa. Tate colocou a mão sobre a mão de Chessy para ter certeza de que ela não mudaria de ideia nem se recusaria a entrar na casa e, então, praticamente a arrastou para dentro. Assim que cruzaram a porta da frente, as roupas começaram a cair no chão.

Impaciente com o zíper que se recusava a sair do lugar, Tate rasgou o vestido dela. Tão impaciente quanto o marido, Chessy arrancou-lhe os botões da camisa. Em seguida, desatou a gravata e lançou-a pelo ar. Enquanto isso, ele arrebentava o delicado fecho do sutiã para, na sequência, enfiar os polegares sob o cós da calcinha e puxá-la para baixo.

Assim que se livrou da calça, Tate ergueu Chessy e encaixou-se dentro dela. As pernas de Chessy envolveram sua cintura, ancorando-a firmemente enquanto ele caminhava na direção do sofá, com seu pau enfiado fundo na mulher.

Com as mãos, Tate erguia a bunda de Chessy e a pressionava contra sua ereção, fazendo-a gemer de prazer. O desejo era imenso, desesperado, e a respiração ofegante de ambos enchia a sala. As mãos de Chessy apertavam os ombros do marido enquanto ela arqueava o corpo e se deliciava ao ser penetrada com força.

Não chegaram até o sofá.

Ele saiu de dentro dela apenas por tempo suficiente para deitá-la sobre o tapete felpudo da sala, mas logo estava novamente em cima dela, bombeando, penetrando, restabelecendo sua conexão com a esposa da forma mais íntima.

A boca de Tate devorava cada pedacinho de pele ao seu alcance. Avidamente, ele sugava os seios da mulher, deixando os bicos rígidos. Então, deslizando os lábios para cima, desenhou um rastro úmido em seu pescoço, chupando a pele macia sob a orelha antes de lamber e mordiscar o lóbulo delicado.

Chessy estremecia violentamente, aproximando-se do orgasmo. Ele percebia a excitação da esposa pela forma como a vagina dela se comprimia, pressionando o pênis com força crescente. Em uma súbita explosão, a doce umidade dela o banhou. Como cetim em forma líquida. Quente. Sutil.

Perdendo a cabeça e liberando seu lado animalesco, ele bombeou com violência até um grito de Chessy rasgar o silêncio. Em seguida, também gozou, perdendo a capacidade de pensar e de falar. Havia muita coisa por dizer, mas ele se viu subitamente envolvido num grande vazio.

Tate permaneceu dentro dela. Seu peito arfava pelo esforço conforme se aconchegava à mulher, e os corpos banhados de suor grudaram um no outro.

— Tudo bem termos feito isso? — perguntou ele, temeroso. — Não quero machucar o bebê.

Chessy riu. Aquele belo som acariciou os ouvidos de Tate.

— É um pouco tarde para se preocupar, não? Mas, não, você não machucou o bebê. Ele está bem. A mãe dele também.

Ele fechou os olhos, absorvendo a beleza do momento. Tudo estava em paz e o mundo, enfim, entrava nos eixos.

Ciente de estar pesando sobre a mulher, Tate tirou o pênis ainda duro e disposto a uma nova sessão. Depois, envolveu o corpo de Chessy com os braços e ergueu-a no colo, aninhando-a no peito. Ele andou até o quarto, colocou-a na cama e trouxe uma toalha para ambos se limparem.

Então, arrastando-se sobre a cama, puxou-a para seus braços. Tate não queria estragar o momento, mas tinha de perguntar. Ele não suportaria que aquilo fosse uma falsa esperança, que significasse algo diferente do que ele imaginava.

— Chessy, isso significa que você está voltando para casa?

Ela levantou a cabeça, com os olhos brilhantes de emoção. Segurou o queixo dele com amor e acariciou a barba por fazer.

— Se você me aceitar de volta, sim.

— Se eu aceitar você? — perguntou ele com a voz rouca. — Amor, eu estou de joelhos aos seus pés implorando para que volte para casa. O que fez você mudar de ideia? Não entendo.

— Eu analisei minha alma — admitiu ela. — Eu estou infeliz. Você está infeliz. Parece que nossa única chance de felicidade está em tentarmos trabalhar nossas diferenças. Juntos. Estou disposta a esquecer e a perdoar, se você também estiver.

Ele olhou para ela com espanto.

— Amor, não tenho nada o que perdoar, já você tem tudo o que perdoar em mim.

— Quero que perdoemos um ao outro pela dor que causamos. Para recomeçarmos.

Tate abraçou a mulher, puxando-a para cima dele.

— Eu te amo tanto, Chessy! Estou tão agradecido por me dar outra chance depois de eu ter estragado tudo tantas vezes.

Ele deslizou a mão entre os corpos até alcançar a barriga ainda lisa de Chessy, onde estava aninhado o futuro filho do casal.

— Você vai ter meu bebê — disse ele com admiração. — Você tem ideia do que isso significa para mim?

Os olhos dela ficaram perturbados.

— Você está realmente feliz com o bebê, Tate? Sei que você não estava preparado.

Com beijos, ele fez a expressão de preocupação desaparecer.

— Acho que já constatamos, com detalhes, o quanto fui idiota. Não consigo pensar em nada mais perfeito do que você estar grávida de um filho meu. Já vejo você zanzando com ele por todos os cantos e derretendo meu coração. Eu vou ser um bom pai e um bom marido, Chessy. Dessa vez, vou acertar.

Ela abriu um sorriso brilhante como o sol. Seu olhos estavam inundados de amor, calor e aceitação.

— Eu sei que vai. Acredito em você, Tate. Todo casamento tem seus momentos ruins, mas nós vamos superar as nossas dificuldades. Daqui 10 anos, nós vamos nos lembrar deste momento, e tomara que a essa altura já tenhamos mais filhos. Eu quero uma família grande. Quero ter o que não tive quando fui criança. Um dia, nós vamos olhar para o passado e rir de como fomos estúpidos. Tudo o que ficou para trás parecerá bobo, porque estaremos muito felizes.

Ele ficou sério.

— Eu nunca farei você se sentir indesejada outra vez, Chess. Sei como foi difícil para você se sentir assim na infância. Quero que saiba que nossos filhos jamais vão experimentar isso. Minha vida vai girar em torno de você e de nossos filhos, seja lá quantos ainda teremos.

Chessy apertou o marido com força, descansando a cabeça em seu peito.

— Eu amo você, Tate.

— E eu amo a minha menina.

29

No dia seguinte, Tate tirou uma folga e não foi trabalhar, para grande surpresa de Chessy. Ela havia acreditado que dessa vez ele cumpriria a promessa de colocá-la em primeiro lugar, mas não esperava que se ausentasse por um precioso dia de suas obrigações profissionais. Porém, ele argumentou que era para isso que agora tinha sócios. Como os três parceiros já estavam familiarizados com todos os clientes da empresa, todos tinham condições de atender a eventuais demandas quando alguém estivesse fora do escritório.

Tate levou Chessy até a casa de Kylie para que ela pudesse, mais uma vez, fazer as malas — dessa vez para voltar para casa. Naquela manhã, Chessy tinha telefonado para Joss e para Kylie, a fim de colocá-las a par dos acontecimentos e contar que ela e Tate haviam reatado.

As duas amigas ficaram emocionadas, mas também cautelosas, esperando que Chessy tivesse certeza absoluta quanto a essa decisão. Quando ela garantiu às amigas que não tinha dúvidas, as duas se prontificaram a oferecer seu apoio.

— Eu tenho muito a agradecer a elas — disse Tate enquanto colocava as malas de Chessy no carro. — Elas cuidaram muito bem da minha menina e não a deixaram sem apoio.

Ela sorriu.

— Amigos são para isso, não?

— Desculpe-me, mas eu realmente espero que você nunca mais precise recorrer a elas por minha causa.

— Eu também espero — disse Chessy, convicta.

— Nem tente pegar a mala — disse Tate com firmeza quando ela tentou pegar uma das bagagens para acomodá-la no banco traseiro. — Pelo amor de Deus, você está grávida. Não pode levantar peso.

Chessy riu, mas gostou daquela manifestação de preocupação. Ela estava tão feliz que só queria abraçar o marido e não soltar nunca mais.

— Gostaria de convidar Joss, Dash, Kylie e Jensen para jantar conosco uma noite dessas — disse ela quando terminaram de ajeitar as coisas dentro do Mercedes-Benz. — Para agradecer e para que eles possam ver que estamos bem.

A expressão de Tate ficou séria.

— E nós estamos mesmo bem, Chessy?

— Sim — respondeu ela, sorrindo.

Ela estendeu a mão para entrelaçar seus dedos aos do marido e apertou-os suavemente em um gesto tranquilizador.

— Tudo ficou no passado, Tate. Vamos deixar lá, está bem?

— Você é muito compreensiva — disse ele com a voz rouca. — E eu agradeço a Deus por isso todos os dias. Não são muitas as mulheres que perdoariam tudo o que fiz. Você pode até conseguir, mas tenho certeza de que eu mesmo nunca vou me perdoar.

— Pare de se torturar — pediu ela com suavidade. — Não adianta remoer o passado. Nós temos muitos motivos para olhar para a frente, e nosso bebê é um deles.

O sorriso dela cresceu quando se imaginou vendo o filho pela primeira vez. Ela visualizou Tate ao lado dela na sala de parto e imaginou os dois se apaixonando instantaneamente pela criança recém-nascida.

A expressão de Tate se suavizou e foi substituída por um sorriso.

— Mal posso esperar.

— Eu também. Agora, vamos comer alguma coisa ou eu vou morrer de fome.

Ele riu.

— Como minha menina é exigente! Quer que eu prepare algo ou prefere comer em algum lugar? O que você acha melhor?

— Honestamente, só quero ir para casa e ficar no lugar ao qual eu pertenço. Nós podemos pedir alguma coisa.

O olhar de intensa satisfação de Tate revelou que ela tinha dito a coisa certa.

— Deus sabe que nossa casa é o seu lugar neste mundo. Você escolhe o que quiser comer e, se preciso, vou buscar. Não quero que você faça nada. Vou tirar suas malas do carro e colocar tudo no lugar. Se eu flagrar você fazendo esforço, vai levar uns tapas na bunda.

— Isso não é exatamente uma ameaça — disse ela com malícia. — Acho até que vou desobedecer você.

— Então, terei de fazer uma ameaça pior, como ficar sem sexo por um mês.

Chessy reclamou.

— Como se você suportasse tanto tempo! Sua mão não é tão eficiente assim, meu amor.

Tate riu, e o alívio e a satisfação ficaram claros em seu semblante.

— Voltamos a ser o que éramos antes! — exclamou ele, contente. — Meu Deus, como isso é bom!

30

— Você acha que vai dar certo? — perguntou Kylie, ansiosa, sentando-se no sofá ao lado de Jensen.

Ela se aninhou nele, apoiada em seu ombro e envolvendo-lhe o corpo com um dos braços enquanto assistiam à catastrófica trama de um ridículo filme B. Para eles, este era o melhor tipo de filme.

Jensen acariciou os cabelos de Kylie e, em seguida, deu um beijo em sua têmpora.

— Acho que não podemos controlar o que acontece no relacionamento dos outros. Só podemos controlar o que acontece no nosso.

Kylie fez um sinal de descontentamento.

— Desde quando você se tornou tão sábio e filosófico?

Jensen riu.

— Sou apenas inteligente. Escolhi você, não escolhi? Isso me faz o cara mais inteligente do planeta.

— Bem, isso é verdade... — disse ela com presunção.

Jensen moveu-se para ficar de frente para ela.

— Falando nisso...

Kylie inclinou a cabeça, preocupada com a súbita gravidade no tom de voz e na expressão de Jensen. Meu Deus, ela esperava que ele não terminasse o relacionamento com ela.

— Eu sei que pode ser cedo demais — disse ele, parecendo hesitante. — Estamos fazendo terapia e sei que temos um longo caminho a percorrer, mas também sei que meus sentimentos por você não vão mudar. Eu amo você e vou amar você para sempre. E quero passar o resto da minha vida com você.

— Ah, Jensen... — sussurrou ela. — Juro por Deus que vou ficar muito brava se você me fizer chorar.

Ele sorriu e pegou uma pequena caixa de veludo que estava escondida debaixo de uma almofada no sofá. Em seguida, ficou de joelhos diante dela. Quando abriu a caixa, ela viu uma aliança de diamante.

— Você quer casar comigo, Kylie? Não precisamos marcar uma data agora. Eu só quero sua promessa de que, um dia, quando você se sentir pronta, vou ser o homem com quem você irá se casar.

O nó que se formou na garganta de Kylie quase não a deixava respirar, sem falar na emoção que tomou conta do seu peito. As lágrimas embaçaram sua visão, e ela respirou fundo, fazendo força para sorver o ar. As mãos de Kylie tremiam muito, mas Jensen não colocou o anel no dedo dela. Estava esperando uma resposta.

Ela envolveu o pescoço dele com os braços, como se não pretendesse soltá-lo nunca mais.

— Sim! Ah, meu Deus, claro que sim! Eu te amo muito, Jensen. Não há ninguém com quem eu queira dividir minha vida mais do que com você.

— Graças a Deus — murmurou ele. — Você me deu um belo susto ficando tão silenciosa. Cheguei a pensar que tinha me precipitado e feito uma besteira.

— Ninguém pode acusar você de ser calmo e tranquilo — gracejou ela.

— Eu sou rápido quando algo que quero muito está em jogo. Por que esperar? Eu não podia correr o risco de outro cara roubar você.

Kylie revirou os olhos.

— Como se isso fosse possível! Ninguém mais tem chance comigo. Acho que você e eu viramos um só.

— E não existe ninguém melhor do que você para virar um só — disse ele, quase repetindo o que ela havia dito.

— Graças a Deus! — disse ela, repetindo a fala dele. — O que estamos fazendo? Vamos nos casar?

Jensen riu.

— Isso resume bem. Afinal, quem mais combina tanto com nós do que nós mesmos? Acho que isso significa que somos perfeitos um para o outro.

— Claro que sim — respondeu ela, animada.

— Não acha que está na hora de colocar a aliança? — perguntou Jensen em tom provocante.

— Ah, meu Deus! Eu quase me esqueci da aliança!

Ele retirou a aliança da pequena caixa de veludo. Suas mãos tremiam tanto quanto as dela quando colocou a joia no dedo anular de Kylie.

Ela olhou para ele com admiração.

— Nossa, o diamante é enorme! — comentou ela. — Estou com medo de usar, Jensen. E se eu perder? E se o diamante cair? Eu vou viver com medo de que aconteça alguma coisa.

Ele a beijou no nariz.

— É para isso que existe o seguro.

Ela fez uma cara de espanto quando ele se afastou.

— Existe seguro para alianças?

— É claro que sim. Você pode colocar no seguro qualquer coisa que tenha valor. Por isso, pode usar a aliança sem se preocupar. Na verdade, eu vou ficar contente se você estiver sempre com ela. Ela é um sinal de que você é minha.

— Eu acho que é uma ideia muito boa! — respondeu ela, com um sorriso. — E agora? O que podemos fazer para comemorar? — perguntou.

— Ah, acho que consigo pensar em uma coisa que podemos fazer... — murmurou ele.

Jensen ergueu Kylie nos braços e levou-a para o quarto enquanto suas bocas se fundiam em um prolongado beijo.

31

Enquanto se movimentava pela cozinha, finalizando o jantar, Chessy cantarolava alegremente. Tate tinha telefonado pouco antes para avisar que estava indo para casa. Chegaria a qualquer instante.

Assim que acomodou a travessa com o frango assado sobre a mesa, ela ouviu a porta da frente ser aberta. Virou-se para cumprimentar Tate assim que ele aparecesse na porta da cozinha.

— Hum... O cheiro está delicioso — disse ele, envolvendo Chessy em seus braços e beijando-a na boca.

— Se quiser comer agora, pode se sentar. A não ser que você prefira se trocar e vestir uma roupa mais confortável — sugeriu ela.

Tate simplesmente afrouxou a gravata e tirou o paletó, colocando-o no encosto de uma das várias cadeiras não utilizadas ao redor da mesa. Em seguida, acomodou-se perto do lugar de Chessy. Ela foi à cozinha para buscar as panelas com legumes e levá-las para a mesa. Depois, sentou-se ao lado de Tate.

Ele serviu o frango enquanto ela colocava uma porção de milho em seu prato e no de Tate. Depois, ambos serviram-se de favas.

— Como foi o trabalho? — perguntou Chessy. — Como vai a nova sociedade?

Tate hesitou e olhou para a frente com uma expressão cada vez mais grave. Chessy sentiu o estômago se contrair e se preparou para o que estava por vir. Com certeza não seria a mesma coisa outra vez...

— Devo chegar bem tarde nos próximos dois dias — informou ele com calma. — Teremos uma reunião importante com uma grande empresa que quer nos sondar para gerir seu fundo de investimento. É uma conta enorme, e, se der certo, vamos dar um salto em relação à concorrência. Sem falar que ainda abriremos as portas para outros negócios de grande porte.

Chessy franziu a testa, confusa com a preocupação que via nos olhos dele.

— Tate, você está preocupado que eu fique brava porque você vai chegar mais tarde alguns dias?

Ele parecia chateado.

— Você tem de admitir que não é o melhor momento, não é? Acabei de convencer você a voltar para casa e, depois de apenas alguns dias, já venho dizendo que vou chegar tarde por causa de compromissos importantes...

Chessy pegou a mão dele, esperando demonstrar sua sinceridade.

— Eu não espero que você sacrifique sua carreira para me agradar. Entendo que você precisa trabalhar e que tem clientes e reuniões importantes. O problema era que isso acontecia o tempo inteiro, e, quando voltava para casa, você não estava aqui de verdade, se é que isso faz algum sentido. Você estava completamente afastado de mim. Éramos como dois estranhos vivendo na mesma casa, mas agora não é assim.

— Eu espero que você confie que nunca mais vai ser assim.

— Eu confio, Tate. Fique tranquilo.

O rosto dele se suavizou, aliviado, e ele apertou a mão dela.

— E como estão vocês?

— Nós estamos muito bem — respondeu Chessy com entusiasmo. — Marquei a primeira consulta com o mesmo obstetra que atende a Joss. Senti um pouco de enjoo pela manhã, mas consegui não vomitar. Acho que estou lidando com a gravidez melhor que a pobre Joss.

— Quero saber quando será a consulta — disse ele em tom sério. — Não vou perder isso por nada.

— Marquei para o dia 13, uma quarta-feira.

— Vou colocar na agenda. A que horas?

— Às 10 da manhã.

— Então, acho que vou para o trabalho depois da consulta. Vou ficar por aqui e levá-la ao médico. Depois, podemos almoçar juntos.

— Parece ótimo — disse ela com um sorriso reluzente.

Tate observou Chessy por um longo tempo, atento aos traços dela.

— Você parece feliz — disse ele. — Eu não tinha percebido quanto tempo havia passado desde a última vez que você realmente pareceu feliz. Sinto muito, Chess.

O coração dela amoleceu diante do arrependimento e da vulnerabilidade sincera na voz dele.

— Você me faz feliz, Tate. Você sempre teve o poder de me fazer a mulher mais feliz do mundo.

O que ela não disse foi que ele também tinha o poder de fazê-la a mulher mais infeliz do mundo, mas ele entendeu.

— Se você não pretende jantar em casa amanhã, vou ver se Joss e Kylie querem sair — disse Chessy.

Tate concordou.

— Amanhã vamos nos dedicar a uma reunião de planejamento. Não tenho certeza de que horas terminaremos, mas estamos pensando em pedir comida pelo telefone e jantar no escritório. Depois de amanhã, vamos ter reuniões com o presidente e o diretor financeiro da Calder Enterprises, a partir das 11 horas da manhã. A ideia é almoçar e, em seguida, fazer uma apresentação. Depois, deve haver um jantar, o que significa que ficarei fora o dia todo.

Chessy levantou-se para tirar os pratos da mesa e deu um beijo na face de Tate.

— Eu tenho certeza de que você vai conseguir essa conta.

Tate a interrompeu e puxou-a para seu colo, forçando-a a colocar o prato de volta sobre a mesa. Ele a abraçou, segurando-a com força, beijou a testa e os olhos e, finalmente, chegou à boca de Chessy.

— Eu amo a minha menina. Não mereço esse apoio incondicional, mas saber que você acredita em mim faz com que eu me sinta capaz de conseguir qualquer coisa.

Ela pousou a palma da mão no queixo de Tate e beijou-o de volta.

— Nosso bebê está contando com o papai. Sei que você não vai decepcionar nem a mim nem a ele.

Ele a abraçou, tremendo de emoção.

— Eu vou ser pai — disse ele, emocionado.

Chessy sorriu.

— Podemos não ter planejado, mas acredito que ela tem muita determinação, porque foi concebida em circunstâncias bem improváveis.

— Você acha que é uma menina, então?

— Ah, eu adoraria tanto um menino quanto uma menina. Só acabei criando o hábito de me referir ao bebê como "ela". Gosto de imaginar você com uma menina linda, estragando-a com tantos mimos.

— Eu pretendo estragar a mãe dela primeiro — disse ele com a voz rouca. — Eu não tenho sido um bom dominador, Chessy, mas tudo isso vai mudar se você ainda quiser minha dominação. E entenderei se não quiser.

Ela olhou para ele com amor.

— Eu sou sua, Tate. Você é dono do meu coração e da minha alma. Eu *preciso* da sua dominação. E não quero que você tente ser alguém que não é por medo de que eu tenha mudado. Eu sempre esperei que você, você de verdade, voltasse para mim.

— Se é assim, esqueça a louça e vá para o quarto. Tire suas roupas e se ajoelhe no meio da cama.

A excitação correu com intensidade pelas veias de Chessy diante do bruto comando na voz de Tate. Deus, aquele era o Tate que ela conhecia e amava tanto. Chessy não perdeu tempo. Saiu do colo dele e correu em direção ao quarto. Ela não perdeu tempo pensando se aquelas atividades poderiam machucar o bebê, porque confiava totalmente em Tate. Ele jamais passaria dos limites e sempre se preocuparia com o bem-estar do filho.

Chessy se despiu rapidamente, jogando as roupas no chão em frente do closet. Então, subiu na cama e ajoelhou-se no centro, com o rosto voltado para a porta para poder ver a expressão de Tate assim que ele entrasse.

Alguns momentos depois, ele chegou ao quarto trazendo várias cordas vermelhas e de textura macia. Os olhos dele se incendiaram quando pousaram sobre a imagem de Chessy nua e ajoelhada sobre a cama.

— Deite-se — mandou ele com voz rouca. — Coloque as mãos na cabeceira e as pernas próximas aos pés da cama.

Ela obedeceu prontamente, tentando manter-se confortável antes de erguer os braços até a cabeceira da cama.

— Quem é o dono dessa menina? — perguntou Tate como tantas vezes antes.

— Você — sussurrou ela, arqueando as costas enquanto ele passava a ponta de um dedo ao longo de seu corpo, sobre a barriga e entre as pernas, onde parou para acariciar sua área mais íntima.

Ainda vestido, Tate se posicionou sobre o corpo de Chessy, tomando cuidado para permanecer de joelhos e não impor nenhum peso sobre a barriga dela. Em seguida, esticou-se e envolveu um trecho da corda ao redor de seus pulsos antes de puxar com força para amarrá-la à cabeceira da cama.

Tate afastou-se e, em seguida, agarrou os tornozelos de Chessy, empurrando-os para cima, até que os joelhos se dobrassem e os calcanhares ficassem apoiados embaixo das coxas dela. Então, ele passou a corda de forma a prender a coxa e o tornozelo juntos, amarrando-os para manter as pernas de Chessy totalmente abertas. Ele repetiu o procedimento com a outra coxa e o outro tornozelo antes de olhar para ela e verificar silenciosamente se a esposa estava confortável.

Chessy lhe deu um sorriso tranquilizador para que ele soubesse que ela estava bem. Como poderia não estar?

Tate afastou-se da cama e começou a despir-se lentamente. Chessy o observava sem nenhum pudor, desejando aquele corpo musculoso enquanto ele se livrava da cueca branca. Sua ereção lutava contra a roupa íntima, formando uma curva rígida que parecia tentar ultrapassar os limites do tecido.

Conhecendo o gosto de Chessy, Tate tirou o membro indócil de dentro da cueca em vez de simplesmente abaixar a peça de roupa. Em seguida, começou a acariciar o pênis, erguido com orgulho na direção de seu abdome.

Chessy lambeu os lábios em antecipação, e ele gemeu. Em seguida, como se tivesse decidido por um ato de generosidade, oferecendo à esposa o que ela mais queria, Tate subiu na cama, usando uma das mãos para virar o rosto dela para ele. Ele posicionou o pênis diante da boca de Chessy e o encostou no rosto dela em um claro comando para que ela abrisse os lábios.

Tate penetrou entre aqueles lábios macios, enchendo a boca de Chessy com seu gosto — ela, por sua vez, sugava avidamente, passando a língua sobre as veias e a cabeça do membro, saboreando cada centímetro. Quando um suave líquido brotou na ponta do pênis de Tate, ela o lambeu com vontade, gemendo de prazer.

Ele moveu suavemente o pênis dentro da boca de Chessy por vários minutos até ela demonstrar estar fazendo força para abocanhar toda aquela extensão. Então, finalmente, ele se afastou, e ela sentiu a garganta livre para recuperar o ar, dilatando as narinas por causa do esforço.

— É minha vez de provar você — disse Tate, com a voz repleta de satisfação.

Ele se acomodou no espaço entre as coxas de Chessy, que, amarradas aos tornozelos, deixavam-na totalmente à mercê do que ele quisesse fazer. As mãos dele deslizaram sobre os seios da mulher, acariciando-os e excitando-os ao mesmo tempo.

— Você me diz se algo machucar, está bem? — pediu ele com a voz grave. — Sei que está mais sensível agora. A última coisa que quero é fazer com que se sinta desconfortável.

— Você não vai me machucar — sussurrou ela. — Só não seja tão bruto com meus seios como algumas vezes você costuma ser.

Tate segurou a barriga de Chessy com uma atitude possessiva e se abaixou para beijar o local que guardava o útero que se expandiria conforme o filho crescesse. A ternura dele fez lágrimas brotarem nos olhos de Chessy e seu coração se sentiu tomado de amor por aquele homem. As coisas nem sempre haviam sido fáceis para eles, mas qual casamento era perfeito?

Não era esse o segredo do amor e do casamento? Conseguir superar as estradas rochosas, cometer erros e, finalmente, perdoar?

Tate acariciou todo o caminho até a região genital de Chessy, totalmente exposta por causa da maneira como ela estava amarrada. Ele lambeu e chupou o clitóris, fazendo com que a pélvis de Chessy se contraísse e explodisse em espasmos ao toque daqueles lábios tão hábeis.

— Adoro quando você fica assim — disse ele com a voz cheia de desejo e de emoção. — Imóvel, linda, completamente sujeita à minha vontade. Eu vou tomar todo o cuidado com você, amor.

Chessy sentiu seu corpo tremer quando a boca de Tate voltou a pousar sobre a vagina, lambendo e sugando nos lugares certos. A língua dele deslizou para dentro, lambendo dentro dela e dando-lhe uma prévia do que ela sentiria quando o pênis dele tomasse aquele lugar.

— Minha menina quer meu pau?

— Sim, por favor — implorou ela. — Me coma, Tate. Me possua. Mostre que sou sua. Sua para sempre.

Tate deslizou sobre o corpo de Chessy, posicionando-se diante da abertura dela, mas enfiou apenas a cabeça do pênis, empurrando com pequenos movimentos suaves. Ele a provocou assim até ela começar a gemer de desejo.

Em seguida, com um impulso forte, deu fim à fase de provocação. Tate a penetrou com toda a intensidade, fazendo-a ofegar diante da plenitude instantânea. Foi um delicioso equilíbrio de prazer e dor, uma vez que Tate era um homem avantajado e não era fácil acolhê-lo totalmente.

Com as pernas e os braços imobilizados, Chessy não podia fazer nada a não ser ficar ali, submetida a tudo o que ele quisesse fazer. Tate tomava impulso e mergulhava dentro dela, cada vez mais fundo, arqueando os quadris da esposa, cobrindo o corpo dela em meio a ondas de tremores. Os olhos dele estavam fechados, e sua testa, franzida de tensão.

Os quadris de Tate começaram a se chocar contra Chessy de forma cada vez mais frenética conforme ele a conduzia ao limite do êxtase.

— Goze, amor. Liberte-se. Quero sentir sua umidade no meu pau.

Chessy soltou um grito desesperado quando o orgasmo chegou como ondas arrebentando no mar. Seus dedos se contraíram, lutando contra as amarras. Ela se sentia levada ao limiar de sua capacidade, sentindo a plenitude da dor se transformar em um delicioso prazer. O atrito que o pênis intumescido de Tate havia causado transmitiu uma corrente de êxtase indescritível por todo o corpo de Chessy.

Subitamente, ele tirou o pênis de dentro de Chessy e, segurando o membro, direcionou os jatos de esperma para a barriga da mulher e para os seios, como se estivesse delimitando sua propriedade.

Com uma expressão de predador em evidente satisfação, Tate olhou para os rastros de sêmen sobre a pele de Chessy.

— Minha menina — disse ele. Em seguida, apoiou a mão sobre a barriga de Chessy. — Meu filho.

Ela sorriu para ele, exausta com o orgasmo.

— Nós pertencemos a você, Tate. Para sempre.

— Vou buscar alguma coisa para limpar minha menina. Depois vou tirar essas cordas para poder ficar com você em meus braços.

32

Chessy estava bastante nervosa e ansiosa com a importante apresentação que Tate faria naquele dia. Conforme previra, ele tinha voltado para casa bem tarde na noite anterior e totalmente esgotado. Os dois foram para a cama, e Tate caiu no sono com a esposa firmemente aninhada em seus braços.

Pela manhã, ele acordou cedo e saiu de casa às 6 horas, usando seu terno mais caro. Estava incrivelmente sedutor. Chessy fez o que pôde para se controlar e não saltar sobre ele com segundas intenções, mas a iniciativa o atrasaria e ela sabia muito bem o quanto aquela apresentação era importante.

Sem saber como passar o tempo até que Tate desse notícias sobre o andamento das coisas, Chessy decidiu fazer uma limpeza completa na casa, que estava precisando de uma boa faxina.

Ela começou tirando o pó e arrumando as coisas. Depois, arrumou a cama, pôs um monte de roupas na máquina de lavar e decidiu limpar o piso de cozinha, o que para ela era a tarefa mais incômoda.

Tate havia insistido em contratar uma diarista que arrumasse a casa duas vezes por semana, pois não queria que Chessy se ocupasse do trabalho doméstico, mas ela rejeitou a sugestão. Não gostava da ideia de ter alguém estranho em sua casa e preferia fazer as tarefas ela mesma, pois assim saberia que tudo estava feito de acordo com seus padrões de exigência.

Chessy pegou o esfregão e encheu um balde com água e produto de limpeza. Começou pelo ponto mais distante da cozinha, esfregando o chão até a outra extremidade. Quando terminou, examinou, satisfeita, o piso brilhante.

Em seguida, tirou a água do balde, torceu o esfregão e se dirigiu para a porta da cozinha, pois queria deixá-lo na área externa para que secasse.

Ela não notou que um trecho do piso ainda estava molhado e, tão rapidamente quanto seu pé escorregou, sentiu o corpo voar sem controle. Aterrissou no chão com uma batida tão dolorosa que chegou a perder o fôlego.

Atordoada com o que tinha acontecido, tentou se recuperar. Analisou mentalmente cada parte do corpo, tentando descobrir se a queda causara algum machucado, mas parecia que *tudo* doía.

Com cuidado, mexeu os braços e as pernas, mas, quando tentou erguer o corpo, sentiu a dor se espalhar pelas costas e por todo o abdome. Chessy congelou na hora e o pânico tomou conta de sua mente.

O bebê.

Meu Deus, e se o bebê tivesse sido ferido? E se essa queda acabasse provocando aborto? Ela estava morrendo de medo de se mexer.

Felizmente, o celular estava no bolso. Ela deveria chamar uma ambulância, mas seu primeiro pensamento foi telefonar para as amigas. Joss não atendeu; então, ela resolveu ligar para Kylie.

— Olá, querida! Tudo bem com você? — A voz alegre de Kylie chegou aos ouvidos de Chessy.

— Kylie, eu preciso de ajuda — disse Chessy, com dor. — Levei um tombo e estou com medo de me levantar. Também estou muito preocupada com o bebê.

Ao terminar esta última frase, Chessy começou a chorar.

— Fique quietinha onde está — orientou Kylie. — Jensen e eu estaremos aí em 10 minutos.

Aliviada, Chessy fechou os olhos e ficou com o celular na mão. Seu primeiro impulso foi telefonar para Tate; afinal, ele era a sua tábua de salvação. Mas ela não podia fazer isso com ele naquele dia. Ela se recusava a fazê-lo escolher entre ela e um cliente que poderia definir os rumos de sua empresa nos próximos anos.

Ela podia aguentar aquilo.

A espera pareceu interminável, mas ela finalmente ouviu a porta da frente se abrir e a voz de Kylie chamá-la.

— Chessy! Onde você está?

— Na cozinha — respondeu ela.

Seguida por Jensen, Kylie correu para a cozinha, onde encontrou Chessy ainda deitada no chão. Jensen abaixou-se, com um olhar de extrema preocupação.

— Onde você se machucou, querida?

— Eu não tenho certeza — respondeu Chessy. — Tentei me levantar, mas doeu tanto que tive de deitar novamente. Estou muito preocupada com o bebê. Kylie, eu estou sangrando?

Jensen desviou o olhar enquanto Kylie apalpava suavemente as calças de Chessy em busca de algum sinal de sangramento.

— Você está sangrando um pouco, sim — disse Kylie calmamente.

Lágrimas brotaram dos olhos de Chessy. Ah, Deus, não... Qualquer coisa menos aquilo.

— Mas não é muito — continuou Kylie para tranquilizar a amiga. — Nós vamos levá-la ao pronto-socorro para fazer um exame completo. Vamos ver se você não quebrou nenhum osso e se está tudo certo com o bebê. Você já avisou Tate?

Chessy balançou a cabeça enfaticamente.

— Não. Ele tem uma apresentação muito importante hoje, algo que pode ser definitivo para a empresa dele. Não posso pedir a ele que escolha entre ficar comigo ou ir à reunião.

Kylie não pareceu satisfeita com a explicação, mas preferiu não discutir.

— Tudo bem, querida, eu vou erguer você. Vou tentar não te machucar, está bem? — disse Jensen com uma voz suave.

Chessy ficou tensa quando ele passou os braços sob ela e a suspendeu sem fazer esforço. Ela tremeu, sentindo as costas protestarem contra aquele movimento. Enquanto levava Chessy até o carro, Jensen parecia preocupado. Ele a acomodou no banco traseiro, instruindo-a a ficar imóvel. Kylie ajeitou-se no banco do passageiro e Jensen assumiu a direção. Ele deu a partida no carro e, em seguida, acelerou para o hospital.

Deus, por favor, por favor, faça com que nada tenha acontecido ao bebê. No curto período desde que soubera que estava grávida, Chessy já havia criado um vínculo com a criança. Para ela, já era um filho ou uma filha. Chessy já vislumbrava o futuro com um pequeno correndo ao seu redor e deixando-a louca. E ela queria ter outros filhos depois. Não queria um filho único, e sim uma família grande e cheia de amor, tudo o que ela não tivera na infância.

Seus filhos saberiam o quanto seriam amados e desejados.

Dez minutos depois, Jensen parou diante do pronto-socorro e saiu do carro, falando de forma exaltada com um dos funcionários que havia feito uma pausa para fumar um cigarro.

— Precisamos de uma maca! Ela está grávida, caiu e se machucou. Não pode ser movimentada desnecessariamente.

Em poucos minutos, Chessy foi transferida com cuidado para a maca e levada para uma saleta do pronto-socorro, onde uma enfermeira começou a fazer perguntas sobre o que tinha acontecido. Em seguida, examinou a paciente em busca de possíveis lesões.

— Estou com apenas algumas semanas de gravidez — explicou Chessy entre lágrimas. — E tive um sangramento. Isso significa que estou perdendo o bebê?

A enfermeira segurou a mão de Chessy para tranquilizá-la.

— Sangramentos são normais nos primeiros meses de gravidez, mas vamos fazer uma ultrassonografia e um exame de sangue para verificar seus níveis de HCG. Tenho certeza de que seu bebê vai ficar bem. Agora, temos de nos preocupar com você. Parece que seu braço esquerdo está quebrado ou, pelo menos, bem machucado.

Vamos fazer um raio-X, tomando as providências necessárias para proteger seu bebê.

Chessy soltou um suspiro, aliviada. Ela não estava preocupada consigo: só queria que estivesse tudo bem com bebê.

Kylie e Jensen ficaram com ela. Kylie apoiava uma das mãos no ombro da amiga enquanto Jensen segurava-lhe a mão direita. Kylie tomava cuidado para não encostar no braço esquerdo de Chessy.

Pela primeira vez, Chessy olhou para o braço ferido, assustando-se. De fato, parecia quebrado. Estava inchado e os hematomas eram evidentes.

Poucos minutos depois, um atendente entrou e levou-a em uma cadeira de rodas até a sala de radiografia. Foram necessários apenas alguns minutos para examinar o braço, mas o técnico também analisou o estado das costelas e do abdome de Chessy.

Quando ela foi levada de volta para o quarto, Joss e Dash já estavam lá, esperando ao lado de Kylie e Jensen. Chessy caiu no choro novamente. Ela amava os amigos, mas o que realmente queria era a presença do marido. Precisava de sua força e de sua segurança, mas não podia pedir que sacrificasse uma oportunidade tão importante.

— Ah, meu Deus, Chessy... Você está bem? — perguntou Joss, preocupada.

— O que aconteceu? — perguntou Dash com uma voz sombria.

Eles foram interrompidos quando o técnico entrou, trazendo um aparelho de ultrassom portátil. Os olhos de Chessy se arregalaram quando soube que seria preciso fazer um ultrassom transvaginal devido ao pouco tempo de gravidez.

O medo e a ansiedade ganharam força. Havia chegado o momento de descobrir se seu bebê tinha sobrevivido ao acidente doméstico. Ela sabia que jamais se perdoaria se tivesse provocado a morte da criança.

Chessy explodiu em soluços incontroláveis, e um rio de lágrimas escorriam pelo rosto. Seu corpo inteiro tremia, e a dor que sentia no braço tornou-se insuportável.

Para sua mais completa surpresa, a porta se abriu e Tate apareceu, procurando-a. Ele parecia abatido e preocupado, mas o alívio tomou conta de suas feições assim que a viu.

Ao perceber que ela chorava, Tate voltou a exibir um ar preocupado e correu até ela, afastando os outros.

— Chessy, você está bem? — perguntou ele. — O que aconteceu? O bebê está bem?

— O que você está fazendo aqui? — perguntou ela, espantada, enquanto as lágrimas diminuíam diante da presença do marido. Ele não estava na reunião. Estava ali com ela. — Tate, você não pode perder a apresentação. Como soube que eu estava aqui?

— Dash me ligou — respondeu Tate com um ar grave. — Mas era você quem deveria ter me avisado, Chessy. Nada é mais importante do que você. Que se dane a apresentação. É para isso que tenho sócios. Se a gente conseguir esse contrato, será ótimo. Se não conseguirmos, virão outras oportunidades. Minha única prioridade é você e sua segurança, além do nosso filho.

Chessy começou a chorar novamente, e Tate se abaixou para se aproximar dela, envolvendo-a com cuidado em um abraço.

— Não chore, querida. Por favor, não chore. Vai dar tudo certo. Eu juro. Se a gravidez não der certo, tentaremos de novo. Eu vou dar a você quantos bebês você quiser.

O coração de Chessy encheu-se de amor. Suas emoções estavam fora de controle. Tate *a* tinha escolhido sem que fosse preciso pedir. Não esperava que ele abandonasse uma reunião tão importante, mas estava ali.

— Meu coração fica apertado ao ver você se sentir culpada por eu ter vindo — declarou Tate, com tristeza estampada no rosto. — Saiba, Chessy, que eu sempre vou escolher você. Sei que não fiz isso no passado, mas, a partir de agora, você é minha prioridade. Você deveria ter me avisado, mas eu consigo entender seus motivos. A partir de agora, espero que você sempre me conte o que está acontecendo. Especialmente quando estiver machucada, em um hospital e preocupada em perder o bebê.

— Eu amo você — sussurrou ela. — Eu amo muito.

— Eu também amo você, amor.

A técnica responsável pela ultrassonografia deu uma tossidinha.

— Preciso que saiam do quarto para eu fazer o ultrassom, assim poderei confirmar se está tudo bem com o bebê.

— Eu vou ficar — decretou Tate.

Em seguida, ele se posicionou ao lado de Chessy e passou o braço sob o corpo dela, de forma a lhe servir como suporte.

Joss, Kylie, Jensen e Dash saíram discretamente do quarto. A técnica ergueu o traje hospitalar que Chessy vestia, explicando os detalhes do procedimento a ser realizado.

O exame consistia em introduzir o leitor óptico na vagina da paciente para captar imagens que apareceriam na tela do aparelho de ultrassom.

— Pensamento positivo — disse a técnica, com um sorriso. — Seu sangramento foi mínimo, e é perfeitamente normal nos primeiros meses de gravidez. Há uma grande chance de não ter nada a ver com a queda.

O silêncio tomou conta do quarto quando ela deu início ao exame. Tate segurava Chessy firmemente nos braços e apertava com força a mão direita dela. Sentia tanto medo quanto a esposa. Chessy podia ver a tensão no rosto dele e o medo que havia em seus olhos. Medo por ela e pelo filho.

— Estão ouvindo os batimentos? Parece que está tudo bem, mamãe. Seu bebê está exatamente onde devia estar.

Chessy começou a chorar novamente. Tate encostou sua testa no rosto da esposa, com uma expressão de alívio em cada traço do rosto.

— Nosso bebê está bem — sussurrou ele. — Agora está na hora de cuidar de você.

Tate enxugou as lágrimas de Chessy com ternura, beijando as trilhas úmidas em suas faces.

— Estou tão feliz por você estar aqui! — disse ela. — Tudo o que eu queria era que você estivesse aqui, mas não podia estragar sua apresentação.

— Eu vou estar sempre ao seu lado — garantiu ele com suavidade. — Você e nosso bebê vêm em primeiro lugar.

Tate a tinha escolhido.

Rapidamente, a alegria tomou o lugar da tristeza e do medo que ela sentira ao achar que tinha perdido o bebê. Ela estendeu a mão direita e acariciou o rosto de Tate.

— Você escolheu ficar comigo — sussurrou ela.

Lágrimas encheram os olhos de Tate.

— Eu sei que não posso apagar o passado, Chessy, mas posso traçar nosso futuro. E, a partir de agora, você vem em primeiro lugar. Sempre. Eu preciso que você acredite em mim.

— Eu acredito — sussurrou ela.

— Eu amo você — disse ele em tom solene, com sinceridade nos olhos repletos de lágrimas. — E, assim que liberarem você, vou levá-la para casa e não vou deixar você mover um dedo. Vou tirar o resto da semana de folga e, dependendo da sua recuperação, talvez fique em casa na próxima semana também.

Chessy ficou chocada, e a surpresa transpareceu em seu rosto.

Ele acariciou o rosto dela, com amor e ternura irradiando de seu olhar.

— Eu escolhi você, Chessy. Eu sempre vou escolher você.

Ela sorriu, ignorando a dor que sentia no braço fraturado. Ali e naquele instante, tinha tudo o que importava no mundo para ela. O bebê estava bem e o marido, ao seu lado. Tudo estava como deveria. Finalmente, havia conquistado a paz.

E ela acreditava em Tate. Todas as dúvidas do passado, todas as decepções e todas as mágoas haviam desaparecido, deixando em seu lugar um rastro de amor e de confiança.

Epílogo

Kylie resolveu esperar pelo nascimento dos bebês de Joss e de Chessy para então marcar a data do casamento com Jensen. As duas amigas haviam argumentado que, barrigudas, seria difícil desempenhar o papel de madrinhas da noiva. Jensen foi o único que não ficou feliz com o adiamento, pois queria que Kylie se tornasse sua esposa o mais rápido possível. Para ele, não fazia diferença se teriam um casamento formal ou não. Chegou até a ameaçar "sequestrar" Kylie e fugir para Las Vegas, onde poderiam se casar, mas mudou de ideia ante a explicação do quanto era importante para ela estar cercada de sua "família" em um dia tão marcante.

Joss deu à luz um menino de mais de quatro quilos, que recebeu o nome de Carson, em homenagem ao seu primeiro marido e melhor amigo de Dash.

Pouco tempo depois, foi a vez de Chessy, que trouxe ao mundo uma menina de três quilos e cem gramas. Ela disse a Tate, com uma dose de presunção, que sabia que teria uma garotinha. Tate cuidou da esposa e encheu-a de mimos o tempo inteiro. Naquele dia terrível em que ela chegou a temer pelo pior, ele que a levou para casa quando teve alta do hospital. Ela realmente tinha fraturado o braço e precisou mantê-lo engessado por dois meses. Tate não permitia que Chessy movesse um dedo e também cumpriu sua palavra, passando muito mais tempo perto dela e longe do trabalho.

Quando pôde tirar o gesso, já com uma adorável barriguinha, Tate a levou para passar uma semana de férias. Só o que fizeram ao longo desse período foi descansar na praia e fazer amor no quarto do hotel. Nada poderia ter sido mais perfeito.

Dois meses depois do nascimento do bebê de Chessy, chegou o dia do casamento de Kylie. O tempo estava perfeito, anunciando um dia magnífico.

— Você está linda — disse Tate enquanto Chessy dava os últimos retoques na maquiagem.

O vestido de madrinha era lindo, e Chessy ficou muito contente por vestir o mesmo manequim que usava antes da gravidez. O único problema eram os seios, que estavam enormes, mas Tate não reclamava nem um pouco desse detalhe.

— Você também não está nada mal — comentou Chessy, admirando o smoking preto que Tate usava como um dos padrinhos do noivo.

Tate pegou a filha, Caroline, no colo e, quando a menina começou a reclamar, foi procurar a chupeta. Então, Caroline acalmou-se e, em seguida, caiu no sono nos braços do pai.

Joss e Chessy haviam decidido levar os bebês para prestigiar o casamento de Kylie. Chessy torcia para que nenhuma das crianças começasse a chorar no meio da celebração.

A preocupação não se justificou, pois os bebês comportaram-se perfeitamente nos braços das mamães. Joss e Chessy assistiram a Kylie e Jensen reafirmarem seu amor e começarem uma vida em conjunto como marido e mulher. As duas madrinhas, é claro, desataram a chorar nesse momento.

Tate soltou um suspiro conformado e estendeu um lenço para Chessy.

— E pensar que estávamos com medo de que os bebês chorassem — murmurou ele.

Os noivos trocaram alianças, e o padre os declarou marido e mulher. Jensen deu um beijo tão entusiasmado em Kylie que Chessy chegou a corar. Tate ainda não sabia, mas aquela era a noite que Chessy planejava contar ao marido que o médico, enfim, a havia liberado para retomar sua vida sexual.

Para a surpresa e o encanto de todos, Jensen pegou Kylie no colo e a carregou pelo corredor em vez de protagonizar a tradicional marcha de braços dados após o anúncio da união. Os convidados saíram atrás do casal até a entrada da igreja.

Kylie abraçou Joss e, em seguida, Chessy.

— Obrigada por estarem aqui — sussurrou a noiva. — Meu casamento fica muito mais especial por contar com a presença das pessoas que mais amo perto de mim.

— Eu não perderia isso por nada deste mundo — respondeu Chessy. — Nós amamos você, Kylie, e estou muito contente por você estar tão feliz. Você merece toda a felicidade e acho que Jensen é seu par perfeito. Desejo para os dois uma longa vida de amor e de alegria.

As lágrimas brilhavam nos olhos de Kylie.

— Eu não sei o que faria sem você e Joss. Eu amo vocês.

— E eu acho que Jensen está ficando um pouquinho impaciente — interrompeu Joss. — Ele não vê a hora de partir com você para a lua de mel!

Kylie corou, mas bastou se virar para ser envolvida — outra vez — pelos braços do marido. Ele a conduziu até a limusine que esperava pelo casal e ajudou-a a se acomodar dentro do veículo. Em seguida, voltou-se com um sorriso no rosto e acenou para o grupo de amigos.

— Obrigado a todos por tornarem o casamento tão especial para Kylie. Tenho certeza de que não vamos esquecer esse dia.

Todos acenaram enquanto Jensen entrava na limusine ao lado de Kylie e se afastavam. Tate pegou Caroline e aninhou-a no peito, com o cuidado de repousar a cabeça dela no ombro.

Chessy inclinou-se para que ninguém pudesse ouvir e sussurrou ao ouvido do marido:

— Meu médico me liberou para voltar a transar — confidenciou ela.

O fogo ardeu nos olhos de Tate, pelos quais transbordava desejo e luxúria. Ele devolveu à esposa um olhar predador e, em seguida, olhou para a filha do casal.

— Vou bater o recorde de velocidade em fazer um bebê dormir e, depois, você e eu teremos muito, muito tempo. Talvez eu telefone para o escritório e nem vá trabalhar amanhã.

Chessy soltou uma risada alegre e despreocupada. Tudo estava simplesmente... perfeito. Ela tinha o marido de volta, Kylie se casara, e Joss e Dash se deliciavam com a recente vida de pais. Todo mundo estava feliz. O que mais ela poderia desejar?

QUER SABER MAIS SOBRE A LEYA?

Fique por dentro de nossos títulos, autores e lançamentos.

Curta a página da LeYa no Facebook, faça seu cadastro na aba *mailing* e tenha acesso a conteúdo exclusivo de nossos livros, capítulos antecipados, promoções e sorteios.

A LeYa também está presente em:

www.leya.com.br

facebook.com/leyabrasil

@leyabrasil

instagram.com/editoraleya

google.com/+LeYaBrasilSãoPaulo

skoob.com.br/leya

1ª edição	Setembro 2015
papel de miolo	Avena 70 g/m²
papel de capa	Cartão supremo 250 g/m²
tipografia	Sabon Lt Std
gráfica	Lis Gráfica